범바골 비가
悲歌

범바골 비가悲歌

발행일   2023년 3월 27일

지은이   이유복
펴낸이   손형국
펴낸곳   (주)북랩
편집인   선일영   **편집**   정두철, 배진용, 윤용민, 김부경, 김다빈
디자인   이현수, 김민하, 김영주, 안유경   **제작**   박기성, 황동현, 구성우, 배상진
마케팅   김회란, 박진관
출판등록   2004. 12. 1(제2012-000051호)
주소   서울특별시 금천구 가산디지털 1로 168, 우림라이온스밸리 B동 B113~114호, C동 B101호
홈페이지   www.book.co.kr
전화번호   (02)2026-5777   **팩스**   (02)3159-9637

ISBN   979-11-6836-802-6 03810 (종이책)   979-11-6836-803-3 05810 (전자책)

(주)북랩 성공출판의 파트너

북랩 홈페이지와 패밀리 사이트에서 다양한 출판 솔루션을 만나 보세요!

홈페이지 book.co.kr   •   **블로그** blog.naver.com/essaybook   •   **출판문의** book@book.co.kr

작가 연락처 문의 ▸ ask.book.co.kr

작가 연락처는 개인정보이므로 북랩에서 알려드릴 수 없습니다.

이유복 실화소설

범바골

비가 悲歌

북랩

　태평양 전쟁이 연합군의 승리로 끝남에 따라 한반도는 어부지리로 일제로부터 독립을 맞게 된다. 준비 없는 광복으로 정치는 물론 사회 전반이 극도로 혼란했고 연이은 동란으로 수없이 많은 사람들이 영문도 모른 채 목숨을 잃었던 암울했던 시절에 이념의 갈등으로 한 가정이 처참하게 패망한 역사를, 어렴풋이 기억을 더듬어 그때를 생각해볼 작정이다.

　나는 글을 쓰는 사람이 아니다. 1960~1970년대 젊은 시절 의지할 곳 없이 세상을 떠돌며 정처도 없이 살았고 전쟁의 상흔으로 인한 감당하기 어려운 무게가 몸과 마음을 짓누르기도 했다. 마음을 가다듬고 신문 한 페이지 제대로 읽어보지 못하면서 살았다. 그런 내가 글을 쓴다는 것 자체가 우습고 말도 안 되는 일이다. 그렇지만 문득문득 어릴 때 겪은 일상의 기억과, 귀로 들은 이야기들을 모아서 정리해보고 싶은 마음은 청년 시절부터 쭉 가지고 있었던 일이다.

　글을 쓰기 위한 기본 지식은 물론 없다. 이 책의 내용은 내가 세상에 태어났던 그 시기, 주변 환경과 당시 사회적으로 당면했던 상황 등을 나의 다음 세대들이 대를 이어 기억할 수 있도록 기록으로 남겨놓고 싶은 욕심뿐이다. 따라서 이 책의 내용은 대부분이 실화이고 과장된 부분도 다소 있기는 하지만 왜곡된 부분은 별로 없다고 자부한다.

　등장인물들은 모두 실존했던 사람들인데 그분들의 명예를 실추시키거나 폄훼할 생각은 추호도 없다. 본의 아니게 후세 사람들의 명예에 피해를 줄까봐 가명을 인용했으나 그래도 혹시 누가 되는 부분이 있다면 깊이 사죄한다. 그리고 다른 사람이 이 책을 읽게 되면 필자의 능력을 미루어 짐작해주기 바라고, 읽는 사람의 폭넓은 이해를 구하는 바이다.

　끝으로 마음먹은 바를 글로 다 표현할 수 없는 나의 능력에 대한 한계를 느끼고 감수해준 자녀들이 고맙다.

　사랑한다. 아들, 딸아.

2023년 3월
朽木 이유복

※ 일러두기

이 책의 내용은 6 · 25 전쟁으로 말미암아 한 가정이 몰락하는 이야기를 중심으로 하고 있으며, 이 이야기를 다루기 위해 전투에 관한 이야기는 6 · 25 전쟁사 국가기록물에서 발췌한 내용으로서 축산면 고곡리에서 포항까지의 전투사만 발췌하여 기록한 것임.

차례

1. 빨치산

 백두대간이 남으로 흘러 태백준령에서 소백으로 한 가지를 내주고 계속 남쪽으로 내려 영남의 첫머리 일월산을 지나 쉼 없이 뻗어 있고 영양을 뒤로 명동산에 이른다.

 행정구역으로는 경북 영덕군 영해면 대리이고 해발 800미터 정도로 영동 남부 지역으로는 비교적 높은 산이다. 서쪽으로는 영양군 석보면이 있고 남쪽으로는 영덕군 지품면이 있다. 이 명동산은 영덕군과 청송군, 영양군의 경계로서 산세가 험하고 이름 모를 온갖 잡목들이 우거지고 사람의 발길을 거부하는 원시림 그 자체다.

 명동산 아래에는 곁가지 산줄기 동쪽 저 아래에 노골봉이 있다. 노골봉은 해발 대략 600미터 정도 높이고 산세가 별로 험하지는 않으나 가파른 곳이 많아 오르기가 그리 편치는 못하다.

 노골봉 한참 저 아래의 야산 고개를 하나씩 넘을 때마다 옹기종

범바골 비가悲歌

기 모여 있는 작은 마을들에 아침 연무 살포시 내려앉고, 굴뚝마다 안개 같은 연기가 피어올라 솜처럼 부드럽다. 참으로 아름답고 평화로워 보이는 늦여름 풍경이다.

이 작은 산촌 마을들과, 멀리 산자락들의 낙타 등처럼 솟구친 노골봉은 정상 부분이 뾰죽한 종다리 머리뿔을 닮았다고 해서 붙여진 이름이다. 늦여름 나락 이삭이 올라오면 칠팔월 건들매가 이삭 위로 은빛 물결치듯 넘실거리며 지나가면 나락 알알이 입을 열고 수줍은 듯 꽃술을 살그머니 내밀면 이때 이 건들매가 지나가면서 나락에 수정을 시킨다.

이 엄연한 대자연의 오묘하고 위대함을 뉘라서 감히 역행할 수 있겠는가? 이 시기에 비가 오면 나락은 재빠르게 꽃술을 거둬들이고 입을 닫아서 물이 들어오지 못하도록 방패를 만들지만 비가 많이 내리면 습기가 들어가서 수정을 방해해버린다. 그러면 쌀알이 생기지 못하고 쭉정이로 말라죽어 수확이 줄어든다.

노골봉에서 서쪽으로 가파른 내리막을 한참 내려가고 골짜기를 지나고 또 산등성이를 몇 개 넘으면 조항리라는 스무 가구 정도의 산촌 마을이 있는데 도대체 언제쯤 어떤 사람들이 왜 이 험하고 고립된 산속 깊은 곳에서 화전을 일구면서 살아왔는지는 알 수 없다. 아마도 세상 풍파 견디기 어려운 사람들이 남몰래 숨어들어와서 화전을 일구면서 그나마 마음 편히 살지 않았을까 싶다. 마을의 역사는 얼마나 되는지 아는 사람도 없다.

조항리에서 남서쪽으로는 산등성이를 몇 개 넘으면 그야말로 원시림으로서 특별한 일 없는 사람들이 잘 드나들지 않는 범바위골이 있다. 호랑이 머리처럼 생긴 바위가 있어서 범바위고, 골짜기도 범바위골이다. 범바위골이라고 불러야 되는데 사람들은 '위'자를 빼버리고 말하기 편하게 '범바골'이라 한다.

이 범바골 근처 어딘가에 광복 2년 후, 1947년 봄부터 6·25 전쟁과 1953년 7·27 휴전이 될 때까지 어느 누구의 기억에도 없고, 보잘것도 없는, 그리고 한 페이지 기록에도 남겨져 있지 않는 얘기, 빨치산들이 농사꾼들을 납치해서 빨치산 대원으로 합류시키거나 말을 잘 안 듣거나 도망치는 자들은 무자비하게 죽여버리는 무섭고 뼈아프고 슬픈 얘기가 있다. 빨치산 제3병단 1대 본부 아지트가 이 근처 어딘가에 있었고, 그 아지트에서 만행을 모의하고 범바골 묵은 논자리를 반동으로 낙인찍힌 사람들의 처형장으로 사용했던 증거가 현재까지 남아 있다.

초창기에는 수십여 명의 남파 빨치산들이 모여 있었지만 6·25 전쟁이 임박하여 제주도의 4·3 사건을 경험하면서 미군정에 환멸을 느끼고 좌익으로 화동한 거물급 빨치산 지도자 김달삼이 명동산 어느 골짜기에 있던 본부를 군량미 확보가 용이한 범바골 부근으로 옮겨왔을 때는 3백에서 5백여 명이 되었다는 설도 있다. 수개월 동안 그 많은 인원이 기거할 수 있는 넓은 장소가 있었다고 추측되지만 현재까지 그곳을 정확하게 아는 사람은 없다. 김달삼 부대가 월북하기 위하여 북상하다가 영월 반론산에서 토벌대에 의해 최후를 맞이하기 전까지 범바골 부근에서 납치, 살인을 저지른 대상은 경상북도 영덕군 축산면 소재 조항리, 칠성리, 대곡리, 기암리, 화천리, 영해면 임실, 대동, 그리고 지품면 전역과 달산면,

범바골 비가悲歌

그리고 영양군과 봉화군 일월산 등의 산촌 마을 농민들이었다.

그 많은 억장들이, 그 시절을 함께 살던 사람들이 하나둘씩 세상에서 사라져감에 따라 세월이 지나면서 구전으로라도 남아 훗날에 전해질 이야깃거리 한마디 남지 못했다. 너무나도 잔인하고 꿈속에서도 생각하기 싫은 이야기들이기에 누구도 입에 올리기를 꺼려하는, 그런 몸서리쳐지는 일들이기에 그러했다.

범바골 부근 조항리는 산길을 따라 영양군으로도 갈 수 있고, 앞산을 넘으면 지품면이 멀지 않다. 지품은 행정구역으로 영덕군이지만 안동과 교통이 좋고 영양군과도 빠르게 왕래가 가능하고 동쪽으로는 달산면과 맞닿아 있어서 나지막한 고개 서너 개만 넘으면 동해안 7번 국도와 연결된다. 이 범바골은 산짐승 말고 사람이 드나드는 일은 별로 없고 혹 산양이나 사향노루 사냥꾼들이 눈비를 피하며 사냥감을 기다리는 곳이다. 맑은 물과 좁은 평지가 있어서 약간의 준비만 있으면 하루 이틀 밤 비박하기 괜찮은 곳이다.

바위 아래에는 수백 년, 아니 그보다 더 오래전일지도 모르는 어느 시대에 누군가가 뜻 모를 사연을 지닌 채 이 깊은 산골짜기에 숨어들어 논밭을 일구며 산 흔적이 있다. 열 평도 채 안 되는 두렁 논 세 다래기와 산 쪽으로 얼마 안 되는 화전도 일구면서 산 흔적이다. 논이라고 해봐야 보잘것도 없이 작은 넓이이고 그 논에서 농사지은 곡식으로 혼자 지냈는지 여럿이 함께 지냈는지도 알 수 없고, 몇 년이나, 아니면 몇 대로 살았는지도 알 수도 없다.

다만 흔적만 남아 있다. 산에는 산에 사는 나무와 풀이 있고, 들이나 논밭 근처에는 그곳에 사는 풀이 따로 있다. 군데군데 갈대가 자라고 피(黍)가 무성하다. 강아지풀이나 참쑥은 원래 산에서는 좀처럼 볼 수 없는 풀들인데 이곳에 자라고 있다. 이것이 그 옛날에 누군가가 한동안 살았다는 증거가 되는 것이다.

아마도 범바위 밑에 움막을 짓고 세상사와 등을 지고 마음 편히 살았는지도 모를 일이다. 시도 때도 없는 부족 간의 싸움, 아니면 이민족 간의 영토 분쟁이 지겹고 무서워서 이곳에 숨어들어 한 세상 회한 없이 살다 갔는지도 모를 일이다.

6·25 전쟁이 나기 전, 근 두 해 동안 박헌영이 이끄는 남조선노동당 빨치산 김인수 부대가 본거지를 마련하고 인근 마을 사람들을 향해 온갖 회유와 협박, 암살, 때로는 감언이설로 사람들에게 실낱같은 희망을 주기도 했다가 끝없는 절망을 주기도 한 그 아지트가 이 근처 가까이에 있다. 삶과 죽음을 넘나들며 죽지 못해 살아온 사람들의 피 맺힌 원한과, 갈피를 못 잡는 이념의 갈등에서 눈물겨운 사랑 이야기도 함께 있었다.

마을 사람들은 낮에는 미군정의 행정 통제를 받고 밤에는 이들의 협박을 받으며, 감시하는 사람이 밤낮으로 바뀌는 하염없는 세월을 보내고 있었지만 어느 기관도 이들을 보호해주는 주체가 없는 무정부 상태, 바로 그런 처지에 놓여 있었다.

이 아지트(근거지)를 찾으려고 수복 후에도 수년을 군경 공비토벌대가 수없이 산을 헤매고 다녔지만 찾을 수 없었다. 요즘 세상 같았으면 헬리콥터나 정찰기 등으로 힘들이지 않고 아주 쉽게 찾아냈겠지만 그때는 순수 인력으로 수색을 하다 보니 능률은 낮았다. 이곳에 와보았거나 위치를 대강 아는 사람은 그들에게 모두

죽임을 당했고 그 외에는 와본 사람이 없어서 찾지 못했다.

워낙 첩첩산중이고 사람의 발길이 닿지 않는 오지이기 때문이었다. 그 끔찍한 전쟁이 휴전으로 대강 끝이 나고 4년이 지난 1957년의 늦여름 어느 날 명동산 아래 첫 동네 조항리에서 동쪽으로 약 이십여 리 떨어진 화전리(꽃밭) 동천네 집 마당에, 영덕경찰서 소속 패잔병 공비토벌대 30여 명이 해 질 녘에 어깨에 총들을 메고 범바골 근처에서 인민군 패잔병 한 명을 생포해서 마을로 끌고 왔다.

토벌대는 지난여름에 조항리 야산 화전 밭에 누군가가 감자를 캐 간 발자국을 따라 수색하다가 범바골 근처 개울가에서 저항하는 공비 두 명을 사살한 적이 있는데, 금년에 또 공비를 잡았다는 말에 마을 사람들은 몹시 놀라고 몸서리가 쳐졌다. 전쟁 전에는 빨치산 산사람들에게 식량이며 옷가지며 온갖 생활물자를 그들이 요구하는 대로 내주면서도 목숨을 부지하기 위해 전전긍긍하지 않았던가?

사람들은 그들을 산사람들이라고 불렀다. 이 산사람들이 공포의 대상이지만 어디에도 하소연할 곳 없어서 그들의 비위를 맞추면서 겨우겨우 연명해왔는데, 그놈의 공비 놈들 찢어 죽이고 싶겠지만 워낙 악마 같은 이름이기 때문에 말만 들어도 오금이 저려왔다. 사람들은 겁을 잔뜩 집어먹은 얼굴로 기웃거리며 하나둘 동천네 마당 울타리 너머로 경계심 가득한 눈으로 귀신보다 더 무서운 공비를 구경하고 있었다.

철부지 아이들도 호기심이 발동해서 있는 대로 몰려들었다. 경찰은 아이들이 가까이 접근하는 것을 막기 위해 몹시 신경을 쓰고 있었다. 이 아이들 속에 필자도 함께 있었고, 지금도 기억이 또렷하다.

동천네 집은 이 마을의 제일 낮은 앞쪽에 자리하고 있고, 마당이 넓어서 마을 일에 관한 대소사는 모두 동천네 마당에서 이루어지고 있어서 생포한 패잔병 공비도 응당 동천네 마당으로 끌고 온 것이었다. 공비는 먼발치서 얼핏 보아도 얼마 안 되는 머리숱이 허리 밑에까지 헝클어진 채 늘어져 있고 남자인지 여자인지도 알 수가 없었다. 옷이라고 할 수도 없는, 찢어져 너덜너덜한 천으로 목 부위에서 입으로 감싸고 가슴과 팔다리까지 감아 싸놓아서 얼굴을 볼 수는 없어도, 체격은 왜소한 편이고 키도 작고 심하게 야위어 있다는 것을 금방 알 수 있었다. 손은 마치 짐승의 발 같고, 헝겊으로 감싼 사이로 발가락이 그대로 나와 있고 발등이며 손가락 사이사이가 짓물러 피가 나 있고 고개를 가슴까지 떨구고 있었다.

동천 엄마가 작은 멍석을 내다 깔고 자리에 앉혀놓았는데 무릎 아래 정강이에도 심하게 곪은 상처에 피고름이 흐르고 있었다. 이 장님이 부랴부랴 쫓아와서 경찰과 뭔가 이야기를 나눈 뒤 토벌대는 공비를 데리고 마을을 떠났다. 영덕경찰서에서 조사한 결과 이 공비는 여자이고 나이는 스물일곱 살, 전쟁이 나던 3년 전 1947년 가을 미군정 시 반공단체인 대동청년단이 결성되고, 그들의 활동에 밀려 산으로 숨어들었던 남로당 유격대 제3병단 제1대장 김인수에게 사랑과 충성을 맹세하고 유격대 일원이 되어 산으로 따라간 화전리 박무곤의 외동딸 정자로 밝혀졌다. 그녀는 전쟁이 끝이 난 줄을 아직도 모르고 있었다. 전쟁이 끝난 지 4년이 지나도록 어디서 무엇을 먹으며 어떻게 목숨을 부지해왔는지 등을 조사했지만 대답하기를 거부했다고 한다.

지난해 가을에 조항리 화전(火田) 밭에서 산짐승이 아닌 사람이 조 이삭과 수수, 콩 꼬투리를 따 간 흔적과 감자며 고구마도 누군가가 캐 간 발자국을 보고 토벌대가 수도 없이 수색해봤지만 더 이상 아무 흔적도 찾지 못했다. 인근 마을에서 옷가지며 곡식을 잃어버린 집도 없었다.

동천네 마당에 잡혀 있을 때, 사람들은 그 공비가 정자인 줄 알아본 사람은 없었고 심지어 그녀의 아버지인 박무곤도 울타리 밖에 있었지만 그 역시도 딸을 알아보지 못했다. 달포 후 박무곤은 축산지서에 불려가서 이 사실을 알게 되었고 무곤 역시 오랜 시간 동안 당국으로부터 엄중한 조사와 감시를 받으며 살았다. 무곤의 아내는 그 일이 있은 후 신병을 얻어 앓다가 이듬해 세상을 떠나고 말았다.

정자는 어릴 때 예쁘고 발랄하여 온 동네의 귀여움을 독차지하며 자랐고, 커서는 솜씨도 좋아서 길쌈이며 바느질이며 못하는 일이 없는 착한 처녀로 자라서 며느릿감으로 눈독을 들이는 사람이 많았다. 커서 열여덟 처녀가 되었을 때는 얼굴 또한 활짝 핀 도화처럼 고왔다.

빨치산들이 마을에 드나들면서 인수의 눈에 띄게 되고, 시간이 감에 따라 둘은 빠르게 가까워지면서 여성동맹위원장이라는 직책까지 맡게 되었다. 두 사람은 간절한 사랑으로 발전하여 인수를 따라 산으로 가버렸던 것이다. 조사당국에서는 아직 나이도 젊고, 지역 내에 부모가 생존해 있어서 적극적으로 전향을 권했으나 정자는 인수가 살아 있을 것이라 굳게 믿고 있었으며 그를 잊지 못했다. 따라서 전향하기를 끝까지 거부했다고 한다. 그후 정자의 신변은 오랫동안 경찰당국이 보호하고 있었고 그 후 그녀의 생사를 아는 사람은 없다.

*

일제 시 친일 엘리트 계급의 자제들은 대부분 일본에서 유학을 하는 사람들이 많았다. 해방을 맞이하였을 때 당시에 학생 신분이었던 사람들은 더 이상 그곳에서 공부를 계속할 수 없게 되자 속속 귀국했다. 귀국한 조국은 해방은 되었지만 국론은 통일되지 못하고 좌우 이념이 극도로 대립하고 있었고 세상은 어수선했다.

1946년 말 남조선신민당, 조선인민당, 조선공산당 등이 통합해서 발족한 남조선노동당(남로당) 초대 부위원장에 선임된 박헌영은 서울 이외에 각 지방에도 남로당 지역본부를 두었고 영남 지방에도 대구 다음으로 영천에 경북 북부를 담당하는 본부를 두었다. 그리고 이 지역 출신의 귀국 유학생들을 모아 신탁통치를 지지하고 미국 영향 아래의 통일이 아닌 러시아식 공산주의 통일을 목표로 선전하는 일과, 영향력 있는 인사들을 남로당원으로 가입시키

는 일을 했다. 박헌영은 1946년 가을 미군정의 지명수배를 받게
되자 이 지역을 대구의 연락총책 박진후에게 맡기고, 그로 하여금
각 지역 적임자를 골라 확고한 지지기반을 세우도록 지시하고 북
한으로 도피해버렸다.

박진후는 유학 시절 동기생인 포항 출신 김인수에게 포항 지역
총책을 맡기고 자신의 지령에 따라 투쟁해줄 것을 부탁했다. 영
덕, 영양, 청송군의 책임자로 하여 3개 군에 거주하는 젊은 청년들
을 규합하는 등 각자 임무를 부여해 통일된 공산주의조국건설을
위한 활동을 하는 것이 그들의 목표였다.

김인수는 포항 지방의 친일 거물급 인사인 김상기의 둘째 아들
로 포항에서 보통학교를 마친 뒤 일본으로 가서 고등중학교를 거
쳐 제국대학에서 정치철학을 전공한 엘리트다. 성격은 좀 과격한
편이지만 의협심이 강하고 아버지를 닮아 잘생긴 얼굴에다 키가
크고 한번 마음먹은 일은 죽어도 해보려는 끈기도 있어서 아버지
김상기도 둘째를 매우 사랑했었다. 제국대학 의학부에 지원해 훌
륭한 의사가 되겠다는 형 인섭과는 사뭇 달랐다.

잃어버린 나라의 주권을 찾아야 한다고 입버릇처럼 말하고 훗
날을 준비하기 위하여 법률과 정치학을 공부했다. 일본 사람이 다
되었다며 형을 항상 못마땅해하기도 했다. 그렇지만 인섭은 훗날
본인의 희망대로 훌륭한 의사가 되어 1970년대에는 우리나라 정
상에 있는 명문 사립대학교 의과대학장을 거쳐 그 대학병원에서
병원장을 지내게 된다.

김인수는 카를 마르크스 이론에 대하여 깊이 공부한 공산주의

이론 신봉자였다. 1945년 일본이 패전하고 조선에 살던 일본인
이 건국준비위원회의 무조건 추방령으로 모두 귀국하면서 일본에
서 유학하던 학생들이 돌아올 때 인수도 예외일 수 없었다. 일본
에 간 지 10여 년이 지났고 대학 졸업을 몇 달 앞두고 스물네 살에
학업을 마치지 못한 채로 아쉬운 귀국길에 올랐다. 그러나 귀국을
해도 다행히 나라의 장래를 위해 크게 할 일이 있다는 것에 대한
자부심도 있었다.

　해방 전 늘 이맘때에는 대일본제국 황국신민면소에서 추곡 공
출량과 수득세 징수 예상조사를 준비하느라 온 동네가 긴장하고
법석을 떨 때다. 이장님네 집에서는 청주 담그고, 돼지 잡아 짚불
에 그을려 바람이 잘 통하는 헛간에 매달아 상하지 않게 준비하
고, 이장님은 집집마다 돌아다니며 혹 소홀하지나 않은지 점검하
며 그야말로 한판 난리가 벌어질 때인데 재작년 늦여름에 일본이
미국과의 전쟁에서 패함으로써 조선 천지에 들어와 있던 일본인
들은 모든 재산 다 몰수당한 채 입은 옷에 쫓겨서 본국으로 도망
을 가고 읍내 저잣거리에는 사람들이 손에 손마다 어디서 났는지
그 수많은 태극기를 들고 해방이 되었다고 부둥켜안고 우는 사람
도 있고 껑충껑충 뛰면서 술 취한 사람마냥 땅바닥에 드러누워 우
는 사람도 있고 몇 날 며칠을 그렇게 해방의 감격을 누렸던 그 후
로는 이장이 공출량 예비조사 준비하라는 말이 없어졌다.

　해방 전에는 나락이 절세할 무렵이면 당꼬바지에 따깨비 모자
를 쓴 일본신민면소 사람과 쇠가죽으로 만든 붉은색 손 도랑꾸를
든 조선인 직원 한 사람이 와서 나락 한 포기에 줄기가 몇 개인지

세고, 꼬투리에 나락 열매가 몇 개가 붙었는지 세어 한 포기에 총 열매 수를 계산해낸 다음 끈으로 된 줄자로 가로 여섯 자 세로 여섯 자 재서 그 한 평에 몇 포기가 심겼는지 계산하고 정미년(1912년)에 조선팔도를 세부 측량해놓은 평수를 계산하여 한 집 논의 나락 총 생산량을 계산한다.

이것을 근거로 공출량과 수득세가 정해지는데, 이 큰 행사 때 면소 사람들 잘못 대접해서 나락 포기 수나 열매 수를 후하게 세어주지 않으면 1년 농사지은 것 통째로 다 바치고 식구들 입에 풀칠할 쌀 한 톨 남기지 못하기 때문에 면소 사람들을 지극정성 다해서 대접해야 된다.

그리고 난 한 달 후면 수납명령장이 나오는데 공출은 5할이고, 수득세가 1할 해서 합이 6할인지라, 논 열 마지기 농사지으면 나락 스무 섬 내외 먹는데 열두 섬은 면소에 내고 여덟 섬이 남는다. 공출에 바칠 것은 햇볕에 잘 말리고 먼지 하나 없이, 그야말로 쌀곡처럼 만들어야 된다. 혹 1, 2등을 못 받고 등외 등급이라도 받게 되면 다음 기일에 또 1할을 더 가져다 바쳐야 하기 때문에 햇빛 좋은 날을 골라 멍석에 널어 잘 말리고 바람에 지우고 키로 까불어 최고의 품질이 되도록 다듬어야 된다.

공출하고 남은 것은 쭉정이 있는 대로 방앗간에 가져가서 찧는다. 여덟 섬 찧어 쌀 석 섬 반 얻으면 최고 많이 나온 것이고 아니면 석 섬 정도 얻는다. 공출에 바친 거야 열두 섬 찧으면 일곱 섬은 족히 나오지마는, 여덟 섬에 쌀 석 섬 얻어도 탈 없이 지나가면 감지덕지해야 한다. 혹 잘못해서 뒤탈이라도 생기면 이장한테 불려가서 온갖 꾸지람 듣고, 면소에 불려가서 따귀 한두 대 얻어맞기는 배꼽 빠진 감 떨어지기보다 쉽다.

나락에 비해 보리나 조, 콩 따위 밭곡식은 공출이 그리 까다롭지 않다. 면소에서 수확량을 직접 조사는 하지 않고, 이장이 재량껏 신고하면 된다. 그 대신 이장님한테 잘못 보이면 안 된다. 평소에 이장님 시키는 말씀 거역하지 않고 협조를 잘하면, 보리 열 섬 공출할 거 여덟 섬 정도 하게 해주고 조며 콩 등도 혜택을 많이 본다. 이장이 시키는 일을 잘해야 되는데 특히 부역에 한 번이라도 빠지면 큰일 난다. 이장과 함께 면소에 가서 온갖 호통 다 듣고 다시는 안 그러겠다고 쓴 서류에 손도장을 찍어야 된다.

이렇게 힘들게 살던 세월이 엊그제인데 해방이 되더니 달라진 게 너무도 많다. 당장 이장님 잔소리가 사라지고 사흘이 멀다 않고 긴 칼 차고 오던 일본 헌병과 순검이 안 온다. 일본 헌병보다 더 무서운 일본 앞잡이 조선인 순사가 없어졌다.

산간수와 세무지서에서도 안 온다. 산간수가 하는 일은 산림을 지키는 공무원으로서 사람들이 함부로 나무를 베면 대신 목숨을 내놓아야 할 만큼 일인들은 산림을 중시했다. 집 울타리 안팎과 정지(부엌)까지 살펴서 장작 한 개비라도 있으면 곧바로 끌려가야 되고 농주 해먹다가 세무지서 감시조 사람들한테 들키면 밀주조제죄로 곧바로 형무소로 가게 된다.

때문에 이장님 댁에는 항시 살찐 암탉이 준비돼 있어서, 여차하면 애꿎은 암탉 한 마리 목숨이 사라진다. 그리고 이장님 댁에는 아주 좋은 찹쌀 청주가 마련돼 있고, 이것은 그들을 위한 접대용

약주이지 밀주로 치지 않는다. 혹 주민들 중에서 장작이나 농주가 들키면 그 일을 무마하기 위하여 준비하고 있는, 특별 준비물목들이다. 자칫 잘못해서 문제가 되면 이장도 함께 죽어나기 때문이다.

올해는 가을 추수가 끝나도 공출이 없어졌으니 군정청위원회에 농지소유세라는 새로 생긴 세금 3할만 내면 된다. 그러므로 농사지은 곡식 열 섬이면 일곱 섬은 모두 농민의 것이 된다. 웬만한 농가는 식량 걱정을 안 해도 된다는 얘기다.

*

재작년(1945년) 한여름 더위가 절정에 이른 7월 초 여드렛날 아침부터 하늘은 구름 한 점 없이 맑게 개었고, 바람도 고요하여 길섶의 잡초에 밤새 온 이슬이 아침나절이 다 되도록 마르지 않고 햇살에 반짝이고 있었다. 말복을 지낸 지 엿새가 되어도 도무지 더위가 꺾일 줄 모르고 맹위를 떨치고 있었다.

능수는 이 마을에 이사 와서 먹을 것 안 먹고 입을 것 아껴서 모은 돈으로 마련한 물위골 논 스무 마지기가 뼈 같고 살 같아 하루라도 안 보면 잠이 안 올 만큼 요긴 서러워 더위도 잊은 채 논둑에 심은 불콩을 돌보다가 점심때가 한참 지나서 집으로 돌아왔다. 금년 논농사는 평년작 이상은 될 것 같지만, 공출과 수득세로 수확량 삼 분지 이를 납부할 생각을 하니까 아깝고 속심이 아려온다.

사립에 들어서는데 갑자기 방문이 '콰당' 하고 열리며 큰아들 성택이가 "아부지!" 한다.

"왜?"

"아께요 민기가요. 저그 엄마 약 지으로 성내 갔다 왔거덩요."

"민기 엄마가? 어디가 아파서?"

"그거 보다가요. 민기가 성내서 들은 이바군데요. 일본 사람들이 조선 사람들을 보이는 대로 다 죽이고 저그 나라로 돌아간다 커드라네요."

"뭔 씰데없는 소리 하노?"

"성내 사람들이 짐 싸가주고 산골로 도망간다꼬 날리라 카던데요."

"뭔 그런 소리가 다 있다 커더노? 헛소리로 듣고 그래지! 일본 사람이 머 할라꼬 조선 사람 죽이고, 왜? 저그 나라로 가노? 헛소리다."

"아부지! 아이라 커이요! 이장님도 어디서 그런 소리 들었다꼬 급히 자전거 타고 면소로 갔심니더."

"뭔 너무 소린 동? 이장이 면소 간 게 확실한강?"

"예! 지가 이장님 댁에 가봤거덩요."

"이장이 면소 갔이며 뭔 소린 동 알아지지 뭐."

이날은 1945년 8월 15일이었다. 일본이 연합군에 무조건 항복하여 태평양 전쟁이 끝이 나고 대한제국이 해방된 날이었다. 일황이 항복을 선언했지만 시골에는 엉뚱하게도 이와 같은 소문이 온 성내 저잣거리에 전염병처럼 퍼져나갔고 성급한 사람들은 옷가지를 싸가지고 소달구지에 싣고 산골로 숨어들어간 사람도 많이 있

범바골 비가悲歌

었다.

그도 그럴 것이 당시에는 친일을 해서라도 재산이 좀 있는 사람들은 라디오라는 기계를 가지고 있었지만 일반 사람들은 꿈도 못 꿀 비싼 물건이고 사회적으로 높은 지위에 있지 않은 사람들은 신문이라는 것도 접할 기회가 별로 없을뿐더러 기사가 전부 한문으로 쓰여 있기 때문에 농민들은 눈이나 발바닥이나 마찬가지다. 일본 천황의 항복 문서가 방송을 통해 흘러나와도 일반 사람들은 알아듣지 못해서 잘못 전파된 소문 때문에 벌어진 해프닝이었다.

그런데 면소에 갔다는 이장은 해가 다 지도록 도무지 소식이 없었다. 그렇게 초조한 기다림 끝에 희미한 초여드레 반달이 서쪽 하늘에 걸릴 무렵이 되어 이장이 돌아왔다. 이장은 아들 형제들을 심부름을 시켜 마을 사람들을 동천네 마당으로 모이게 했다. 사람들은 영문 모르는 채, 소문에 갈피를 잡지 못하고 우왕좌왕하다가 이장이 모이라는 소리를 듣자 기다렸던 김에 한 걸음으로 동천네로 모였다. 그런데 이장의 얼굴에는 걱정하는 듯한 모습은 보이지 않고, 두꺼운 안경 너머로 눈가에 옅은 미소까지 엿보였다.

"어험…"

이장님은 사람들이 모여 있는 앞에 와 서서 크게 헛기침을 한 번 하고는, "저녁밥들 잘 잡쉈십니꺼?"

"예…" 최영화가 여러 사람 대신 혼자서 대답을 했다.

"에… 또! 오늘은 참 일진이 좋은 날인가 베요. 내가 오늘 아침나절에 괴상한 소문을 듣고 바로 면소에 쫓아가봤는데, 세상에 일본 놈들이 미국한테 항복했다 커네요. 일본 넘들이 진 거라. 미국한테.”

“그러머 우찌되노? 이장님요.” 또 최영화가 여러 사람 대신해서 물었다.

“그러이끼네. 대동아전쟁은 인제 끝이 난 거지. 왜넘이 졌으이끼네! 저그 나라로 들어가고 조선은 해방이 됐다. 이 말이네!”

“해바이라 커는 게 뭔데요?”

“몰따! 내사 먼 소린동 모릴따.”

마을 사람들은 조국의 해방이 무엇을 말하는지를 잘 몰랐다. 조선 독립이라는 소리는 더러 들어봤어도 해방이라는 말은 처음 듣는 소리였다.

“아께 아침 절에 어떤 사람이 와가 괴상은 소리를 해대서, 그 참 고약타 하고 자전거로 타고 면소에 가이까, 면소가 있는 도곡 사람들도 웅성대고 있데, 참 내! 우째? 그런 소무이 누 입에서 났는 동 면서기들도 깜짝 놀래더라꼬. 그리고 해바이 됐다 케도 한참은 뭐 밸로 달라지는 게 없으이끼네, 모도 그런 줄 알고 헛소문에 놀래지 말고 주무시고 하는 일이나 부지러이 하이소. 아매도 매칠 있서머 나라에서 뭔 소리가 안 있겠나? 안 그래도 몽양 여운형 선생이 뭔 발표를 한다네.”

그랬다. 일본이 연합군에 패하여 항복하고 조선은 해방을 맞이하게 되었지만 하루아침에 모든 것이 달라질 수는 없는 노릇이다. 백범은 중국에서 귀국을 서두르고 있었고 몽양은 건국준비위원회 조직을 구상하는 그런 정도였다. 그리고 한 달쯤 지난 후에 도곡에 관내 모든 사람들을 모으고, 손 태극기 나누어주면서 해방의

범바골 비가悲歌

기쁨을 나눈다면서 만세를 불렀다. 면소에서 나누어준 태극기를 아는 사람은 많지 않았다. 특히 40세 미만 사람들은 대부분 처음 보는 깃발이다.

이때는 몽양 여운형을 필두로 건국준비위원회가 구성되고 우리 고장 면소에도 왜인들은 모두 돌아가고, 몇 안 되는 조선 사람 서기들만 남아 있을 때다.

2. 해방

　1946년 가을, 아, 해방되니 참, 좋구나. 능수네는 논 스무 마지기에 밭 마흔 마지기로 마을에서는 비교적 부농에 속한다. 공출을 하지 않으니 쌀은 물론 조며 콩, 지정 수수 등 잡곡이 풍족해진다. 해방이 되고 추수해본 지 금년으로 두 해째, 올해는 풍년은 아니지만 평년작은 족히 되므로 능수는 추수를 끝내고 50 평생 살면서 금년같이 몸과 마음이 가벼워본 적이 없다.

　해방되던 해는 어영부영하다가 추수를 하는 둥 마는 둥 정신없이 지나고 금년에는 옳게 농사짓고 추수하는 것이다. 하루빨리 나라가 안정되어서 편히 농사지을 수 있었으면 좋겠다고 생각하고 있었다. 이제부터는 하늘이 도와주시고 부지런히 농사지어면 먹고사는 건 별 문제없을 것이다. 돌이켜 생각해보니 참으로 감회가 새롭다.

　　　　　　　　　　　　　　　　범바골 비가悲歌

왜정 때 군청이 보유한 목탄차에 연료로 쓰는 숯을 납품하는 입찰에 참여해서 참나무 6백 그루 벌목 허가와 목탄 2천 포 납품계약을 낙찰받고 선불금도 지원받았다. 그 돈으로 숯가마도 서너 개 짓고 일꾼들 숙식을 해결할 수 있는 함바와 숙소랑 온갖 생활도구며 족히 한두 달 인부들 노임도 해결할 수 있도록 도와준 큰돈이다. 이 모든 것은 입찰장에서 우연히 알게 된 김상기 회장 덕이었다. 김 회장은 조선총독부 간부로서 일진회 경북지회 회장직을 맡고 있었기에 그를 김 회장이라 호칭했다. 일진회는 진작에 해체되었지만 지방에서는 그 위세가 그대로 존재하고 있었다.

훗날 악연으로도 이어질 운명인데 현재 귀신 말고 누가 그걸 알겠는가? 김상기 회장이 은인이기에 고맙고 황송할 따름이다. 능수는 계획을 철두철미하게 세우고 하나씩 하나씩 공사를 시작해나갔다. 혹시 실패를 하면 김 회장은 물론 군청에 엄청난 피해를 입힐 수 있기 때문에 자칫하면 죽은 목숨이 될 수도 있는 것이다.

한골에서 수없이 실패도 하면서 터득한 기술이 있기에 자신만만히 일을 성사시키겠다 마음을 다잡았다. 참나무가 많고 운반하기가 좋은 곳을 찾아다니다 이곳 화전리의 절골이 적당해서 한골에서 5남매를 데리고 가재를 정리해서 이사까지 온 마당인데 실패란 생각할 수도 없고 오로지 희망에 차 저절로 힘이 생겨났다.

숯은 1등품만 납품해야 하는데 이 일은 아무나 할 수 없는 정교한 기술이 있어야 한다. 첫 가마에서 산품이 나왔다. 모두 1등품이다. 만세! 능수는 마음속으로 만세를 불렀지만 인부들은 1등품인지 뭐가 뭔지 모르는 눈치들이었다. 그렇게 1년을 아무 탈 없이 계약한 양을 납품함으로서 김 회장의 신임은 더욱 깊어지고 이듬해 또 그 이듬해도 수의계약으로 3년이 지나고 나니 능수는 아무도 모르는 사이에 제법 부자가 되어 있었다.

처음에 참나무군락지를 찾아왔을 때 절골에서 조금 골짜기로 들어가면 아주아주 옛날 언제인지도 모르는 오랜 옛날에 암자가 있었다고 해서 이름이 암자골이라는 골짜기에는 얕은 개울이 흐르고 개울 양쪽은 수만 년 풍화에 깎이고 갈리어 바위들이 기암괴석으로 변해서 마치 그림 같다 하여 이름도 그림바위라고 하는 그런 골짜기였다. 그림바위를 거슬러 상류 쪽으로 한나절 쯤 오르면 산골 마을 조항리가 있다. 암자골에 아득하게 솟아오른 비릉에 수없이 많은 참나무가 군락을 이루고 있다. 경사가 심한 반면 토질은 우수하여 아름드리 참나무가 하늘을 가릴 만큼 우거져 있고, 산 아래는 넓고 완만한 평지가 펼쳐져 있다. 그 넓이만 해도 족히 밭 열 마지기(1천여 평)는 되어 보였다.

능수는 처음 이곳에 와봤을 때 적잖이 놀랐고 가슴속으로부터 북받치는 뜨거운 그 무엇을 억누르지 못하고 고개를 들어 하늘을 향해 두 손을 합장했다.

"오, 하늘님요. 바로 여기네요. 여거요!"

하늘이 내게 내려주신 이런 땅을 찾느라고 몇 달을 헤매고 다녔던고? 평해면 원자골에서 영해면 한골 마을로 이사 와서 살 때, 짬이 날 때는 창수면을 지나 영양군 일월산까지 돌아다녀봤지만 이런 곳은 찾지 못했다. 능수는 젊은 날 가슴에 품은 꿈과 이루고자 했던 포부가 한꺼번에 다 풀리는 듯했다. 권력이 없으면 금력이

범바골 비가悲歌

라도 있어야 남들에게 짓눌리지 않고 살 수 있다. 많이 가질 욕심
보다도 우선 남에게 의탁치 않고 의식을 능히 해결할 수 있을 만
큼의 재물은 꼭 가지리라고 포부를 가지고 살아왔다. 언제라도 한
번은 목탄을 만들어서 납품하는 일을 하고 만다고 수도 없이 다짐
했던 바이다.

열 살도 채 안 되었을 때 일제에 의해 조선이 망하고, 한두 해가
지나고 나니 온통 일본 사람들 세상이 되었다. 서른이 갓 넘은 아
버지는 얼마 안 되는 농토가 그만 일본 사람들의 신작로 만드는
데 다 들어가 버리고 모서리 땅마저 동양척식이라는 곳에서 도로
보호구역이라는 명분으로 몰수해버렸다. 그리고는 밤낮으로 부역
을 나오라는 성화에 견뎌낼 수가 없었다. 만일 가끔 못 나가는 날
이 있으면 순검이라는 왜인이 긴 칼을 차고 와서 사정도 없이 구
둣발로 정강이를 걷어차고 따귀를 때렸다. 아버지는 아직도 혈기
가 왕성한데 왜놈들한테 턱도 없는 일로 매를 맞는 것이 참을 수
없을 만큼 괴로웠던지 한밤에 엄마와 달랑 세 식구 봇짐을 꾸려가
지고 만첩산중 사람이 안 사는 곳으로 야반도주했다. 물리적 힘을
가진 무지몽매한 자들의 총칼 앞에 일신은 불가분이지만 영혼이
야 그들에게 무릎 꿇을 이유가 없다.

*

조선조 선조임금 등극 초기에 성균관학사 시절 단종의 복권을 주도하다가 엉뚱한 무오사화 잔존 세력이라는 오명을 쓰고 강원도 남쪽 끝 평해 땅 군수로 낙향한 익제공의 후손으로서 충절의 가문답게 고고한 삶을 산 안성인 후예 아니던가? 여말에 공민왕이 원나라의 볼모로 잡혀 있을 때 스승을 맡은 이중선이라는 사람을 공민왕이 원나라로부터 고려 국왕의 책봉을 받고 노국공주 와 함께 귀국할 때 동행으로 데리고 와서 공민왕 조정에서 문하시중 겸 경군호장(현재 경호실과 비서실 총책)을 맡겨 권력의 2인자로서 고려 조정에 많은 공을 세우고 그의 나이 68세에 조정의 모든 작위를 내려놓고 낙향할 때 공민왕은 그에게 백하군(百夏君)이라는 군호와 안성 땅을 하사했다. 아들 3형제를 데리고 안성 땅에 정착함으로서 안성 이씨의 시조가 된 것이고, 그 자손들 중 일부를 제외하고 대부분 이성계의 조선 건국을 인정하지 않고 두문동에 들어가서 희생을 치름으로써 거의 멸문을 당할 지경이 되었다.

　　다행히 멸문을 면할 수 있었던 것은, 태조 이성계의 야인 시절에 그의 아들들과 어릴 때 이웃에서 같이 자란 친한 동무들이 있어서 정종조 왕자의 난이 일어났을 때 동료들을 규합하여 태종임금을 왕위에 오르게 한 3인 1등 공신이자 세종 치세까지 조정의 선정에 참여했던 이숙번 공 덕분에 멸문지화는 면할 수 있었다. 사후에는 태종임금으로부터 영의정에 재수되기도 했다. 이토록 위대한 조상을 둔 정절의 양반가 후손인데 조선이 망하기 전까지는 그래도 멸시나 천시는 안 받고 살았지만 왜인들에게는 그것 때문에 도리어 신상에 억압을 받는 거추장스러운 양반 문서에 불과

했다. 이제 와서 생각해보니, 남 먼저 훌훌 털어버리고 몸을 낮추고 가족을 부양하는 일에만 전념했던 아버지의 생각이 옳았다고 느껴졌다.

거기는 행정구역상 평해면 원자골이라는 곳으로 하늘만 빠끔히 보이는 참나무와 잡목이 우거진 골짜기였다. 대강 움막을 짓고 지천에 널려 있는 약초와 산도라지 더덕을 캐서 야밤에 평해 읍내에 내다 팔고 화전을 일구면서 2년을 산 어느 날, 낯선 사람 여럿이 찾아왔다. 포항 삼척 간 신작로가 속속 완료되어감에 따라 우선 개통된 구간을 이용하려는 왜인들이 목꾸당노 지도샤(목탄차)라는 자동차를 운행하는 데 연료로 쓸 숯을 생산하기 위해 가마를 이곳에 만들 테니 움막을 치우라고 했다.

행정상 근거도 없이 국유지를 무단 사용하고 있는데 두 말 못하고 쫓겨났다. 하는 수 없어 움막을 옮기고, 그리고는 그곳에서 부역으로 죽도록 일을 했다. 부자(父子)가 죽도록 일을 하면 사흘에 보리쌀 한 되박을 준다. 야반도주한 죄로 오도 가도 못하고 왜인들이 시키는 대로 할 수밖에 없었다.

4년이 지났다. 근처에 무성했던 상수리나무 도토리나무 굴참나무 등 참나무 종류는 거의 다 베어서 없어지고 따라서 숯가마도 다른 곳으로 옮겨 갔다. 능수는 이 시기에 숯 굽는 법을 터득하게 되었고, 나중에 자라서 어른이 되면 꼭 한번 숯가마를 해보고 싶은 포부 같은 것을 가슴에 새기게 됐다.

숯은 생참나무로 만드는데 표면이 하얀색을 띠도록 잘 익은 것은 1등품으로 백탄이라 하고 그 외는 비교적 값도 싸다. 길쌈을 하고 농기구를 만들고 하는 것은 각 가정마다 필요한 일용품을 만드는 것이지만, 도자기나 옹기를 굽는 일과 닥나무로 종이를 만드는 일, 그리고 숯을 구워 공출하는 일은 아무나 할 수 없는 좋은 재주에 해당한다.

숯가마를 다른 곳으로 옮겨 가면서 왜인들도 가고 없는데 아버지는 심한 노동에 몸이 상하셨는지 시름시름 앓기 시작했다. 먹는 것은 부실하고 노역은 심하여 병을 얻은 것이다. 그로부터 1년도 채 못 견디고 아버지는 세상을 버리고 말았다. 능수 나이 열일곱 살 때다. 화전(火田)으로 일구어놓은 텃밭에 아버지를 장사 지내고 생각에 잠긴다. 깊은 산중 독가촌에서 아버지를 잃고 도저히 그곳에서는 살 수가 없었다. 모자(母子)는 보리쌀 됫박 외 별로 가진 것 없이 평해읍으로 다시 돌아왔으나 갈 곳 없기는 마찬가지였다.

"엄마! 우리 다른 동네로 가서 살자! 여거는 일본 삼들 땅에 우리는 몬 산다. 또 날 잡아다가 죽어라꼬 일만 씨길 거 아이가? 일본 삼 없는 데로 가자."

"야, 야! 어디 가면 일본 사람 없는 곳이 있나마는, 니 하고 싶은 대로 해라."

모자는 남쪽을 향해 길을 나섰다. 가진 게 없으니 단출하다. 주린 배를 달래며 걷고 또 걸었다. 삼율을 지나고 병곡을 지나 영해에 도착했다. 때마침 장날이라 각처에서 모여든 장사치들이 얼마 안 되는 값비싼 물건들을 펴놓고 손님 오기를 기다리고 있었다.

대강 차일을 치고 기계국수를 삶아 파는 난전이 있다. 기계국수 한 그릇씩 말아서 모자가 허기를 때우고 정처 없이 또 걸었다. 영해에서 서쪽으로 방향을 잡고 걸었다. 산골로 가야만 왜인들 감시를 적게 받을 수 있기에 산골 쪽으로 길을 잡은 것이다. 해 질 무렵 여남은 집이 모여 사는 작은 마을에 다다랐다.

인심이 좋아 보이는 할아버지를 만나 사정 얘기를 하고 살 곳을 부탁했다. 철이 가을철이라 가을걷이에 일손이 요긴하던 터라 할아버지는 자기네 집 아래채를 내주었다. 능수 모자는 이 마을에서 새 삶을 시작하고 남의 집 논밭에 나가 추수를 돕는 품팔이 일을 했다. 그래도 원자골에서 왜인들 밑에 죽도록 일하는 것보다는 한층 수월하고 인간적이었다. 이렇게 정착한 이 마을은 영해면 한골이라는 마을이다.

모자가 함께 품을 팔면 끼니 걱정은 덜 수 있었고, 능수도 어느 정도 마음에 안정을 찾았다. 낮에는 품을 팔고 밤에는 아무도 모르게 앞산 골짜기에 들어가 조그맣게 숯가마를 만들고 참나무를 베어다 등짐으로 나르며 숯을 만들었다. 아무나 하면 될 것 같았던 일인데 생각처럼 되지 않았다. 실패를 거듭하면서 계속하는 가운데 숯이 되는 원리를 터득해갔다. 질 좋은 상품만 골라서 읍내에 내다 팔아 제법 수입도 생겼다.

한골마을은 능수에게는 고마운 마을이다. 사람들은 인심도 좋고 후하다. 그곳은 영해읍에서 수십 리 떨어진 산골이라서 그런지 왜인 순검이 자주 안 오는 편이고 산간수나 세무지서 사람들도 일 년에 한두 번 정도 형식적으로 지나가는 정도였다. 워낙 골짜기다 보니 농토라야 비탈밭 조금씩 소유한 가난한 마을이니까 뭘 뒤져봐야 나올 게 아무것도 없다는 것을 저들도 아는 것이다.

능수 모자는 16여 년을 이곳에 살면서 장가도 들고 자식도 다섯을 얻었다. 이만하면 그럭저럭 입에 풀칠은 하면서 살겠건만 어머니가 점점 쇠약해지셔서 극심한 기침을 하고 능수의 애간장을 태우더니 그해 겨울 설을 이틀 앞두고 그만 눈을 감으셨다. 아버지가 운명하셨을 때 하늘이 무너지는 것 같은 감당 못할 어려움을 느낀 바 있고 또 어머니마저 돌아가셨으니 어려운 일 있을 때 상의할 곳이 없어졌다. 외롭고 서글펐다. 어머니 시신을 한 달 이상 안방 윗목에 모시고 있다가 2월이 돼서야 장사 지냈다. 정초를 넘기고자 마을 어른들 말을 들은 것이고 우선 온 천지가 눈에 묻혀 있어서 눈이 녹을 때를 기다린 것이다.

2월 초가 되어서 겨우 어머니 장사를 모시고 견딜 수 없는 외로움을 떨쳐내고자 한골 마을을 떠날 결심을 했다. 그래서 화전리에 온 것인데 어언 10년이 훨씬 넘었다. 온갖 산새들이 저마다 목소리를 높이고, 풀섶 사이로 들려오는 이름 없는 풀벌레들 합창 너머로 향긋한 더덕 냄새가 코끝을 두들겼다.

마을에서 조항리로 통하는 길목에는 좁은 오솔길이 있었다. 그 오솔길이 몇 년 후 맏아들이 남로당 빨치산 무리에 끌려가 죽음으로 가는 길이 될 거라고는 오늘의 능수는 설마 꿈에도 짐작하지 못했다.

풍화에 씻기고 갈려서 잡티 하나 없이 새하얀 석회암 사이로 쫄랑쫄랑 굽이돌며 흐르는, 수량이 얼마 안 되는 물은 맑기가 수정 같아 한 모금 마셔볼 요량에 손을 담가보니 차갑기가 얼음 같았다. "허허! 내 손이 우째 이리도 섬섬옥수고?" 물속으로 비친 거칠

범바골 비가悲歌

기가 형언할 수 없는 손이건만 오늘따라 능수의 눈에는 구중궁궐에 묻힌 여인네 손처럼 고와 보였다.

숯가마 위로 높이 솟은 찬물내기 산 음지에 질 좋은 참나무가 즐비하다. 이웃 동네에서 데리고 온 농한기 일꾼들이 참나무를 베면서 부르는 노랫소리가 흥겹다.

춘초오… 년년록이요. 에… 왕손 어찌 귀불귀오리까?
좋은 글… 안 읽고요. 규방에 밤 질어질 것만 기다린다…
어… 에 호호호… 오…

당음의 한 구절이다.

당음은 원나라 때 양사굉이라는 사람이 당 황조시대의 우수한 시 작품을 모아 시기별로 구분하고 그중에 좋은 글귀만 짧게 엮은 시조다. 연산조에 우리나라에 들어와 만들어진 노래로 힘든 일을 하는 농사꾼들이 부르는 노래다.

그렇게 베어 온 참나무는 목측으로 여섯 자씩 잘라 가마에 차곡차곡 쌓고 그 위에는 굴뚝 하나 남기고 진흙으로 덮은 다음 가마 앞에 만들어진 아궁이에 잘 마른 장작을 쌓아놓고 불을 붙인다. 질 좋은 숯이 나오기를 하는 기원하는 고사상에 놓인 돼지머리는 일꾼들이 가장 눈독 들이는 1번 물목이고, 영덕 김상기 양조장에서 가지고 온 탁주가 다 없어져야 술판이 끝난다. 능수의 처 서포댁도 일꾼들 식사를 책임지고 일하면서 밥값으로 벌어들이는 재미가 제법 쏠쏠했다. 요즘 말로 함바인 셈이다.

원목에 불을 붙였다가 *끄는* 시점이 잘 맞아야 1등품이 만들어진다. 잘못하여 숯 표면에 백화현상으로 재가 두껍게 피면 상대적으로 열량이 줄어들어 불합격품이 나오기 때문에 시간을 잘 맞추어야 된다. 너무 일찍 불을 끄면 열화가 덜 돼서 숯을 피우면 연기만 나고 열량이 형편없이 떨어진다.

일단 가마에 불을 지피고 굿에 쌓은 참나무에 불이 붙을 때까지 3일 밤낮으로 불을 때고, 계속 장작을 넣어 원목에 불이 붙으면 그때부터는 잠시라도 한눈을 팔면 안 된다. 시분을 타투는 중요한 때이다.

사람이 잘 다니지 않는 산중이라 숯가마 부근에는 더덕이며 산도라지가 지천으로 널려 있다. 낮에 몇 뿌리 캐두었다가 밤이 되어 출출할 때 부지깽이로 아궁이에 숯불 몇 덩이 꺼내놓고, 더덕을 주먹돌로 지근지근 찧어 절반으로 갈라서 고추장 조금 찍어 발라 살짝 구워서 막걸리 한 대접으로 시름과 싸운다.

원목에 불이 붙기까지는 사흘 밤낮이 걸린다. 원목에 수분이 다 증발하면 이윽고 불이 붙는다. 이때는 조그맣게 뚫어놓은 굴뚝에 수증기와 연기가 혼합된 노랑색 연기가 줄기차게 솟아나오다가 차츰 연기가 줄어들면서 시퍼런 불꽃으로 변해가는데 불꽃의 양과 색깔을 보고 불을 *끄는* 시각을 정확히 맞춰야 된다. 이것이 말처럼 쉬운 기술이 아니다. 불꽃의 색깔이 적당하면 아궁이와 굴뚝을 동시에 막아 내열에 의해 열화가 팽창하면서 스스로 나무의 성질이 탄소로 바뀌는 것이다. 불을 *끄는* 시각의 적기를 놓치지 말고 정확히 조절하면 모두 1등품이 나온다. 그래야 인부들 노임을

범바골 비가悲歌

주고도 많은 이익을 낼 수 있다. 잘못해서 2등품이 많거나 등외품이 나오면 안 된다. 능수는 이 일을 해서 재물을 제법 모을 수 있었고, 화전리에 논 사고 밭 사서 농사도 지으며 눌러앉아 한마을 사람으로 살고 있다.

한밤중이 되면 여우란 놈이 겁도 없이 제법 가까운 곳까지 와서 캥캥대다 가고, 부엉이도 울고 올빼미 소리도 난다. 망할 놈의 소쩍새는 뭐 하러 밤새도록 '솟쩌 솟쩌 솟소쩌' 하며 울어대는지 구슬픈 소리에 그만 설움이 물밀듯 몰려온다.

영덕군청에서 일본에 보낼 석공 기술자를 모집했는데 맏사위가 뽑혔고 저희들 내외가 함께 일본으로 갔다. 맏딸 순자가 원인 모를 병으로 죽고 사위와 다섯 살배기 외손자 마사후가 와서 보름 동안 울다가 간 후 소식이 끊어진 지 두 해가 지났다.

3. 아리랑 고개

그렇게도 살갑고 눈에 넣어도 아프지 않을 것 같은 딸이었는데, 보부상을 하는 오랜 친구와 사돈을 맺게 되었고 사위 놈도 사람됨이 원만하고 아주 정교하게 돌을 다듬는 재주를 가졌을 뿐만 아니라 성격도 모난 데가 없어서 어디서 뭣을 하든지 간에 제 처자식 밥 굶기지는 않을 것 같아서 딸을 주었건만 그만 이역만리 일본 땅에서 먼저 세상과 하직하고 말았으니 가슴 깊은 곳에 딸자식을 묻었음에 그 가슴 일천 날 아리고 쓰리다.

알리오, 알리오, 누가 알리오. 쓰리고 아픈 가슴 뉘라서 알리오. 청청 하늘에 잔별도 많고, 이 요 내 가슴에 수심도 많다. 아려라, 쓰려라, 누가 알리오. 아리고 쓰린 고개 넘어간다. 부모님 죽음은 땅속에 묻고, 자슥의 죽음은 가슴에 묻네. 알리랑 쓰리랑 알

범바골 비가悲歌

아 알리오. 아리고 쓰린 고개 다 넘어간다. 나를 버리고 가시는 임은 십 리도 못 가고 발병나지. 알리랑, 쓸리랑, 이 요 내 가슴 아리고 쓰린 가슴을 누가 알리. 해본 감자가 지암만 아려도, 이 요 내 가슴속 반만 하리오. 쓰려라, 쓰려라, 이 요 내 가슴. 이 아리고 쓰린 가슴을 누가 알리. 짐져 해진 데 지암만 쓰려도, 이 요 내 가슴속 반만 하리오. 알리랑, 쓰리랑, 알아 알리오. 아리쓰리 모진 고개 다 넘어간다.

어느 기사를 보니까 아리랑 고개를 찾으러 강원도 일대를 다 돌아다녀봤지만 찾지 못한 사람이 있다는 기사를 본 적이 있다. 아리랑 고개라는 것은 어느 산등성이 고갯마루가 아니고 마음속에 쌓인 한의 고개가 아리랑 고개다. 자식 5남매 낳아 키우면서 제대로 먹이고 입히지는 못했지만 그래도 몸 성히 잘도 자라줘서 고마웠는데 큰딸을 가슴에 묻고 말았다.

스물한 살 먹은 큰아들 성택이를 장가도 보내야 할 텐데 해방을 맞이하고 야단법석을 떠는 바람에 아직 참한 규수를 찾지 못하고 있다. 둘째 순택이도 열여덟 살이 되었으니 내후년쯤 배필을 만나면 혼례를 치러 신접살림을 마련해줘야 되고, 딸년 순난은 열다섯 살이라 곧 남의 집에 줄 준비도 해야 된다.

소위 대동아전쟁이라는 그 전쟁의 말기 일본군에 잡혀가지 않게 하려고 산속으로, 다락방으로 숨겨서 지킨 자식들이다. 늦게 얻은 막둥이 열한 살짜리 순달이 놈은 신식학교에서 일본글 '가나'가 아닌 언문과 셈본을 배운다고 30리 밖에 있는 축산소학교에 다니느라 새벽밥에 꽁보리 주먹밥 두어 개를 싸가지고 다녀도 만날 배가 고프다고 투정질이다. "밥은 바빠 못 먹고 술은 술술 잘 넘어간다. 엄마 밥 줘⋯!" 어디서 주워들은 어른들 하는 소리를 흉내낸다. "술 줘"를 "밥 줘"로 바꾸어 말하는 게 대견스럽다.

동지가 지났으니 곧 섣달이 오고 설도 달포밖에 남지 않았다. 올 설에는 서러운 설이 아니고 즐거운 날로 맞을 수 있을 것이다. 참숯 납품이 순조로워서 별 탈 없이 지나갔고 그 덕에 인부로 쓴 인근 마을 사람들에게는 농사일 말고도 생각지도 않은 돈벌이를 할 수 있게 해줘서 사람들이 고맙게 생각해주는 것이 마음 뿌듯했다. 이 일을 몇 년 더 하면 좋으련만 일제는 산림이 점차 줄어드는 것을 걱정하고 있고, 바다 건너 먼 나라에서 돌 기름을 연료로 하는 차를 들여와서 목탄으로 가는 차는 점차 없애버린다는데 그것이 조금 아쉬웠다.

비록 일제 치하였지만, 그래도 수년 동안 이 일을 해서 재물은 제법 모였고 몸이 아프기는 하지만 할멈과 같이 농사만 열심히 지어도 남은 4남매 마저 키워서 시집, 장가보내고도 밥 굶지 않고 살 수 있을 만큼은 모였다.

맏딸을 잃지 않았으면 얼마나 좋았을까? 그래저래 한이 있어 섣달이고 서러운 설인가 보다. 사는 게 오죽이나 힘들면 옛사람들은 새해 새날을 서러운 날이라 했을까! 이승은 멀어지고 저승은 가까워져서 그랬을까? 개똥밭에 굴러도 이승이 낫다는데! 사는 게 제아무리 힘이 들어도 일부러 죽을 수는 없는 일! 그래서 서러운 마음을 그렇게 표현했을까?

범바골 비가悲歌

아무렴 산다는 게 힘들기야 옛사람들만 하랴? 죽도록 일해도 목구멍 풀칠하기 어렵고 굶기를 밥 먹듯 하는 것도 예삿일, 10여 남매 자식 낳아 손님(천연두)에 윤감(장티푸스)에 온갖 괴질(돌림병)에 다 잃고 두서너 명 건지기도 어려운데 그나마 남은 것도 수자리에 나가 죽고, 난리에 죽고, 배고파 굶어 죽은 자식도 있다. 남정네들도 그렇게 저렇게 명대로 살지 못하고 생을 마친 사람들이 얼마나 많았을꼬?

그래저래 흐르고 쌓인 세월이 수천 년, 그 수없이 많은 세월을 살아오는 동안 가슴은 숯덩이 되고 한만 쌓인 백성들이 새해 새날이 반갑지만은 않았을 터. 서러운 날이라고 했으리라.

이 시절 사람들이야 선대 같지는 않지마는 그래도 살림살이 어렵기는 매한가지고 남정네 못지않게 아낙네들이 더 힘이 든다. 온종일 허리 한 번 곧게 펼 날 없다. 새벽에 눈 뜨면 쇠죽솥에 구정물 붓고 장작 한 아름 안아다가 불을 지펴놓고 어제 밤늦게까지 디딜방아에 찧어놓은 보리쌀을 맑은 물 날 때까지 비벼 씻어서 밥솥에 안쳐놓고 쇠죽솥에 물이 끓으면 여물간에 가서 작두로 쳐놓은 여물 한 삼태기에 콩깍지 한 자루바가지 퍼 담아서 쇠죽솥에 안치고 보리속겨 한 자루바가지 떠다 붓고, 쇠죽 꼬꾸리로 골고루 섞어서 국물이 고루 배이면 솥뚜껑 덮어서 한참 끓인다.

마구간에 누렁이 놈 제 밥 냄새 맡고 제 뿔로 쥐어박고 문질러서 흙벽에 난 구멍으로 머리를 내밀고는 커다란 혀로 콧구멍만 대고 핥아댄다. 큰 누렁이 암소는 어느 집이든 간에 그 집의 농기이고 재산의 절반이라서 잘 먹이고 잘 돌봐야 된다.

밥솥이 푸루루 하고 거품을 내며 끓어 넘으면 절반은 퍼서 대소쿠리에 담아 뚜껑을 덮어서 뒤뜰 처마 밑에 매달아놓았다가 저녁밥 밑쌀 하게 해놓고, 솥에 남은 밑밥을 고르게 퍼 한 줌 되는 입쌀과 좁쌀을 돌이 씹히지 않게 잘 일어서 살그머니 안치고 다시 약한 불로 집히고 뜸을 푹 들이면 차진 보리밥이 된다.

텃밭에 나가 오이 몇 개 따다가 채 썰어 간 맞추고 국물 부으면 오이채 나물국이 되고, 엇가리 배추 삶아 무치고 된장 항아리에서 작년에 박아놓은 무와 더덕장아찌는 꺼내서 접시에 담고, 호박잎 따다가 실 껍질 벗기고 뭉텅뭉텅 썰어 넣고 바글바글 끓여 밥상에 올리면 꼭두새벽부터 들에 나간 식구들 아침상 준비는 다 된 셈이고 이만하면 진수성찬이다.

아침밥 숟가락 놓기 무섭게 남정네들이 들에 나가고 나면 설거지는 하는 둥 마는 둥 대강 끝내놓고, 이내 돌아서서 아궁이에 재를 모아 잿물시루에 담고 쳇다리 얹은 가래버재기 위에 올려서 물을 부어 노리끼리한 잿물을 내서 식구들이 벗어놓은 빨랫거리 모두 모아서 잿물에 담가 비비고 문지르고 빨랫방망이로 두드리고 헹궈서 빨랫줄에 널어놓고 부리나케 길쌈 소쿠리 가져다가 짬짬이 삼을 삼는다.

마당에 볕이 좋으면 멍석을 펴놓고 내일 양식할 보리를 말렸다가 오늘 밤에 동네 아낙들과 힘을 모아서 디딜방아를 찧을 수 있게 해놓아야 되고, 아침에 빨아 널어놓은 빨래가 마르면 얼렁 걷어다가 풀을 쒀가지고 먹인 다음 다시 널어 말렸다가 거진 말랐을 때 잘 개어서 다딤이질 해놓아야 된다.

범바골 비가悲歌

여름에 삼베옷은 그나마 쉽지마는 가을부터 무명옷은 손이 더 많이 간다. 겹옷으로 만들고 솜을 놓자면 여름 삼베옷보다 세 곱절 손이 간다. 여름날에 삼베옷을 입은 남정네가 들에서 일하다가 소낙비를 만나 홀랑 젖으면 아낙네가 보기는 너무도 민망스럽다. 집이 가까우면 우장이라도 입지만 들판 한가운데서는 별 도리 없이 비를 맞으면 고스란히 젖고 만다. 바지저고리만 입었으니 벗은 것과 별반 다를 바 없다.

염라대왕이 저승잽이를 인간 세상에 보내서 수명이 다한 자를 데려오라는 명을 내린다. 명을 받은 게으른 저승잽이가 인간 세상에 와서 대왕의 명을 어기고 가까이 있는 아무나 잡아가는 죄를 지었음에, 대왕이 벼락을 내려 그를 잡으려 하는데 저승잽이는 빽빽한 소나무 숲속으로 숨어든다. 이때 대왕이 손가락으로 하늘 불 번개로 벼락을 내리고 손뼉을 크게 쳐서 소나무 숲속에서부터 저승잽이를 밖으로 내모는데 이 손뼉 소리에 놀란 소낭기(소나무) 벌벌 떨며 크게 소리 내어 운다. 구루루루 쿠다다 따당…. 이 소나무 숲이 우는 소리가 천둥소리다. 약삭빠른 저승잽이는 들판으로 내달려 늙은 귀목나무 밑으로 몸을 숨긴다. 대왕은 나무 밑을 향해 또 다시 손가락으로 하늘 불 번개로 벼락을 내렸는데 저승잽이는 또 가고 없는데 죄 없는 귀목이 벼락을 맞는다. 괘씸한 저승잽이 놈. 이번에는 물에 띄워 천길 바닷속에 수장을 해버리려고 냅다 물을 쏟아붓는데 이것이 소낙비가 되어 시원스레 내리는 덕분에 삼베옷 입은 남정네들이 아낙네들 앞에 웃음거리가 되기도 하는데 아직도 이 저승잽이를 잡지 못했기에 천둥번개는 계속되고,

높은 나무 밑에서는 저승잽이 대신 벼락을 맞으니 조심해야 된다.

천둥은 소낭기 우는 소리고, 번개는 대왕의 칼날이다. 옛사람들이야 하늘에서 번개가 치고 앞 뒷산 소나무 숲에서 찢어지는 굉음의 근원을 알 수 없었으니 그냥 소나무가 운다고 말했으리라. 수천 년 세월에 말이 변천해서 소낙비, 또는 소나기라는 말로 변했는가 보다.

남정네들의 망신살이야 있건 말건 그래도 한여름 소낭기비는 한낮 땡볕에 숨이 가빠 할딱거리는 호박잎에 목을 축여주고 뜨겁게 달구어진 콩밭의 몽돌도 식혀준다. 산천초목을 무성하게 도우고 농부들 이마에 흥건한 땀도 한 번에 씻어준다. 그렇기에 가을 들판이 영글어갈 수 있다.

망종이 지나면 보리 뿌리는 마르고 더 이상 영글지 않으므로 장마가 오기 전에 얼른 베어다가 타작을 해놓아야 된다. 어물어물하다가 장마를 만나면 보리 낱알에 싹이 나게 되고 이렇게 된 것은 양식을 할 수 없어서 뼈 빠지게 일해서 지어놓은 보리농사를 버리게 된다. 보리를 베어낸 밭에는 고구마며 조, 콩을 심는데 콩 싹이 땅을 헤집고 살며시 머리를 내밀 때면 온 산천에 멧비둘기란 비둘기는 다 콩밭에 모인다. 아침에 해 뜰 무렵과 저녁나절에 가장 많이 날아온다.

콩 머리를 비둘기가 따먹어버리면 콩 순이 죽어 농사를 망치게 된다. 그래서 아침과 저녁나절에는 콩밭에 비둘기를 지키는데 아이들 몫이다. 심심하고 따분한 아이들이 노래를 부른다.

구구 구구, 구구 구구

부모 죽고 자식 죽고 일족 형제 흩어지고

구구 구구, 구구 구구

홀로 남은 이 내 일신 기막히고 서러웁다.

구구 구구, 구구 구구

동에 안즌 안줄뱅아 서에 자는 등곱쟁아

남에 듣는 귀먹보야 북에 자는 눈봉새야

니몸 설움 한탄해도 이 내 몸과 같을손가.

구구 구구, 구구 구구

앞니 빠진 갈가지야 덧니 빠진 갈가지야

우물가에 가지 마라 청개구리 놀려준다.

거랑가에 가지 마라 홍청구리 놀려준다.

구구 구구, 구구 구구….

멧비둘기는 매우 영리해서 아이들이 있는 반대쪽으로 몰린다. 이쪽으로 가면 저쪽에서, 저쪽으로 가면 이쪽에 모인다. 왔다 갔다 하는 사이 금방 콩 순 몇 개는 따먹어버려서 어른들 눈에 띄게 되고 저녁 밥상 앞에서 심한 꾸중을 들어야 된다. 비둘기는 안 지키고 놀기만 했다고 야단맞는다.

"요노무 삐들기 새끼! 낼 함 보자. 돌매이로 가주고 때래 죽엤뿐다." 콩에 본잎이 나올 때까지 한 열흘 동안 이 난리는 계속된다. 아이들은 비둘기가 미워 죽을 지경이다.

4. 공산주의자들

1947년 가을 햇빛 좋은 어느 날, 마을 이장네 집에 신식 양복을 깔끔하게 차려입고 중절모를 쓴 젊은 청년 세 사람이 찾아와 이장님께 공손히 인사하고 방으로 안내해줄 것을 요청했다. 이장은 그 청년들을 방으로 안내하고 마주 앉았다. 청년 중 한 사람이 말문을 열었다.

"이장님, 이렇게 불쑥 찾아와 심려를 끼쳐드려서 죄송합니다."

말씨의 억양은 이 지방 말씨인데 경어며 어투가 비교적 공손하고 예의가 있어 보였다.

"이장님! 이분은 김상기 회장님 둘째 자제 김인수 선생입니다."
옆에서 소개하는 청년이 친구를 가리키며 선생이라고 존칭을 붙여 소개했다. "이번에 일본에서 유학을 마치고 귀국했는데 돌아와 보니 나라 안이 무척 시끄럽고 광복이 되었음에도 조국은 통일을 하지 못하고 좌다 우다 하며 양쪽으로 갈라져, 자칫하다가는 미국과 소련에 재식민지가 될 수도 있을 것 같아서 김 회장님께서 일어서서 나라를 구하고자 저희들을 경상북도 북부지역 영덕, 영양, 청송에 보냈습니다. 그래서 이장님을 찾아왔는데 도와주시길 기대합니다."

나이들은 어려 보이지만 말에 강한 힘이 들어 있고 눈빛은 강렬했다. 더구나 아직 친일파의 힘이 그대로 남아 있는 때라서 김상기 이름 석 자를 막 대할 수 있는 분위기도 아닌데 김상기의 둘째 아들이라고 신분을 밝힘에 따라 함부로 대할 수도 없는 노릇이었다.

김상기는 일진회 경북 지역 회장으로서 포항 지역에 대대로 살아온 토호이고 수많은 토지를 소유한 지주로서 일제 말기 포항 삼척 간 철도를 연결하기 위해 총독부를 드나들며 적잖은 업적을 남긴 바 있고, 태평양 전쟁 중에 일본 해군이 미드웨이 전투에서 미국에 대패하여 많은 전투기를 잃었을 때 자진하여 황공하옵게도 대일본제국 천황폐하의 야마도 해군에 전투기 2대를 헌상했던 영남의 친일 거두로서 도지사의 인사를 쥐락펴락하는 총독부 인맥이 있는 명망 높은 사람이다. 해방이 되자 미군정청에 적극 협조하고 한편으로는 박헌영의 활동도 도와주며 이중 노선을 가지고 어수선한 해방정국을 저울질하며 소작농에도 그리 야박하지 않은 지역에서는 두터운 신망을 가진 인물이다. 그렇지만 실제로 일제에 전투기를 헌납했는지는 소문인지 실체가 있는 얘긴지는 아무도 모르는 일이다.

자세히 보니 아버지 김상기를 참 많이도 닮았다. "아… 됐어요."

김인수라는 청년이 자기를 소개한 사람을 향해 손을 저으며 그만하라 하고 입을 열었다.

"이장님 초면에 결례를 합니다만 이장님께서는 현 시국을 어떻게 생각하십니까?"

"무신 말씸인동?"

"현재 이 나라가 나아가야 할 방향 말입니다."

"허… 글씨요. 우리 같은 무지랭이가 나랏일에 뭘 알겠습니껴."

"어허… 이런. 축산면에서 가장 훌륭하시다는 칠성2리 이장님께서 이렇게 말씀하시는 것을 아버님이 들으시면 매우 섭섭해하십니다."

"…"

"이장님 그러지 마시고 제 얘기 자세히 좀 들어보십시오. 들으시고 난 뒤 거취는 이장님 스스로가 정하는 것이고요. 에… 또, 그러니까! 우선 사람이 죽지 말고 살아야 되지 않겠습니까?"

"글쎄! 그거야 너무 당연해서…"

"그다음에 살아남았으니 내가 살 나라도 구해야 되고요."

"허허… 음… 이바구해보소."

"인류가요…! 지구상에 수천 년 살면서 먹을 수 있는 것과 못 먹는 것들을 구별했고 양식이 될 낟알과 과실이 되는 열매, 독이 있고 없는 풀을 나누어놓고 식물의 줄기와 뿌리도 먹는 것과 못 먹는 것들이 구별될 때까지 얼마나 많은 과오의 세월이 있었겠습니까? 때로는 먹어서는 안 될 것을 먹고 죽은 사람도 있었을 것이고요. 그 후 그 독이 있는 풀이나 버섯 따위를 사람들은 다시는 먹지 않고요. 나라를 경영하는 정치라는 것도 결국 마찬가집니다. 유사 이전부터 부족국가도 있어봤고, 왕조국가, 왕조군권정치, 왕조위민정치, 봉건사회 등 전 세계가 별의별 정치사회를 고루 경험해봤잖습니까? 그러나 일찍이 완전무결한 정치제도는 세계 동서고금을 통틀어 어느 나라도 경험한 바 없다는 것입니다. 그런데 이 시대 우리 앞에 새로운 정치제도가 열리고 있습니다. 전 세계 수많은 학자들이 모여서 정치제도를 연구한 끝에 얻어진 결론으로요. 그에 따라 세상이 변하고 있습니다. 지금까지 세계 어떤 나라도 단 한번도 경험해보지 못한, 완전무결한 이론의 정치시대가 오고 있다는 것입니다. 독일의 카를 하인리히 마르크스라는 사람이 새로운 정치이론을 발표했는데 러시아의 블라디미르 레닌 동지가 이 이론을 받아들여서 실천으로 보여주고 있습니다. 유사 이래 최상의 사회제도로서 핍박받던 노동자 농민을 우선하고 계급을 부정합니다. 국민 모두 다 같이 생산하고 다 같이 소비하는 마르크스 공산경제라는 것인데요. 모든 재화를 국가가 소유하므로 지주도 없고 소작도 없습니다. 이미 들으신 바 있는 줄 알고 있습니다만 잘 생각하시기 바랍니다. 우리 모두 참여하여 위대한 공산주의 나라를 건설해야 할 책무가 우리에게 있다는 것입니다. 보십시오. 왜놈들이 미국의 힘에 눌려 지금은 물러갔지만 이후 수십 년이 지나면 그들의 야욕이 되살아나지 말라는 보장 있습니까? 임진왜란이 끝난 지 300여 년 만에 또 조선을 침략했어요. 섬나라 민족인 그들은 대륙을 향한 끊임없는 야욕이 있습니다. 힘이 있어야 해요. 소련의 레닌 동지와 우리 박헌영 동지의 한 깃발 아래 일사불란하게 모여 힘을 길러서, 지금 벌어지고 있는 좌우 논쟁을 불식시키고 통일된 조국을 건설해야 된단 말입니다. 이 모든 것은 시기와 때가 있는 것입니다. 하늘이 내리는 이 기회를 외면하면 안된다는 말입니다. 예를 들어, 만약에 지금으로부터 100여 년 전 흥선대원군이 반외세정책을 펴지 않고, 개화파의 이론대로 서구 문물을 받아들이고 문호를 개방했더라면 오늘의 우리는 어떻게 되어 있을까요. 적어도 일제에 의해 합방은 안 됐겠지요.”

이장 용묵은 황당했다. 이 청년이 김상기의 아들이라는 것과, 시종일관 흐트러짐 없이 조리 있게 말하는 내용이 강력한 설득력을 가지고 있었다. 그리고 그럴듯했다.

“내가 자네 춘부장과의 연을 봐서 말을 팬케 함세. 괜찮겠는가?”

“예! 괜찮습니다. 그렇게 하십시오.”

“그럼 내가 하나 물어봐도 돼능가?”

“예! 뭐든지 질문하십시오.”

“이제 박헌영이라 했는가?”

“예, 박헌영 동지요!”

“얼마 전, 아이다. 한 달포쯤 됐나? 몽양 선생이 암살되잖았는가?”

“예.”

“그 배후에 남로당과 박헌영이가 연루됐다 커는 소리가 있던데?”

“예, 솔직히 말해서 그런 소문이 있었던 게 사실입니다. 그러나 그것은 우리 박헌영 동지를 모해하려는 세력들이 날조한 조작임이 이미 드러났어요. 썩고 곪아빠진 극소수 수구파들이 자기들 기득권 지키려고 우리 박헌영 동지의 활동을 훼방놓기 위하여 민족적 반역을 저지르고, 박헌영 동지께 뒤집어씌우는 모략입니다."

"우째서…?"

"백범께서 하지 사령관에게 요청해서 그 사람들 이미 다 잡아들였어요. 자백도 받아냈고요."

"그런가?"

김인수의 거짓말이다.

"물론입니다. 생각해보시오. 몽양 여운형 선생은 작년 3월에 평양에서 우리 박헌영 동지와 김일성 동지가 함께 모여서 신탁통치를 찬성하기로 결의하고 그 자리에서 겨레를 구할 인물로 두 분 동지를 지목한 바 있는데 박헌영 동지나 김일성 동지가 왜, 무엇 때문에 몽양 선생 암살에 가담했겠어요? 상식적으로 이해가 안 되지 않아요."

용묵은 혼란스러웠다. 이들은 농민들을 선동하여 공산주의 이론을 교육하고 나아가 공산주의 통일을 위하여 활동하는 박헌영의 전위대 사람들인 것만은 틀림없지만 현재 한 치 앞을 내다볼 수 없는 좌우의 대립에 대하여 시골 한구석에서 땅만 파먹고 살아온 농부들이 세상 돌아가는 것을 알 수가 없다. 어느 편에 서 있어야 목숨이라도 부지할 수 있는지 그저 막막하기만 했다.

우가 되든지 좌가 되든지는 관심 밖의 일이지만 미군정청의 반공 입장은 확고부동한데 또 한쪽에서는 남로당을 지지하는 세력도 엄연히 존재하는 것도 사실이다. 더욱이 김상기 같은 거물급 인사의 아들이 남로당을 지지하고 있을 줄은 용묵으로서는 꿈에도 생각해보지 못했다. 그런데 지금 그런 일이 눈앞에서 현실로 벌어지고 있는 것이다.

용묵은 생각했다. 이 시점에 혹 처신을 잘못했다가는 결과에 따라 명운이 달라질 수 있다. 김상기 같은 인사가 양쪽을 지지하고 있다는 것은 아직은 세상이 어떻게 변할지 아무도 모른다는 얘기다. 따라서 현재는 오로지 목숨을 온전히 간수하는 게 최선책일 수밖에 없다. 우를 도왔다가 좌가 득세하거나, 반대로 좌를 도왔다가 우가 득세하면 이때는 바로 죽은 목숨이다.

일제 때 그 모진 설움과 고통을 견디며 죽지 못해 살아온 힘없는 농사꾼들인데 이제 광복이 되어서도 또 다른 알 수 없는 힘이 사람들의 가슴을 억누르고 있었다. 아버지 할아버지의 세상 때는 반상을 갈라놓고 상민은 양반들에 온갖 모진 착취를 받고 살았다는데, 이놈의 하늘은 왜 이리도 무심만 한지? 어제는 미군정 소속 국방경비대 사람들이 와서 혹 빨갱이 놈들이 찾아와서 회유하더라도 절대 속아서는 안 된다고 귀에 못을 박고 갔는데, 오늘은 그 빨간 놈들이라는 박헌영을 신봉하는 사람들이 오고 앞으로도 양쪽 사람들이 교대로 수도 없이 드나들 게 불을 보듯 뻔한데 어떻게 해야 옳을지 도무지 알 수가 없었다.

그 청년들이 돌아간 이틀 후 인수 혼자서 다시 용묵을 찾아왔다. 유격대 본부를 세울 테니 주민들을 규합하여 식량과 생필품 공급 준비를 해줄 것을 부탁을 하고 돌아갔다. 그리고 며칠 후 또다시 그들이 왔는데 이번에는 많은 장정들이 왔다. 스물대여섯 명은 족히 되어 보였다. 장정들 중 다섯 명은 쇠똥색 바지에 양옆 바지 섶으로 붉은색 굵은 줄이 박혀져 있고 상의도 같은 색으로 커다란

단추가 두 줄로 쭉 내려 붙어 있었다. 용묵에게 명령 비슷한 말투로 마을 사람들을 동천네 마당에 모이게 하고 그들 중 얼굴이 창백하고 눈에는 총기가 감도는, 키가 크고 가냘프게 생긴 청년이 손에 빨간 작은 막대기로 제 손바닥을 가볍게 때리면서 입을 열었다.

"친애하는 화전리 인민 동지 여러분… 만나서 반갑습니다. 나는 도탄에 빠진 이 나라와 동지 여러분들을 구하기 위하여 우리의 영원한 영웅이신 박헌영 동지의 명을 받고 동지 여러분들을 구하러 온 박진우라는 사람입니다. 여러분은 아직 내가 어떤 얘기를 해도 잘 알아듣지 못할 수도 있습니다만 이해는 나중에 저절로 되는 것이니, 그냥 나를 따라오면 되는 것인 만큼 내 말을 잘 들으시오."

이 청년은 충남 예산 출신으로 박헌영과 동향 사람이며 일찍이 제국대학에서 법률 공부를 하고 해방 후 귀국해서 박헌영이 남로당을 창당할 때 핵심이 된 인물로서, 박헌영이 월북하고 난 뒤 대구에 상주하는 총책임자였다. 김인수와는 제국대학 동기생으로, 나이는 인수보다 두 살 위인 스물일곱 살이며 법학을 공부했고 성적이 우수하여 만약 태평양 전쟁이 일어나지 않았더라면 아마도 일본국 법조계에서 크게 출세했을 수도 있었을 인물이었다.

"우리가 지향하는 공산주의 사회란? 지주도 없고 소작도 없습니다. 부자도 없고 가난한 사람도 없습니다. 다 같이 일하고 똑 같이 분배합니다. 높은 계급도 없고 낮은 계급도 없어요."

마을 사람들은 이 사람이 지금 무슨 말을 하는지 알아들을 수가 없었다. 지주도 없고 소작도 없다면, 내가 가진 내 땅을 가지고 뭘 어떻게 해서 지주가 없어진다는 건지 알아들을 수가 없었다. 그러나 어느 누구도 물어보는 사람은 없었다.

"사람은 누구나 평등합니다. 이것이 공산주의 사회입니다. 부르주아 사상은 우리의 적입니다. 모든 인민이 프롤레타리아 계급입니다. 부르주아니, 프롤레타리아니 하는 말은 여러분들이 잘 알아듣지 못하겠지요? 그걸 설명 올리겠습니다. 부르주아란 유상계급 사회, 다시 말해서 나라 전체에 몇 안 되는 소수의 사람들이 자본을 소유하면서 일반 노동자들을 착취해서 자기네들끼리 권력과 금력을 휘두르고 노동자 농민을 짐승 다루듯 하는 사회를 일컫는 말이고요. 반대로 프롤레타리아라는 이념은 무산계급 사회, 즉 권력이나 금력 같은 계급이 없는 사회를 말하는 것입니다. 인민은 누구나 모두 계급이 같아서 다 같이 일하고 다 같이 분배해서 특별히 잘사는 사람도 특별히 못사는 사람도 없이 산품과 이익을 골고루 나누어 갖는 사회를 말합니다. 지주도 없고 소작농도 없는 평등한 사회 말이오. 어떻습니까? 여러분들? 불과 3년 전까지만 해도 내 땅에서 내가 죽도록 일해서 농사지어 수확한 곡식을 왜놈들이 다 가져가고 여러분 손에 얼마가 남던가요. 이게 부르주아식 사회제도구요. 여러분들이 수확한 알곡을 여러분들이 다 갖는다 생각해보세요. 이 세상 부러울 게 뭐가 있겠어요. 친애하는 인민 동지 여러분, 세상이 변하고 있어요. 어떻게 하면 좋을까요? 세상이 변하는 줄도 모르고 꿈속에 살겠어요? 아니면 변하는 세상을 구경만 하고 있겠어요? 어떻게 하면 좋을까요? 변화하는 세상에 동참할 생각은 없습니까? 내가 직접 앞으로 나서서 세상을 변화시켜보고 싶은 생각은 없습니까? 하루빨리 앞으로 나오시오. 우리에게는 위대한 영웅 박헌영 동지가 있습니다. 동지 여러분들을 기다리고 있습니다. 우리는 머지않아 삼천리 반도를 세상에서 사람 살기 가장 좋은 나라, 공산주의 나라로 통일하게 됩니다. 낙오자가 되지 마시고 남로당에 가입하시오. 위대한 박헌영 동지께서는 38선 이남에서 동지들을 규합하고 김일성 동지는 38선 이북에서 전선을 구축하여 멀지 않은 장래에 붉은색 기치 아래 통일조국을 이룩합니다. 그다음 미국과 소련군을 자기네 나라로 돌려보내고 그다음에는 왜놈들을 도륙낼 작정입니다. 동지 여러분! 그 왜놈들 지긋지긋하고 이가 갈리지요? 그 왜놈들을 우리 손으로 쳐 죽이고 원수를 갚을 작정이오. 그리고 동지 여러분들은 앞으로 김인수 동지를 자주 만나게 될 텐데 협조 잘해주시기 바라오. 그래야 동지들의 가족, 귀여운 자녀를 지킬 수 있는 것입니다. 그렇지 않으면 동지 여러분의 목숨은 아무도 지켜주지 않아요. 조국통일 후에 말이요. 무슨 말인지 알아들었어요?"

이 사람들이 하는 말 한마디 한마디에는 힘이 들어 있는 것 같았다. 그렇지만 산골 농사꾼들인 화전리 사람들은 쉽게 믿으려 들지 않았다. 일제에 너무 많은 탄압을 받아온 경험이 있고 또 무슨 새로운 나쁜 일이 생기는 것은 아닌지 두려웠고 어떤 일이든 간에 잘 알지 못할 뿐만 아니라 우선 겁부터 내고 있었다. 그래서 아무도 입을 열지 못하고 상기된 얼굴들이었다.

"그러면요?"

이때 뒤에 있던 마을 청년 최영화가 앞으로 나서면서 말했다.

"어… 뭐요? 말해보시오."

"그러면요…? 군정청은 우째 됩니껴?"

"어… 동무! 이름이 뭐요?"

"최영화요."

최영화는 이 마을 최창우의 외아들로 태어나서 자란 청년으로, 태평양 전쟁 말기 1945년 봄에 일본군에 끌려가서 나가사끼 군사학교에서 6개월간 군사교육을 받고 운 좋게도 전장에는 가지 않고 조선으로 발령이 났고 조선인 징집부대 헌병으로 배치되어 영덕지구에서 16세 이상 남자들을 찾아내서 대일본제국 군대로 보내는 임무를 맡고 근무시작 한 달 만에 해방을 맞이하여 집으로 돌아온 청년이다.

"최 영 화 동지라! 좋아… 이따가 따로 나 좀 봅시다. 어… 또, 미군정청이든 소련군이든 모두 우리 손으로 지들 나라로 돌려보내야 된다구요. 우리가 할 일입니다. 우리가 힘을 모을 때만 그들을 쫓아낼 수 있다, 이 말입니다."

최영화는 운이 매우 좋은 경우였다. 보통 16세부터 30대 청년들은 일본 본토에 끌려가 장총 다루는 정도의 훈련을 받고 남양군도 외딴섬 전장으로 가고, 40대부터 50대 장년들은 동경의 대본영 지하 벙커 공사장이나 해군함을 건조하는 조선소, 또는 철을 캐는 광산 등 온갖 험한 일을 하는 노무자로 가는 것이 대수이고 더 이상 나이 많은 사람들은 전장의 보급부대나 군수품 수송부대로 배치되어 가는 게 대부분인데 최영화는 예외의 경우였다. 자랄 때는 천성이 똑똑한 편이였고 동료들과는 잘 어울리지 않는 대신 책 읽기를 좋아하는 내성적 성품을 지니고 있었다.

5. 최영화 포섭

영화 아버지 최창우는 원래 성내에서 살았는데 힘이 세기로 유명해서 영덕군과 울진군에서 그 이름을 모르는 사람이 없을 정도로 장사였다. 별명도 항우장사다. 일제가 조선 땅에 들어오기 전에는 매해 단옷날 후포에 별신굿판이 벌어졌는데 칠일 동안 열린다. 영덕군과 울진군 인근 마을에서 할머니들은 모두 모이고 멀리서도 며칠을 걸어서 구경 오는 사람들 등으로 그야말로 인산인해를 이룬다. 힘들게 굿판까지만 오면 먹고 자는 문제는 후포에 적을 둔 선주(어선) 모임에서 모든 경비를 부담하는데 규모가 너무 커서 굿판이 끝나고 나서는 경비 충당 문제로 항상 시끄러웠다는 후문도 있다.

이 굿판이 열린 유례는, 어업을 하는데 동해 용왕이 잘 돌봐주어 뱃사람의 안전과 풍어를 기원하는 데서 시작되었기 때문에 어선을 가진 선주들 모임에서 경비를 부담하는 것이고 당시에는 평해면이 강원도에 속해 있었기 때문에 강원도에서도 약간의 후원이 있었다고 한다.

강릉에는 단오굿이 있고 후포에는 별신굿이 있었는데 규모로 말하면 단오굿보다 별신굿이 훨씬 더 컸다. 전국의 유명한 강신무 10명과 세습무 20여 명, 그리고 악공과 무녀 등 50여 명의 팀으로 구성되어 일사불란하게 잠시도 눈을 돌릴 수 없게 하는 마력에 전국에서 해마다 구경꾼들이 모여들고, 굿판 한쪽 켠에서는 씨름판이 벌어지는데 1등 상으로 송아지 한 마리가 걸려 있다. 이 송아지 주인은 아주 정해놓은 듯 최창우 것이다. 씨름에서 최창우를 당할 자가 영덕 울진에서는 없는가 보다. 해마다 1등은 으레 최창우가 가지고 갔다.

일제가 조선 땅에 들어온 후 목재를 확보하기 위해 힘이 센 최창우를 벌목장이 있는 곳으로 강제로 파견했다. 이렇게 벌목장을 옮겨 다니면서 갖은 고생을 한 사람인데 화전리 골짜기 벌목 때 가족을 화전리로 옮겨서 정착한 사람이다.

*

"자… 오늘은 우리 처음 만나 인사를 나누었으니 이만 돌아들 가시고 앞으로 잘 협조하면서 친하게 지내기 바랍니다. 돌아들 가

범바골 비가悲歌

시오."

제 손을 들어 짝짝 손뼉을 두어 번 치면서 돌아가도 좋다는 시늉을 했다. 그리고는 최영화 곁으로 가까이 와서 손을 내밀어 악수를 청하고 두 손으로 최영화를 마구간 옆으로 데리고 갔다.

"최 영 화 동무라 했소?"

"예."

"반갑소이다. 나는 스물일곱이니 나보다는 한참 위로 보이네."

"예! 서른 살입니더."

"아… 좋아요. 앞으로는 나를 믿어도 좋아요. 그리고 내가 동지를 좋게 봤으니 나를 믿고 내 말을 잘 듣기 바라오. 그러면 조국통일 후 크게 출세를 하게 해주지."

박진우는 그렇게 최영화에게 접근하고 집으로 안내해줄 것을 요청했다. 영화는 내키지 않지만 어쩔 수 없이 그들을 데리고 집으로 갔다. 아버지가 야단이나 치지 않을까 걱정을 하면서도 뿌리칠 수가 없었다. 마당에는 언제 누가 심지도 않았는데 괴염나무가 저절로 자라서 마당에 넓게 그늘을 드리워주기에 일부러 베어낼 필요가 없어서 그냥 놔둔 것인데 이제는 여름이면 요긴하기 이를 데 없다. 멍석을 내다 펴고 같이 온 사람들을 거기에서 기다리게 하고 두 사람은 방으로 들어가서 이야기를 나누었다. 박진우는 영화에게 마을 전체 사람들의 의식주와 인과관계의 모든 것을 조사해서 김인수에게 줄 것을 요청했다. 지주는 누구고 여기에 딸린 소작농은 누구며 서로의 인간관계는 물론 재산 내역, 즉 숟가락이 몇 개인지를 소상히 기록해줄 것과 자경농의 재산 내역도 상세히 기록하고 일본군에 끌려간 자식이 있는 가정 내역도 자세히 기록하라고 했다. 일제에 적극 협조했던 사람들의 이력은 더욱 소상히 기록하라고 했다.

영화는 혼란스러웠다. 나가사끼 군사학교에서 교육을 받을 당시 대일본 신민의 정신무장 기본 자세로 '공산주의에 대한 고찰'을 배운 바 있다. 재정 러시아 로마노프왕조 니콜라이 2세 황제를 밀어내고 공산주의 폭력혁명으로 소비에트연방국가를 건설한 레닌의 공산당은 정부의 의지대로 미개발지 개척을 위한 노동자 농민을 대거 이주시키는 등 개인의 인권 같은 것은 아예 존재하지도 않고, 인민의 절대적 가치가 인정되지 않는 사회, 서열에 따라 계급이 결정되고, 생산성이 떨어지고, 인민생활이 존중받지 못하고, 전체주의로 발전할 수밖에 없는 모순된 사회라고 배웠기 때문에 지금 박진우가 하는 말은 선뜻 가슴에 와 닿지 않았다. 물론 일본도 왕권국가로서 공산주의자들이 부동하여 득세하는 것을 미리 단속하는 경우라고 생각하면 전혀 터무니없지는 않지만 그래도 왠지 불안했다.

박진우는 끊임없이 영화를 설득했다. 미련할 만큼 무지한 농사꾼들을 끌어들이려면 특단의 대책이 필요했기에 젊고 영특해 보이는 영화를 지목했던 것이다. 며칠이 지나고 이번에는 김인수가 영화를 찾아왔다. 작은 손가방을 전해주는데 열어보니 쌀 한 가마니에 맞먹는 돈과 모조지 한 권 그리고 펜과 잉크, 인주 등 귀한 물건들이 들어 있었다.

"잘 정리해서 나를 주시오."

그 모조지에 마을 사람들의 호구조사 면면을 상세히 기록해서 보내라는 것이었다. 영화는 망설일 정황이 없었다. 우선 돈은 부모님을 드리고 내용을 상세히 말씀드렸더니 아버지의 입술이 가늘게 떨렸다. 아들이 내민 돈은 물리칠 수 없는 너무나도 큰돈이지만 아들이 해내야 할 일 때문에 혹시 이담에 어떤 문제라도 생기면 어떡하나 하는 걱정이 쉽게 가라앉지 않았다.

견물생심이라 했던가? 최창우는 쉽게 생각을 굳히지 못하고 아들에게 미뤘다. "아이고! 내사 몰따. 니가 알아서 했뿔어라."

며칠 후 등잔불 석유 기름장수 아주머니가 왔다. 함석으로 만든 양동이에 석유 기름 반 양동이 정도 담아서 머리에 이고 한 달에 한 번 정도 인근 마을을 돌며 장사하는 아주머니다. 아주머니가 팔러 오는 기름은 먼 나라에서 가지고 온 돌에서 나는 기름으로 석유라고 했다. 호롱에 기름을 붓고 심지를 박아 불을 켜면 솔가지 꼬꿀불보다 엄청 편하다. 그런데 좀 비싼 게 흠이다. 기름 한 홉 값이 쌀 한 되 값이니 아주머니가 이고 온 기름은 50홉이니까 쌀 한 가마 값이 되는 셈이다. 해가 지고 일이 있을 때만 잠시 불을 켰다가 잠자리에 들면 얼른 꺼야 된다. 석유는 비싸기에 아껴 써야 한다.

그 아주머니가 영화네 집에 왔다. 영화와 뭐라고 귓속말을 한참 주고받더니 영화는 방으로 들어가서 김인수가 주고 간 종이 뭉치를 아주머니에게 건네주었다. 아주머니는 영화가 준 종이 뭉치를 보자기에 돌돌 말아 싸서 허리에 돌려 매고 기름 한 홉을 항아리에 담아주고는 다음 집으로 갔다.

전에 김인수가 말하기를 보부상 아주머니는 아버지가 믿는 사람이고, 일을 시키는 박진우와 자기의 연락책이라고 소개했기 때문에 의심할 필요가 없었다. 이 종이 뭉치는 영화가 마을 사람들의 면면을 기록한 것으로, 기름장수 아주머니를 통해 박진우에게 전해지는 것이었다.

화전리에 사는 지주 네 사람과 소작농 다섯 집, 자경농 50여 집 가운데 소위 밥술이나 먹고 산다는 집 열한 집을 따로 분류해서 재산 내역을 비교적 상세하게 기록한 것이다. 지주 네 명 중 두 곳은 제실토지로, 하나는 영양 남씨 문중 소유로서 문중이 후손 중 한 사람을 보내어 농사를 짓게 하여 선대의 산소를 돌보고 매년 10월에 시제 모시는 일을 하는데 그 토지가 별로 많지 않아 그리 넉넉지는 못하다. 무안 박씨 문중도 마찬가진데 그 문중은 영양 남씨 문중보다는 다소 여유가 있었지만 역시 넉넉지는 못한 편이었다. 그리고 다른 지주 두 사람은 선대가 일제에 적극 협조하여 구한말 주인이 불분명한 토지들을 불하 형식으로 취득한 다른 동네 사람 토지였다. 토지의 양이 그리 많지 않아서 소작하는 사람도 그리 넉넉지는 못했다. 나머지 자경농가 중에 밥술이나 먹고 산다는 열한 집은 이장인 김용묵과 선대 때부터 잘살아온 아홉 집, 그리고 타동에서 와 갑자기 부자가 된 이능수 등 가족관계와 인과관계를 자세히 적어 보냈다.

영화는 그까짓 이런 거 적어줬다고 뭐 그리 큰 죄가 될까 생각했다. 박진우가 조사하는 목적은 박헌영의 지시로 훗날 남한을 통일하기 위하여 무력을 쓸 수밖에 없는 날이 오면 산에 유격대를 만들어 훈련해두었다가 때가 되면 쓰려고 그들을 조직하고 훈련 및 관리를 하려는 것이었다. 그러려면 다소 많은 양의 군량미가 있어야 하는데, 그 군량미의 조달을 위해 현지의 농민들을 이용하려는 기초 조사였던 것이다. 그것을 모르는 영화는 별 죄의식 없이 박진우의 부탁을 받아들였고 이로 인해 자신도 모르는 사이에 박헌영 조직의 일원이 된 것이다.

그날 이후 영화는 자연스럽게 인수와 친밀한 사이가 되어갔다. 이웃 마을에 가서 인수의 잔심부름도 하고 밤늦게까지 이야기도 나누면서 더욱 가까워졌다. 인수는 주로 시국에 관한 얘기를 많이 했고, 영화도 일본 헌병학교 시절에 겪었던 일본 얘기를 주로 했다. 영화는 일본에서 경험한 것 중에 가장 감명 깊었던 것은, 일본 사람들은 우리 조선 사람들보다는 개인은 아주 나약한 반면 윗사람들의 명령은 목숨을 걸고서라도 책임 완수를 잘한다는 것을 느낄 수 있었다고 했다. "이놈들이 이러니까 전쟁도 하는구나!" 이런 얘기들을 나누면서 신뢰를 쌓아갔다.

6. 공비들의 집단화

1948년 가을 여순사건 이후, 남한 내에서 활동하는 좌익분자와 공산주의 이념을 홍보하는 자들의 일제 소탕령이 군과 경찰에 내려짐에 따라, 각 지방 읍면동에도 미군정청 산하에 대동청년단이라는 단체를 만들어서 군경합동작전을 도울 수 있도록 했다. 작전이 본격화되자 전국에 산재했던 빨치산들은 전원 산속으로 숨어들었다. 이때 영덕 지방에서 대동청년단 활동은 미미했지만 각자 흩어져 스스로 임무를 이행하던 김인수의 휘하 부대도 산속으로 들어갔다.

그리고는 지역별로 편제를 재정립했다. 제1병단은 오대산에, 제2병단은 지리산에, 제3병단은 일월산에 각각 본부를 두었다. 그중 제3병단은 대구 팔공산에 제2대, 영덕 보현산에서 포도산으로 옮긴 제1대가 있었다. 이듬해 인수가 산으로 들어갈 때 영화도 함께 갔지만 수시로 마을을 드나들었고, 산에 있는 날보다 집에 있는 날이 더 많았다. 읍내로 장에도 잘 다니고 이웃 마을 이곳저곳 다니면서 보고 들은 작은 일이라도 인수에게 소상하게 얘기해줬다. 인수는 산에 있어도 영화의 보고에 따라 산촌 마을 세상 돌아가는 모든 것을 알 수 있었다. 인수는 가끔 안동이나 대구에 다녀오기도 하고 영덕 도가에도 들러서 아버지를 만날 때도 있었지만 부자간에 오고 간 얘기를 아는 사람이 없다.

또 며칠 후, 먼발치에 있는 사람 얼굴을 잘 알아볼 수 없는 어둑어둑한 초저녁에 인수가 영화네로 왔다.

"동지, 잘 지냈소?"

"…"

"최 동지. 보내준 거 잘 받았소이다. 박진우 동지가 아주아주 고마워해요."

"무슨 일로…?" 영화가 물었다.

인수는 좀 더 어두워지고 저녁 밥상이 치워지면 박무곤네 집에 가서 딸 정자를 내가 좀 보잔다고 얘기해서 데리고 나오라고 했다.

어둠이 내리자 두 사람은 정자네 집으로 갔다. 정자네 집은 마당이 좁고 기다랗다. 돌담이 어른 한 키보다는 좀 낮으나 사립을 안 지나고는 마당으로 들어갈 수가 없다. 영화가 사립문 안을 들여다보고 있는데 마침 정자가 저녁 설거지를 마치고 행주치마에 손을 닦으면서 부엌문 밖으로 나오고 있었다.

"야, 정자야! 나 좀 보자."

"누굽니껴? 아, 옥숙 아부지세."

영화는 결혼했고 자식이 남매가 있었는데 네 살배기 딸아이 이름이 옥순이다. 정자가 사립문 밖으로 나오자 인수는 저만치 한 발 물러나 있었다.

"정자 너 좋은 일 있을 따."

"뭔데요?"

"저 짝으로 가보래. 누가 니를 좀 보자 커네."

"누구제?"

"가보래. 가보머 알 거 아이가?"

정자는 고개를 갸웃거리며 조심스레 인수 옆으로 다가갔다. 정자가 가까이 오자 인수가 돌아서 허리를 반쯤 굽히며 말했다. "안녕하시오? 저 김인수입니다." 그동안 마을을 자주 드나들어 낯이 익었기 때문에 어두운 데서도 금방 알아볼 수 있었다.

정자는 가슴이 뛰었다. 순간 숨이 멈추는 듯했고, 무엇인진 알 수 없는 야릇한 감정이 온 정신을 엄습했다. 남정네와 이렇게 밤에 마주 서본 적이 없었고 남자라야 아버지, 남동생 그리고 동네 이웃 어른들이지 외간 남자와는 생전 처음이다. 그렇지 않아도 김인수의 잘생긴 외모에 늘 알 수 없는 호감을 가지고 있었는데 막상 앞에 마주서고 보니 정신이 아득했다. 아버지나 동네 사람들은 그냥 바지저고리에 머리에 수건 따위 하나 질끈 동여 매놓았다가 일하는 동안 땀이 나면 닦기도 하고 겨울 추위에는 목도리 겸 바람막이로 가름하는 조선옷인데 비해 인수는 일본식 양복을 말쑥이 차려입은 데다 금방이라도 날아갈 것 같은 중절모자는 우리네 어른들이 출타할 때 쓰는 갓과는 그 분위기가 사뭇 달랐다.

턱밑 가슴에 붙여놓은 나비 모양 치장은 꼭 한번 만져보고 싶었다. 마을에 혼례가 있을 때 장가오는 새신랑은 사모관대에 지붕 없는 사인교를 타고 오는데 제법 잘생긴 얼굴이라도 사모를 쓰면 되레 못생겨 보인다. 그것에 비해 인수의 일본식 양복은 정말로 멋져 보였다. 가끔 상상해보던 정자의 생각이 현실이 되어 바로 앞에 있는 것이다.

"왜 그러는데요?"

"아…! 예…."

"지를 보자꼬 했습니껴?"

"예…! 어… 우선 좀 걸어가면서 얘기 좀 합시다."

"…."

인수가 앞서서 걸으며 다시 말을 꺼냈다.

"박 정 자 씨!"

"예…!"

"저를 잘 아시지요?"

"예…!"

"그러면 저를 좀 도와주시면 고맙겠습니다."

정자는 화들짝 놀랐다. 지금 김인수와 같이 걷고 있다는 사실이 꿈인지 생시인지 모를 야릇한 감정인데, 인수가 무슨 말을 했는지는 귀 밖에서 아련히 들릴 뿐 말뜻을 정확히 알아듣지 못했다.

"예…?"

"에… 또, 정자 씨도 물론 들어서 잘 알겠지만, 나는 앞으로 나라와 백성을 위한 큰일을 하려고 사흘을 멀다 않고, 이 마을까지 와서 같은 소리를 반복하는 것입니다. 알겠어요? 우리, 그냥 가만히 있으면 다 죽고 말아요. 가만히 있으면 안 된단 말입니다. 자, 우리 한번 생각해봅시다. 어제 미군정청위원회 사람들 다녀가는 거 봤지요. 그 사람들 왜 뻔질나게 다니는 줄 압니까? 왜놈들 몰아내고 미국이 이 나라 차지하려는 거라고요. 잘못하면 우리는 또다시, 나라는 미국 식민지가 되고, 백성들은 그들의 노예가 된단 말입니다. 미국이 미쳐가지고 자기 백성들 죽여가면서 전쟁을 치르고 일본을 내쫓고 우리를 해방시키겠어요? 그 사람들 다 이유가 있단 말이요. 남녀노소를 막론하고 우리 모두 뭉쳐서 미국을 몰아내고 순수한 우리나라를 우리 손으로 만들어야 된다, 이 말입니다. 그리고 힘을 키워서 우리나라는 우리 손으로 지켜야 되고요.”

“…!”

“내가 정자 씨에게 부탁하려는 것은, 우리 다 같이 살기 위한 길을 찾자는 것인데 정자 씨가 날 도와줄 것은 어려운 게 아니고, 이 마을과 인근 동네에 부녀자 분들을 규합하는 일입니다.”

“…!”

“나를 잘 도와주면요. 머지않아 참 좋은 세상이 올 텐데, 그때 정자 씨는 인근 마을들을 한 데 묶는 여성동맹에서 큰일을 맡게 될 것이요. 할 수 있지요?”

“무슨 말인동…?”

정자는 사실 무슨 말인지 몰랐다. 젊은 여성들을 규합한다는 게 무슨 말인지 알 수 없고 여성동맹은 또 무엇인지 알 수 없었다. 그저 온 세상, 아니 이 하늘 아래 최고로 멋진 남정네와 같이 걸어가

범바골 비가悲歌

고 있다는 사실 외에는 아무 생각도 없는데 규합이니 동맹이니 하는 말은 애당초 귀에 들어오지도 않았다.

"그렇게 아시고. 오늘은 인사차 만났으니 이만 하겠습니다. 내가 내일 이장님 댁에 옵니다. 거기서 좀 더 자세한 얘기 들어보시오. 오늘 만나서 반가워요. 내일 또 봅시다." 하면서 손을 내밀어 악수를 청해왔다.

정자는 화들짝 놀라지 않을 수 없었다. 난생처음 악수라는 걸, 해본 적도 없거니와 남정네의 손을 잡는다는 것 자체가 감히 생각해볼 정황도 없는 일이거니와 이 나라 조선 땅에는 없는 인사법으로서 처녀가 외간 남자와 손을 잡는다는 것은 행여 꿈에서도 생각해본 적이 없는 엄청난 사건이 아니고 무엇이겠는가?

이 일이 감당이 안 되는 정자가 고개를 푹 숙이고 어쩔 줄을 몰라 하고 있는데 인수는 한 발 더 다가서면서 아직도 손을 내민 채 기다리고 있었다. 정자가 어쩔 수 없이 손을 조금 내미는 듯 하는 사이 인수가 덜컥 정자 손을 잡고는 "고맙소이다. 정자 씨…!" 했다.

"예…?"

정자는 얼떨결에 인수와 악수를 하게 된 것이다. 아차 하는 순간 정신을 차리고 잠깐 생각해보니 천국을 다녀온 것처럼 아찔하고 황홀했다. 정자가 얼른 손을 빼기는 했지만 사실 숨 한 번 더 쉴 때까지만이라도, 눈 한 번 더 깜박일 때까지만이라도 더 그러고 있고 싶었다. 이것이 정녕 꿈은 아니겠지?

정자의 가슴에서 누군가가 다듬잇방망이질을 하고 있는 것 같고, 숨이 잘 쉬어지지 않는 듯하기도 하고, 얼굴에 불이 난 것처럼 화끈거렸다. "저녁 설거지하던 애가 어디 갔지." 하고 엄마가 찾을 수도 있지만 정자는 그것도 까맣게 잊고 있었다.

"이제 그만 들어가시고 내일 다시 봅시다."

정자는 숨이 멎어 쓰러질 것만 같았다. 온 전신에 전율이 흐르고 난생처음 느껴보는 야릇한 심경으로 가슴의 방망이질은 멈추지 않고 심장이 터져버릴 것 같았다. 인수는 정자를 사립문까지 데려다주고는 이장 댁 쪽으로 사라졌다.

"설거지하다가 놔두고 어디 갔더노?"

엄마가 내다보며 물었다.

"설거지 다 했다."

"…"

"엄마, 내가 아부지하고 할 얘기 있데이."

"아부지하고?"

"웅."

"아부지사 사랑에 있다마는 가시나가 아부지하고 먼 할 얘기가 있노?"

"아부지요."

"왜…"

"인제 금방요. 옥순이 아부지하고요. 그 왜 김 머라커는 박헌영 일하는 사람요."

"웅. 옥순 애비하고 인수가 우쨌는데?"

"우리 사립 앞에 와 가주고요. 이상한 얘기 하든데요."

"먼 얘기로?"

범바골 비가悲歌

"내일요. 중요한 말 있다꼬 이장네에 오라 커던데요."

"누구로? 닐로 보고 오라 컨다 말이가?"

"예."

"야가 시방 머라 커노? 니 지금 그 사람을 만났다 말이가?"

"예, 옥순 아부지하고요. 사립 앞에서요."

"이 가시나가 다 큰 게 밤에 먼 짓을 하고 댕기는 동 몰세!"

"아부지! 왜요?"

"몰래 가주고 왜요? 커나? 죽을 동 살 동 모리는 세월에 딸 아가 누구로 함부로 만난다 말이고? 죽자꼬 하는 짓이가?"

인섭은 딸의 말을 듣는 순간 스치듯 불길한 예감이 들었다.

"아부지⋯!"

"고마 방에 들어가거라. 다리몽댕이로 뿌루좌놓기 전에."

"아부지⋯!"

"⋯."

"아부지⋯. 무조건 그래지 마시고 내캉 얘기 쫌 하시더. 쫌 현실 얘기요."

"현실은 먼 넘의 현실? 니가 멀 안다꼬 현실이고 뭐고 노닥거리노?"

"지가 먼 얼라입니껴? 세상 돌아가는 거, 지도 다 알아요⋯! 그 사람요, 포항 김상기 회장 아들이라는 거. 그리고 요새 어른들 겁내고 우왕좌왕하는 거, 그런 거 다 알고 있다꼬요."

"그래서⋯ 알아서 뭐⋯?"

"그르이 끼네. 지하고 쫌 깊이 있는 얘기 하자꼬요."

"그래…? 오야 좋다. 먼 애긴 동 한번 해봐라…! 먼 얘기가 하고 시푸노? 어디 한번 들어보자."

"아부지…. 지가 생각할 때는요. 세상이 이를 때는요. 참말로 판단을 잘해야 될 거 같아요. 이것도 저것도 아이고 그저 가만히 있다가는 어느 편이던 간에 밉상받기는 마찬가지라꼬요. 죽든지 살든지 결판을 내야 되지…. 김상기 회장 보이소. 양쪽에 대고 저울질하고 있잖아요. 우리만 못해서 아들을 이쪽에 보내놓겠어요? 뭔가 있어시끼네 이러는 거지요? 아부지! 내일 이장네 꼭 가보이소. 시절을 알아야지, 알고 있어야 위험할 때 대처할거 아입니껴?"

사실 그랬다. 정자 말이 옳다. 알고 있어야 위험을 피해 갈 수 있지….

"알았다. 알았어이끼네, 니는 들어가서 자거라. 딸 아가! 씰데 없이 밤에 쏘댕기지 말고."

*

다음 날 인섭은 이장네로 가보았다. 김인수가 무슨 얘기를 하는지 들어보기로 했다. 마을 사람들 중 나이가 지긋한 사람들은 대부분 모여 있었다.

"여러 어르신네들 다들 모이셨지요? 오늘 제가 여러분들께 두 가지 중대한 소식을 전하고자 해요. 조용한 가운데 경청해주시고 또 많은 협조도 부탁드립니다." 인수는 한참 동안 말을 잇지 못하고 뜸을 들이다가 재차 입을 열었다.

"이제 머지않아 조국이 통일되지 못한 채 둘로 쪼개지게 생겼습니다. 다시 말해서 남한은 단독으로 정부 수립을 준비하고 있습니다. 김구 선생 측은 적극 반대하고 있지만 이승만과 한민당 사람들이 주축이 되어 추진하고 있어요. 그러면 그다음 북한도 어쩔 수 없이 정부를 수립할 거고요. 따라서 미국은 내년쯤 군대를 철수할 것 같습니다. 그리고 나면, 그 다음은 전쟁입니다. 남북이 전쟁을 할지도 모른다, 이 말입니다. 만일 일이 이렇게 되면 여러분들은 어떻게 하시겠어요? 이남이 이북을 막을 수 있다고 생각하십니까? 천만의 말씀입니다. 지금 우리는 소련의 지원을 받아 스탈린 동지로부터 세계 최강의 신무기를 준비 중이오. 준비가 다 되는 대로 곧장 진격할 겁니다. 일주일이면 부산까지 접수할 거구요. 인민 동지 여러분들 잘 생각들 하시고 거취를 결정하셔야 될 것 같고요. 억지로 여러분을 설득할 생각 없습니다."

인수의 얼굴에는 비장함이 보였다. 사람들은 '설마 무슨 전쟁?' 하는 생각을 하는 듯했다.

"그리고 또 한 가지는요, 이 정세에 아울러서 제가 금명간 이 마을에 상주하려고 합니다. 지난번에 와서 보니 작은말 남씨 제궁 문간채가 방이 넓어서, 이후 많은 사람들이 모여 회합하기 편할 것 같아서 거기로 정했으니 이장님과 제궁 주인께서는 차질 없이 준비해줄 것을 부탁드립니다."

정자도 마을 아낙네들과 함께 사랑채 윗마당에 모여 어른들이 나누는 얘기를 엿듣고 있었다. 시세가 하도 어수선하여 군정청 사람들이 올 때나 박헌영 사람들이 올 때 더러 모여서 무슨 얘기가 오가는지 몰래 듣곤 했다. 궁금하기는 남녀노소 매한가지지만 남정네들은 어느 쪽이든 위험하다고 생각하는 얘기들을 여자들에게 대놓고 하지 않으므로 몰래 들을 수밖에 없었다.

정자는 가슴이 설레었다. 그 사람이 우리 마을에 이사를 온다는 것이다. "뭐라 커더라. 여성동맹이라 커던가?" 하여간 뭐가 되든지 간에 그 사람이 시키는 대로 할 작정으로 마음을 굳혔다. 그러면 하루에도 몇 번씩 그 사람을 만나볼 수 있다고 생각했다.

그리고 며칠이 지나서 인수는 작은 도랑꾸 하나와 일본식 짐가방을 등에 짊어지고 정말로 작은말 남씨 제궁 문간채에 사무실 겸 살림을 차렸다. 살림이라야 원래 있던 앉은뱅이책상과 그 위에 두꺼운 책 몇 권하고 수건 두어 장, 그리고 옷가지 몇 벌과 세면도구 정도가 전부였다. 대강 정리를 해놓고는 안채 아동을 불러서 이능수의 집을 아느냐 물어보고 그 집으로 데려다줄 것을 부탁했다.

능수 집에 도착해서 주인을 찾는다. "주인 계십니까?"

"뉘시오?" 능수가 왕골 자리를 앞에 앉아 자리를 매고 있다가 밖의 인기척에 문을 열었다. 익히 들어 알고 있고, 먼발치서 얼굴도 봐온 김인수였다.

"어… 들어오시구려!"

인수 방에 들어가서 대강 자리를 잡고는 "어른, 인사 올립니다." 하면서 넙죽 절을 올렸다.

"어… 이 무슨?"

범바골 비가悲歌

"인사가 늦었습니다."

"아… 무슨 말씸을?"

"이번에 사무실을 이 마을에 두기로 했는데 올 때 집에 들러서 아버님을 뵙고 왔습니다."

"어… 참, 나도 대강 듣기는 했는데 김 회장님 둘째 자제라는 말이 있던데 정말인가요?"

"예, 김상기 회장님이 저의 아버님 맞습니다. 집에 들렀더니 부친께서 '행정동명이 화전리라는 곳이 한자를 풀면 꽃밭이란다. 그래서 거기가 꽃밭이라는 작은 마을인데 가거덜랑 이능수라는 사람이 있을 터인즉, 꼭 찾아뵙고 인사 올리거라. 그 사람은 나와 막역한 사이이고, 우리 도가에 술을 참 많이도 팔아준 사람이다. 뿐만 아니고 우리 군청에 목탄차 연료를 공급한 고마운 사람이다.'라고 하셨습니다. 몰라뵈어서 죄송하구요."

"회장님 자제라니 지끔부터 내가 자네에게 말을 펀케 하겠네. 괜찮겠능가?"

"예! 그렇게 하십시오. 그게 저도 마음이 편할 것 같습니다."

"그래, 회장님 잘 계시고 가내 두루 평안하시던가?"

"예…! 그리고 제가 여기에 오래 머물지는 않을 것입니다만 있는 동안 잘 좀 보살펴주십시오."

"그르시게, 뭐 어려운 일이 있거덜랑 서슴치 말고 말씀하시게, 내 힘닿는 데까지 도움세, 그래고 배고푸머 집에 와서 밥도 같이 먹고, 내가 회장님 은덕을 입은 게 하늘 같은데…!"

"예! 고맙습니다. 그리고 오늘은 이만 돌아가보겠습니다. 안녕히 계십시오."

능수는 인수가 돌아간 후 곰곰이 생각해봤다. 지금 시국이 어수선하고 들리는 소문으로는 도성에서는 좌우로 나뉘어 찬탁이 어떻고 반탁이 어떻고 난리들을 치고 있다는데 김 회장은 미군정청에 적극 가담하면서 아들은 또 박헌영을 따르게 하는, 참 뜻을 알 수가 없는 일 아닌가?

"아직도 어느 쪽이 득세할지를 모르니까 양쪽에 발을 담그는 것인가? 그렇지 않고서야 이 위험한 일을 할 수가 있을꼬?" 능수는 혼잣말을 하면서 고개를 갸우뚱했다.

인수는 짐만 풀어놓고서는 낮에는 어디를 다니는지 통 볼 수 없고, 밤에는 언제나 촛불을 밝혀놓고 책을 읽고 있거나 아니면 어떤 때는 당꼬바지에 지그다비를 신고 등짐가방 짊어지고 나가면 한 이틀 안 올 때도 있고, 집에 있을 때는 웬 낯선 사람들이 수도 없이 드나들곤 했다.

정자는 신이 났다. 친한 동무들을 모아서 밤마다 인수네로 가면 재미나는 일본 얘기와 새로 나온 유행가라는 노래도 들려주었다. 정자는 아무 일 없이 그냥 인수의 얼굴 쳐다보고 있는 것만으로도 한없이 즐거웠다. 달빛 좋은 밤이면 제궁 옆 남씨 가문의 자랑인 송정 선생 묘 앞, 잘 자란 잔디밭에서 무슨 할 얘기가 그렇게도 많은지 밤이 새는 줄도 모르고 둘이서 그렇게 날밤을 새우고 있었다.

이런 날들이 횟수가 늘어날수록 사람들은 걱정스럽기도 했지만 누가 나서서 감히 나무랄 수는 없었다. 세상도 어수선할 뿐만 아니라 김상기의 아들이기 때문에 자칫 잘못 건드렸다가는 큰코

다칠 수 있기 때문이었다. 정자의 마음에서는 인수를 향한 꿈같은 사랑이 야금야금 싹트고 있었다. 들에 나가 밭일을 할 때도, 설거지를 할 때도, 오직 보이는 건 인수 얼굴뿐이고 엄마가 뭔 소리를 하셔도 금방 잘 듣지도 못했다. 잠시라도 인수 옆에 있고 싶고, 먼발치에서도 얼굴을 못 보면 불안하기까지 했다. 인수를 향한 사랑은 점점 불타올랐다. 꿈같이 아련한 이 사랑은 훗날 이루어보지도 못하고, 스물일곱 꽃다운 나이에 깊은 산속에 홀로 남는 공비 신세가 될 줄 누가 알았으랴?

*

1947년 9월 26일 소련이 한반도에서 미소 양국군 동시 철수를 제의하고 다음 날 27일에는 미군정산하 반공청년단체가 대동청년단을 결성했다. 10월 18일에는 미소공동위원회가 무기한 휴회되면서 빨치산들의 활동이 크게 변화를 맞게 된다. 처음에는 일본에서 귀국한 유학생을 중심으로 각 산촌 마을마다 한두 사람씩 마을에 상주하면서 세를 늘려가다가 박헌영을 지지하는 사람들과 38선 이북에서 직접 파견된 요원까지 합쳐지면서 그 규모도 점점 늘어갔다.

이들은 소련제 소총으로 무장을 하고 있었다. 어깨에는 불그스레한 총알이 주렁주렁 박힌 띠를 메고 반대쪽 옆구리까지 내려와 있을 정도로 많은 실탄을 소지했다. 강원도 묵호, 삼척, 태백 지역의 좌익분자들은 태백산에 근거지를 마련하고, 울진, 봉화는 일월산에, 영덕, 청송, 영양은 명동산 근처 어딘가에 은신처를 마련하고 숨어들었다. 제주 4·3 사건과 경남 진주의 2·7 사건이 발생한 후 미군정청과 대동청년단이 빨치산 토벌작전을 대규모로 전개하는 영향을 받은 것이다.

김인수는 일월산에 본부를 둔 제3병단 제1대 대장 직책을 맡아 영양, 청송, 영덕의 중간 지점인 명동산 인근에 아지트를 구축하고 정자를 여성동맹위원장으로 임명해서 영덕군 여성동맹에서 활약하게 했다. 또 최영화를 제1대 소대장으로 임명해서 대원 20여 명과 함께 황장재로 파견했다. 황장재는 경북 중북부 동해안 지방에서 내륙으로 연결되는 간선도로로서 영덕에서 안동으로 가는 중간 지점에 있는 산악지대이다.

인수를 따라 산으로 간 정자는 이북에서 가지고 왔다는 인민군 여군 군복으로 멋나게 차려입고, 가끔 마을에 내려와서 부녀자들을 모아놓고 시국에 대한 애기도 하고 앞으로는 어떻게 해야 살아남을지에 대하여 연설도 하고, 산에서 들은 북쪽 사람들 사는 애기도 재미나게 했다. 정자는 원래 어려서부터 조잘대기 좋아하고 영특하고 똑똑해서 곧잘 남의 이목을 끌기는 했지만 지금에는 입담도 늘어서 연설까지도 거침없이 해내고 있었다.

1948년 새해가 밝았다. 광복 3년 격동의 해가 밝았다. 이 해 2월에 2·7 사건이 발생하고 다음 날 8일에 조선인민군이 창설되었다. 2·7 사건이란 1948년 2월 7일에 일어난 파업 및 봉기 사건으로,

훗날 비판하는 측에서는 2·7 파업 및 폭동으로, 옹호하는 측에서는 구국 투쟁으로 부른다.

26일에는 유엔의 감시가 가능한 38선 이남 지역에서만의 선거를 결의했고 3월 들어 북조선노동당에서는 제2차 당대회가 열리고 5월에는 대한민국의 제헌국회 구성을 위한 첫 총선거가 실시되었다. 7월 17일 대한민국의 헌법이 공포되고 미군정은 공식 폐지되었다. 8월 4일 제헌국회를 열어서 신익희를 의장으로 선출하고 15일에 비로소 이승만 박사를 초대 대통령으로 한 대한민국 정부 수립을 공표하였다.

미군정이 대한민국 정부에 정권을 이양하고 열흘 뒤인 25일에 북한에서도 총선거가 실시되어 김일성을 수상으로, 부수상에 박헌영, 김책, 홍명희 등을 선출하여 9월 9일에 조선민주주의인민공화국이 공식 출범되었다.

한편 미군정은 경찰권을 대한민국에 이양하고 국방경비대를 개편하여 육군과 해군을 창설했고, 국회에서는 친일파 단죄를 위한 반민족행위처벌법도 통과시켜 공포했다. 12월 12일에 제3차 유엔총회에서 대한민국을 한반도의 유일 합법정부로 승인하게 된다.

이외에도 큼직큼직한 역사적 사건들이 수없이 많이 일어났다. 4월에 제주 4·3 사건, 10월에 여순 반란 사건, 9월에 남북교역중지 선언 등이 일어나는 등 격동의 해였다. 여순 반란 사건은 당시 여수에 주둔 중이었던 국방경비대 제14연대에서 제주 4·3 사건을 진압하기 위하여 1개 대대 규모의 국군을 파견하기로 한 것이 발단이 되었다. 당시 국방경비대는 모병제였고, 신원 조회가 허술했기 때문에 좌익 계열이 많이 입대했다. 건군 초기 미군정은 군인이 정치적 견해를 갖는 것에 대해서도 전혀 제재를 가하지 않고, 완전한 사상의 자유를 보장하고 있었다.

남로당에서는 군을 장악하기 위해 당원을 위장 입대시켜서 이들로 하여금 군내에서 많은 동조자를 포섭하게 했다. 여기에 당시 군과 경찰은 국가 주도권을 놓고 무장 충돌을 벌일 정도로 매우 관계가 좋지 않았다. 1948년 10월 19일 여수에 주둔 중이던 국방경비대 14연대 장병들이 반란을 일으켰다. 이유는 제주 4·3 사건의 가담자들을 진압하기 위한 제주도 파견을 반대하는 데서 어설피 시작된 단체행동이 그 규모가 커지면서 양민과 군인, 경찰을 대학살하는 큰 피해를 냈다. 이 과정에서 여수 및 순천 등 전남 동남부 지역에서 7천여 명의 민간인이 살해되었다. 반란군과 14연대가 손을 잡고 여수를 점령한 후 순천시로 이동하여 순천까지 장악하고 곳곳에서 약탈, 방화 등을 자행하였다.

주모자는 일제 때 항공대 장교 출신의 김지회 중위와 만주군 하사관 출신의 홍순석이었다. 반란군은 다음 날인 21일에 벌교, 보성, 고흥, 광양, 구례를 거쳐 10월 22일에는 곡성까지 점령하였다. 이승만 정부는 21일에 여수, 순천 지역에 계엄령을 선포하고, 광복군 출신 송호성 준장을 총사령관에 임명하여 10개 대대 병력을 동원하여 진압을 명령, 22일 오후 3시에 순천 공격을 시작하였다. 반란군은 진압군에 밀려 주력부대가 광양 및 인근 산악지대로 후퇴하기 시작했다.

그리고 이튿날 오전에 진압군이 순천을 장악하였다. 순천 장악

범바골 비가悲歌

직후 일사천리로 광양 일대의 반란군 주력을 섬멸하고, 여수를 완전 탈환하기 위한 2단계 작전에 들어갔다. 진압군이 여수 입구에 진격했을 때, 미평 근처에 매복하고 있던 반란군에게 습격을 받고 사령관 송호성 준장이 철모에 총을 맞고 장갑차에서 떨어져 고막이 터지고 허리 부상을 입기도 했다.

이 와중에 반란군의 주력이 백운산과 지리산으로 도망치고, 다음 날인 25일에 진압군과 반란군 간에 여수 시내에서 이틀 동안 치열한 시가전이 벌어졌고 결국 27일에 반란은 완전 진압되었다. 이어 학살 만행을 저지른 반란군 및 남로당 좌익 인사들에 대한 대대적 검거작전을 펼쳐 일망타진했다.

이승만 정부는 이 사건을 '여순 반란 사건'으로 규정하고 이 건을 계기로 강력한 반공 체제를 구축하였다. 군 내부적으로는 공산주의자들을 숙청하는 숙군작업을 벌이고, 12월 1일에는 국가보안법을 제정하여 사회 전반에 걸쳐 좌익 세력에 대한 대대적인 색출 및 처벌에 나섰다. 이로써 각 지방마다 좌익분자들과 공산주의 이념을 홍보하는 자는 체포, 구금하기 시작했다. 따라서 전국 각지에서 소규모로 활동하던 좌익 공산주의자들은 남로당의 지령을 받고 산속으로 숨어들어갔고, 그곳에서 은밀히 활동하면서 민간인들을 납치해서 세를 늘려가고, 식량을 확보하기 위하여 살인과 방화 같은 만행을 저지르기 시작한 것이다. 여순 사건은 이렇게 진압과 더불어 끝이 났고, 그 후 대한민국 국군의 독립부대명에서 서수 4 자는 쓰지 않게 되었다. 14연대는 없애고, 20연대로 재편했다.

*

당시 한반도는 광복을 맞이했지만 해방 직후 치안 상태는 매우 혼란하였고 곧이어 건국준비위원회를 만들어 지방에도 위원회를 설치하고 치안, 행정 등을 담당하게 했지만 예산이 뒷받침되지 못해 인력 등의 한계가 있었다. 곧이어 9월에 미국과 소련이 남북으로 나뉘어 군대를 주둔시키고 포고령을 선포하여 건국준비위원회와 임시정부를 해체해버린다. 이후 북쪽은 소련, 남쪽은 미국에 의한 군정기가 시작되고 이 기간 동안 한반도에서는 좌우익으로 나뉘어 수많은 정치단체들이 조직되었다.

12월 미국, 영국, 소련 3국의 외상들은 한반도 문제를 논의하여 임시정부 수립과 이를 지원하기 위한 미소공동위원회를 설치하여 강대국에 의한 신탁통치에 합의했다. 그러나 이 신탁통치는 국내에서 동아일보의 3상 결정 왜곡보도로 좌우 간 갈등에 불을 붙이는 계기가 되었다. 당시 동아일보는 1면에, '외상회의에 논의된 조선 독립 문제, 소련은 신탁통치 주장, 소련의 구실은 삼팔선 분할 점령. 미국은 즉시 독립 주장'이라는 머리기사를 보도했다. 우익에서는 신탁통치를 반대하고 이승만과 한민당은 대한국민대표민주의원을 결성하여 반탁과 반소, 반공 운동을 시작하게 되었다. 반면에 좌익은 3상 결정을 임시정부 수립으로 보고 처음에는 반탁 운동을 하다가 후에 3상 결정문을 입수하여 분석한 뒤에는 민주주의민족전선을 결성해 모스크바 3상 회의를 지지하고 신탁통치

범바골 비가悲歌

를 찬성했다. 38선 이북에서는 1946년 2월 8일 김일성을 위원장으로 하는 북조선임시인민위원회가 구성되어 정부의 구실을 하였으나 남한에서는 그렇지 못했다. 이렇듯 좌우간 대립이 심화되자 1946년에 제1차 미소공동위원회를 열어 임시정부 수립을 위한 회의를 했으나 논의할 대상으로 미국은 모든 정치단체 포함을 주장하고 소련은 3상 회의 결과 반대하는 단체는 제외할 것을 주장하여 회의는 결렬되고 말았다.

　이것은 소련이 우익을 배제하기 위한 포석이었다. 따라서 여운형, 김규식, 안재홍 등 중도파 계열이 좌우합작운동을 전개하고 미군정도 적극 지원하여 좌우합작위원회가 결성되었고 회의를 열어서 ① 삼상회의 결정에 의한 임시정부 수립 ② 미소공동위원회 재개 ③ 토지 유상몰수, 농민에 무상분여 ④ 친일파 민족반역자 처결 ⑤ 피검된 남북 정치가 석방 및 테러 금지 ⑥ 좌우합작 입법기관 설치 ⑦ 언론, 출판, 집회, 결사의 자유 보장 등 7원칙에 합의하였다.

　김구 계열은 이를 지지했고 이승만 계열도 조건부 찬성을 하였으나 한민당, 남로당 등은 불참을 선언하여 어수선한 가운데 1947년 7월 19일 여운형이 암살되는 사건이 발생했다. 그로 말미암아 구심점이 상실되어 이승만과 김구가 이탈하고 1947년 12월에 해체되고 말았다. 1947년에 제2차 미소공동위원회가 개최되었지만 소득 없이 끝나고 김규식과 김구 주도하에 남북협상을 계속 시도하였으나 성과는 없었다. 그 후 미국은 한반도의 문제를 국제연합으로 이관하였고 국제연합이 제안한 남북한 총선거를 실시하려

했으나 북측이 거부하여 1948년 5월 10일, 남한만 총선을 치르게 되었던 것이다.

김구 등 민족주의 인사들은 남한 단독 선거를 반대하고 선거에 불참하였다. 제주도에서는 단독 선거를 반대하는 4·3사건이 발생했는데 이 사건 진압 명령을 받은 여수 주둔 국방경비대가 진압 명령을 거부하고 여순 반란 사건을 일으켰다. 이렇듯 어수선한 나날이 거듭되고 좌우는 더욱 강경하게 대치하며 그야말로 살벌한 1948년 새해를 맞이한 것이다.

산촌의 농사꾼들은 찬탁, 반탁이 무슨 말인지 알아들을 수도 없었고, 무엇이 찬탁이고 무엇이 반탁인지 관심 밖이었다. 하루빨리 세상이 평정되어 농사일을 편히 하며 살 수 있으면 그만이었다.

*

새해 새날이 밝았다. 설날 아침에는 예로부터 전해 내려오는 풍습에 따라 차례를 지낸다. 설날 차례는 천지만물 삼라만상에 새해를 맞이함을 고하고 살아 있는 모든 생명의 복을 기원하고자 맑은 술과 맛나는 음식을 만들어 천지신명에 바치고 1년 내내 가족과 가축의 안녕과 음덕을 비는 조상들의 겸손한 예(禮)였는데 세월 따라 인심도 풍속도 변하여 오늘날처럼 조상에 제사 올리는 형태로 변질된 풍습이다. 아이들은 옥양목이라는 새로운 옷감으로 만들어준 한복을 입고 이웃에 어른께 세배를 다니느라 분주하다. 전에 입던 무명 광목옷보다 색깔도 선명하고 부드러워서 촉감이 아주 좋다.

어른 앞에 다소곳이 나아가 한 번 넙죽 엎드려 절을 올리면 "어, 이놈 마이 컸구나! 올해는 장개도 갈세." 덕담 한마디 얻어듣고 저만치 물러나 앉아 있으면 떡국이며 유과, 곶감을 차린 개다리상 하나를 받는데 떡국은 집에서 실컷 먹은 후라서 배가 부르니 못 먹고 곶감은 배가 터져도 그냥 남겨놓을 수 없는 음식이다. 미처 다 먹지 못하면 한 움큼 쥐고는 인사는 하는 둥 마는 둥 다음 어른 댁으로 달음질친다.

남정네들도 오후가 되면 나이 많은 동네 어른들께 세배 올리러 다니는데 이 얼마 만에 마음 편히 맞아보는 설인가? 작년에는 어영부영 정신없이 보내느라 명절의 참뜻을 느끼지도 못하고 보냈다. 아직 일제의 잔재가 영 가시지 않았고 수십 년 세월이 흘러버린 지금, 옛날 조상들이 쓰시던 제례도구며 풍습도 많이 변해버려서 잘 몰라서 못하고 없어서도 못한다. 36년이란 세월이 결코 짧은 세월이 아니었음을 새삼 느끼기에 모자람이 없다. 민족의 정체성과 문화, 풍속까지 말살하려 애쓰던 일제의 깊은 속셈을 이제 와서 생각해보니 조금이나마 알 것 같았다.

아낙네들도 마찬가지다. 설이나 한가위 때는 의례 제주로 마련하던 찹쌀 청주 담그는 법도 말만 들었지 제대로 아는 이가 없었다. 작년에는 예순이 한참 넘은 할머니들께 전통 찹쌀 청주 담그는 법을 전수받기도 했다. 찹쌀 한 되, 멥쌀 한 되, 두 됫박을 섞어서 씻고 또 씻는다. 백세라 하여 백 번 씻으라 했으나 그렇게는 못해도, 열 번이고 스무 번이고 쌀눈이 다 떨어지고 완전히 맑은 물이 나올 때까지 잘 씻은 다음 채반에 올리고 고두밥을 쪄서 채반을 꺼내어 싸느랗게 식힌다.

잘 뜬 밀 누룩은 디딜방아에 곱게 찧었다가 고두밥이 다 식으면 고두밥 양의 절반 정도 되게 누룩을 섞어서 물 한 양동이 정도 담기는 항아리에 담는데 항아리 안이 깨끗해야 한다. 짚불을 피워서 독 안을 소독하고 깨끗한 마른 헝겊으로 닦아낸 다음 누룩과 섞은 고두밥을 안치고 아침에 끓여서 식혀놓은 물을 붓고 나무 주걱으로 저어서 헐렁할 정도의 양으로 반죽을 맞춘 다음 솔잎 한 움큼 다발로 묶고 마른고추 서너 개, 참나무 숯 서너 점을 올려놓고 삼베 보자기로 잘 싸매서 따뜻한 아랫목에 놓고 이불을 덮어 이틀이 지나면 작은 공기 방울이 뽀글뽀글 일면서 숙성이 시작되기 시작한다.

하루가 더 지나면 항아리 안에서는 마치 전쟁이 벌어진 듯하다. '쏴' 하는 소리를 내면서 요란하게 발효가 된다. 이때 발효가 잘되는 것은 온도가 맞는다는 것이고, 발효가 잘되어야 맛이 좋은 청주가 만들어진다. 3일이 지나면 발효되는 정도가 점점 수그러들면서 부풀어올랐던 곳에 띠 형태로 흔적을 남기고 살포시 내려앉으며 발효가 끝난다. 이것을 그냥 두면 안 된다. 그냥 방치했다가는 술이 아닌 초가 되어버려서 못 먹게 된다. 발효가 끝나면 항아리채 덜렁 들어다가 서늘한 곳간이나 냉방에 하루쯤 두면 누룩 막지는 아래쪽으로 내려앉고 잘 익은 청주가 위로 떠오른다. 여기에

다가 대나무 용수를 살며시 눌러 박아놓으면 그 용수 안에 맑고 깨끗한 청주가 모인다. 이것을 국자로 떠다가 잿물 내리듯이 채반을 준비하고 바구니에 창호지 한 장 깔아놓고 국자로 청주를 조금씩 떠 넣으면 더 맑은 청주로 걸러진다.

미리 끓여서 식혀놓은 감초 삶아 앉혀놓은 물 두 사발과 막걸리로 만든 식초 두어 종지를 붓고 잘 섞이도록 저어주면 천하의 명주 찹쌀 청주가 된다. 그 맛의 그윽한 향기는 감히 비교할 데 없다. 달짝지근한 듯 달지 않고, 새큼한 듯하면서도 달큼하여 혀뿌리에서부터 싱긋한 군침이 함께 돈다.

*

저녁나절에 국방경비대 경찰 한 사람 마을에 왔다. 이장을 위시해서 모든 동네 사람들을 모이게 했다. 내일부터는 읍내든 어디든 먼 길 갈 때는 두 사람 이상 같이 다니지 말라고 했다. 만약 이를 어기고 여럿이 함께 모여 다니면 안 된다고 했다. 하필이면 설날에 웬 소동인지 마을 사람들은 어리둥절했지만 축산면 내 산촌, 즉 밤이면 빨치산 치하에 놓여 있는 마을 사람들의 단체행동을 금지시키는 것이었다.

경상남도 밀양에서 설날을 이틀 앞두고 새벽에 농민들이 주축이 되어 국방경비대 경찰지서를 습격한 사건이 일어난 것이었다.

이들은 지리산에 은둔한 빨치산의 조종에 따라 행동한 순 농민들이었고 날카로운 농기구 등으로 무장을 하고 일부는 빨치산이 준 실탄이 장전된 총도 소지하고 있었다. 이들은 경찰 병력과 대치하면서 찬탁을 외쳤다. 결국 경찰의 발포로 여러 명이 사살되고, 합천과 거창 지방에서도 농민들이 지서를 공격하는 사건이 발생하는 등 여러 곳에서 같은 사건들이 발생했다.

이와 같은 일은 전국에서 수일 동안 일어났다. 대부분 산촌 마을에서 일어난 사건으로 빨치산 지배하에 놓인 지역들이었다. 이 과정을 겪으면서 수많은 농민들이 사살되거나 붙잡혀 옥고를 치른 사건이었다. 이 일이 일어난 사흘 만에 화전리뿐만 아니고 경북 북부의 일월산과 포도산 주위에 있는 모든 산촌에 같은 명이 떨어진 것이었다. 어수선한 가운데 설 명절이 지나가고 마을 사람들은 새해 농사를 준비했다.

3월이 오고 봄볕이 여느 해와 변함없이 따사로워서 농사꾼들을 논밭으로 모이게 했다. 죽어서 말라비틀어진 나뭇가지에도 물이 오르고 싹이 트며 봄이 오는 삼월이었다. 농사꾼들이야 농사일만 부지런히 해내면 되는데, 이놈의 산사람들이 밤마다 몰려와서 잘 알지도 못하는 찬탁이네 반탁이네 하며 겁주는 일만 없으면 일인들에게 설움받던 세월은 잊어가면서 살 수 있으련마는….

며칠에 한 번씩 인섭이 딸 정자가 마을에 와서 젊은 부인네들 모아놓고 처녀들에게는 꽃수 놓는 방법도 가르쳐주고, 재미나는 노래도 가르쳤다.

갈매기 바다 위에 날지 말아요.

연분홍 저고리에 눈물 젖는다.

저 멀리 수평선에 흰 돛대 하나

오늘도 아아아아 가신 님은 아니 오시나.

쌍고동 머리 위에 울지 말아요.

부더리 선창가에 안개 젖는데

저 멀리 가물가물 등댓불 하나

오늘도 아아아아 동백꽃만 물에 떠가네.

바람아 갈바람아 불지 말아요.

얼룩진 낭자 마음 애만 타는데

저 멀리 사공님의 뱃노래 소리

오늘도 아아아아 우리 님은 안 오시려나.

　사람의 마음을 있는 대로 후벼 파내고, 애간장을 녹여내는 듯한 노랫말이 금방이라도 눈물을 쏟아내게 하는 그런 신식 창가라는 노래다. 정자는 어디서 배워 왔는지는 몰라도 "황성 옛터에 밤이 오면…" 하는, 일인들이 못 부르게 하던 노래 말고는 아는 것도 들어본 적도 없는 아주 재미나는 노래들을 젊은 처녀 총각들을 모아 놓고 가르쳐주었다. 덕분에 어른들도 대강 입속으로 흥얼거렸고 노랫가락 창부타령과는 색다른 느낌을 자아냈다. 신이 난 정자는 더욱 열심이었다.

　사공의 뱃노래 가물거리며

삼학도 파도 깊이 숨어드는데
부두의 새악시 아롱젖은 옷자락
이별의 눈물이냐 목포의 눈물
삼백 년 원앙풍은 노적봉 밑에
님 자취 완연하다 애달픈 정조
유달산 바람도 영산강을 안으니
님 그려 우는 마음 목포의 눈물
깊은 밤 조각달은 흘러가는데
어찌타 옛 상처가 새로워진다.
못 오는 님이면 이 마음도 보낼 것을
항구에 맺은 절개 목포의 사랑

범바골 비가悲歌

7. 범바골 참상

1948년 11월 15일, 음력으로는 시월 열나흗날이다. 낮부터 하늘에 구름 한 점 없더니 보름달이 초저녁부터 시리도록 차갑게 밝았다. 그래도 금년 농사는 비교적 풍년인지라 추수하는 마을 사람들의 마음이 한결 가벼웠다. 주곡인 나락은 진작에 타작까지 마쳤고 콩이며 녹두, 시정수수까지 탈곡 마무리 짓고 내년에 쓸 멍석과 농기구도 만들고 추위가 나기 전에 지붕을 새로 이어야 할 것이다.

성택은 초저녁에 먹은 이 팥밥이 당기지 않아 몇 술 안 뜨고 수저를 놓은 게 못내 섭섭했다. 중청마루 밑에 한겨울에도 얼지 않도록 헌 멍석을 깔고 가지런히 쌓아둔, 아직 결도 안 삭은 고구마를 두어 개 들고 나왔다. 엄마가 보시면 또 뭐라고 하시겠지만 그래도 저녁을 굶다시피 한 섭섭함을 달래기는 고구마만 한 게 없기에 낫으로 뭉뚝 잘라 방으로 가지고 들어왔다.

"성택이 형 있나?"

밖에서 누가 불렀다. 양수 목소리였다. 양수는 아명이고 호적상의 이름은 한장희다. 동네 사람들은 장희라 부르는 사람은 없고, 입에 익은 아명을 쓰고 있었다. 양수는 동갑내기 영술이의 연년생 동생으로, 나이는 한 살밖에 차이가 안 나지만 형의 동무들을 보고는 이름자 뒤에 '형'이라고 붙여서 호칭하는 고운 심성을 가진 청년이었다. 형제간에 우애가 좋은 것도 동생 양수가 만들어나간 덕이었다.

양수가 읍내 5일장에 다녀왔다.

"형아야!"

"웅!"

"읍에… 에, 박상장사가 왔는데, 박상을 안 팅기고, 얼라를 팅게."

"얼라로! 그게 뭔 소리고?"

"그러이, 끼네! 쌀이나 강냉이 그런 거는 안 팅기고 얼라로 여어 가주고 팅겠뿌먼 어른이 되 나온다네! 얼라 키우기 힘드는데 빨리 어른 맹길었뿔라꼬, 얼라 업은 사람들이 줄을 섰더라!"

"거짓말도 어지가이 해라! 그런 말을 누가 믿노?"

"참말이래! 나도 오늘, 여어가 팅겠뿌렀으면 싶더라마는, 한 분 팅기는 데 돈이 너무 마이 들어가주고 참았다."

"한 분 팅기는 데 얼매 하는데? 그래고 니가 뭐 얼라가?"

"차암, 네…! 말귀로 몬 알아듣네! 얼라 팅게, 어른 맹기는데, 날 여어가 팅겠뿌먼 할배가 될 게 아이가?"

"할배 돼 가주고 뭐할라꼬? 할배가 좋나?"

"할배가 돼면! 형아 동무들 전부 내가 싫컨 부래먹을라꼬."

"아이고! 참! 기우 그런거 할라꼬 팅기나? 내 겉으면 딴 거 할따."

"뭐 하고 접노?"

"삐아리로 여 가 팅겠뿌먼 닭이 나올 거 아이가? 돈 벌이지!"

"아…! 글쎄! 글네."

"쏜지로 여가 팅기면 큰 소가 나올 거 아이가. 금방 부자 될따."

"아… 글네."

"돈 벌일 생각을 해야 되지…"

"형아! 우리이… 아부지한테 얘기할래. 논밭전지 쌀 팔아가 박 상 팅기는 기계 한 개 사가주고, 쏜지 팅게가주고 돈 벌이자. 닭고 기 먹고 접을 때는 삐아리 팅기고…"

"니가 아부지한테 얘기해봐라."

"아… 참. 나는 왜 그 생각을 몬 했일꼬! 얼라 돌반지 여 팅기면 어른 반지 나오고, 금목걸이 여가 팅겠뿌면 금으로 된 큰 쇠사슬 이 나올따. 쏜지는 안 될세. 너무 커가주고 기계도 새로 맹길어야 되고, 금덩이 팅기는 거 하자."

"그거는 니 혼자 해도 된다. 뭐 할라고 온 식구가 다 매달랬노? 니 혼자 해가주고 돈 벌이는 거, 니 혼자 다 해도 된다."

"내가 기계 살 돈이 있나? 형이 쫌 빌래주먼 몰래도…"

형제가 한 자리에 같이 있으면 한참도 쉬지 않고 말장난을 하 는, 의좋은 형제였다.

"어…! 양수가. 웬일이고?"

"잠깐 나와 보래."

먹으려던 고구마를 방바닥에 내려놓고 방문을 열어보니 아까 낮에 우리 집에 와서 쌀 두 말 내놓으라고 조르다가 엄마한테 욕 얻어먹고 간 산사람 연락군관이었다.

"왜?"

"응. 형아! 잠깐 나와봐라."

성택이가 별생각 없이 나가보았다.

"뭔 일 있습니껴?"

"아니여! 누구르 좀 찾아줍세." 연락군관이 말했다.

"누구…?"

"갑세! 가면서 야기하기요. 탁배기도 한잔하고서리…."

성택이는 그들과 함께 입은 옷차림 그대로 마을로 갔다. 지금 떠나는 이 길이 살아서는 다시 돌아오지 못하는 저승길이 될 줄은 꿈속에서라도 상상도 못하면서 중간 방에서 빨래 손질하고 있는 새 각시에게도 금방 다녀오겠다는 말도 한마디 남기지 않은 채 그렇게 그들을 따라 나섰다. 시집온 지 아직 석 달도 채 안 되는 새 각시다.

성택이는 마음속으로는 얼렁 갔다가 와야지 하면서 갔다. 어제 아침에는 울타리 밖에 늙은 참쑥 잎에 무서리가 내려, 한 가닥 남은 늦가을 정취마저 무색하려더니 오늘따라 달빛은 밝고 날씨까지 포근하다. 밖을 내다보지 않았어도 손님이 와서 신랑을 데리고 간 것을 들어 알고 있는 새댁은 제법 시간이 흘렀는데도 돌아오지 않는 신랑이 걱정되었다.

"어머님요. 되련님 형이 좀 늦어지는가 베요?"

별로 할 일이 없음에도 마치 무슨 할 일이 있는 것처럼 마당을 왔다 갔다 하고 있었다. 왠지 모를 이상하고 불길한 예감이 들었다. 부부로서 이제 겨우 두어 달 남짓 함께 살아봤지만 신랑은 성격이 온순하고 술도 많이 마시는 편도 아니어서, 누구와 쓸데없는 말싸움 같은 것도 할 것 같지는 않지만 낮에 찾아왔던 산사람들이 시어머니와 쌀을 주네 못 주네 하며 다툴 때 그중에 얼굴이 험하게 생긴 사람의 눈빛이 자꾸만 마음에 걸렸다.

마음 같아서는 쌀 두 말까지는 몰라도 한 말 정도로 주겠다고 약속하고 좋도록 화해했으면 하는 마음이지만 시어머니께서 완강히 거부하는데 감히 입도 뻥긋할 수 없었다.

시집오기 전에 친정 큰오라버니께서 당부하던 말이 생각났다.

"야… 숙자야."

"예. 큰오라버니."

"시집에 가거들랑 기회를 잘 봐서 신랑을 데리고 집에 와 있거라."

"왜요?"

"그곳은 너무 산촌이라서 빨개이 넘들이 겁나! 위험해! 인제 얼마 안 있으면, 추수가 시작될 꺼이끼네 추수가 끝나는 대로 시부모한테 잘 말씀드리고 친정에 가고 싶다 케라. 그래가 오면, 엄마가 사돈들 만나서 얘기 잘 해가, 너그 부부는 산골 위험한 데 안 놔둘 작정이다."

"집에 오면 우리사 좋지마는 시댁에서 그래라 하까예?"

"야기 잘 해야제, 잘못되면 사람이 죽고 사는 일도 생길 수 있다 말따. 차암… 내, 그 어른들은 왜 자슥들을 그런데 놔두는 동 몰래, 위험한 데다가."

오라버니 말씀을 생각해보니 더욱 마음이 바빠졌다. 한참이 지나고 달이 중천에 왔는데도 돌아오지 않는다. 그럭저럭 시간이 흐르고 한밤중이 되니까 시어머니도 걱정이 되는지 마당으로 나오서서 "야가 왜 이리 늦는 공? 그거 참 이상네!" 밤중 달빛 서쪽으로 먹구름이 빠르게 흩날리며 하늘을 덮어오고 있었다.

시간은 자꾸만 흘러가고 어느덧 새벽이 되었는데도 신랑은 오지 않고 그렇게 청청하던 하늘은 구름으로 덮이고 늦가을 찬비가 조용조용 내리기 시작했다. 휘영청 밝던 달빛도 자취를 감추고 칠흑의 어둠이 숙자의 머리 위에서 뜻 모를 두려움을 보내주는 것 같았다.

방에 들어와도 마음이 편치 않기는 마당에 있는 것과 다를 바 없었다. 바느질 바구니를 끌어당겨 이것저것 할 일 없이 실패만 만지작거리는데, "애야! 이제 그만 불 끄고 자거라. 올 때 돼면 온다. 쓸데없이 호랑에 기름 때지 말고…" 시어머니도 말씀은 그렇게 하시지만 잠 못 들기는 마찬가진가 보다.

호롱에 기름을 다 써봤자 반에 반 홉도 안 되지만 솔가지 꼬꿀불이 천장에 끄름 묻히는 데 비해 요긴하기 이를 데 없지만 값이 비싸기 때문에 아껴 써야 한다. 시어머니 당부 말씀에 내키지는 않지만 호롱불을 끄고 이불에 머리를 대고 잠깐 눈을 붙였을까? 비몽사몽간에 신랑이 물지게를 지고 가다가 낭떠러지에 발을 헛디뎌 그만 천 길 아래로 물지게 진 채로 떨어지는 게 아닌가?

범바골 비가悲歌

"보소!"

소스라치게 놀라 정신을 차려보니 꿈인지 생시인지 분간이 잘 안 가는데, 문살에는 훤히 날이 새어오고 있고, 신랑은 아직도 오지 않았다. 밖에는 지난밤 한밤중까지 그렇게도 달이 밝았는데 아침에 일어나 보니 밖에는 웬 가을비가 내리고 있었다.

"어른 계심등, 나 좀 보기오?"

이때 사립문 쪽 마당에서 인기척이 나고 누군가가 찾아온 것 같았다.

"누고?"

사랑에 계시는 시아버님께서 방문을 열면서 밖으로 나오시는 기척이 났다. 어제 산사람들과 쌀 문제로 시어머니와 목소리를 높이고 있을 때 할맘이 몹시 못마땅해서 목소리를 높이시고는 밤새도록 아들이 돌아오지 않아도 기척도 안 하시던 시아버지가 마당에서 나는 인기척에 급하게 나가시는 듯했다.

"어… 편히 잘 주무셨음등? 저임매."

억센 함경도 사투리를 쓰는 사람이다.

"으, 그래 왔나? 우째 새벽에 웬일이고?"

아는 사람이 찾아온 것 같았다.

숙자는 혹시 신랑과 관계된 소식이라도 있지 않을까 하는 궁금증에 견딜 수 없이 마음이 바빠졌다. 살문 창호지에 난 작은 구멍으로 한쪽 눈을 대고 밖으로 내다봤다. 산사람들 중 계급이 높다는 사람이었다. 섶으로 붉은 줄이 난 바지에 둥근 원 안에 별이 새겨진 모자를 쓰고 저고리에 넓적한 허리띠를 매고 있었다. 이 사람은 이북에서 온 사람이라고 했다. 모두 세 사람인데 그중 한 사람은 지게에 쌀가마니를 지고 있고, 또 다른 사람은 옆구리에 무언가 보자기에 둘둘 말아 싼 보따리를 들고 있었다.

연락군관이라는 사람이 가마니를 지고 있는 사람을 보고 손가락으로 중간 방문 앞 숙자 방 쪽을 가리켰다. 그러자 가마니를 짊어진 사람이 성큼성큼 중간 방 앞으로 걸어왔다. 숙자는 움찔해서 문 쪽에서 떨어졌다.

"그게 뭐고?"

"예! 어른! 방으로 들어갑세다. 들어가서 자세히 말을 하겠슴."

숙자 방 앞에 쌀가마니를 내려놓고 세 사람 모두 방 안으로 들어갔다. 숙자는 자리에서 일어나 발자국 소리를 죽이고 사랑방 문 앞에 가서 방안에서 나누는 이야기를 엿들어보았다.

어느새 시어머니도 나오셨다. 때 늦은 가을비가 소리 없이 마당과 지붕을 적시더니 초가지붕 낙숫물이 제법 픽풍픽풍거리며 작은 접시만 하게 만들어진 웅덩이에 고여지고 있었다. 시아버지 방에는 호롱불이 켜지고 무언지는 몰라도 심각한 얘기가 오고가는 듯했다. 그르다가 갑자기 시아버님이 큰 소리로 말씀하셨다.

"이 사람들이 시방 뭔 소리로 하노? 어젯밤에 자네들이 우리 아들 불러내서 데리고 갔잖은가? 그런데 먼 너무 경찰이 우쨌다 말이고? 뭔 소리 하는둥 몰쎄! 그런데 처형은 또 무슨 너무 처형? 누가 뭐 때문에 우리 아로 처형한다 말이고? 지은 죄가 없는데 뭔 처형…? 자네가 처형하는 거 봤는가? 봤어면 거가 어디고? 처형된 거 알면 장소도 알꺼 아이가? 어이…! 거가 어디고? 어서 말해봐

라. 야들이 시방 먼 소리로 하는 동…."

숙자는 가슴이 철러덩 내려앉았다. 안 그래도 목소리 크시기로 소문난 시아버지께서 있는 대로 역정을 내시고, 아들의 처형 어쩌고 하시는 말씀은 숙자의 머릿속을 하얗게 하고도 남을 말이었다.

"이게 뭔 소리고? 누가 누구로 잡아가 뭔 처형이라 말이고?"

시어머니께서 순간 사랑방 문을 화들짝 열어젖히고는 핏기라고는 한 점도 없는 얼굴로 방안을 향해 목소리를 키우시며 후다닥 방 안으로 들어가셨다.

"…!"

"말해봐라, 그게 뭔 소리고?"

"어…. 아짐씨느 가마이 있어보기요."

"뭐라커노? 빨리 말해봐라."

"…!"

"내가 시방 조용케 생겠나? 데리고 간 너거들이 알지, 누가 아노? 뭔 얼토당토 않은 순사 핑계는 왜 대노? 빨리 내 앞에 우리 아 데리고 오라 말따."

"어… 참, 이 에미나이는 어제 낮부터 순 생떼만 쓰누만."

숙자는 내가 지금 무슨 소리를 들었는지 전혀 느낌도 없이 그냥 활짝 열려 있는 방 앞에 장승처럼 서 있었다. 그 사람의 얘기는 대강 이러했다.

지난밤에 부하가 신랑을 데리고 간 것은 산사람들에게 쌀 한 가마니를 주기로 약속한 학산네 집이 비어 있어서 학산이 아들 중찬이와 이 댁 아들 성택이가 막역한 동무 사이이기 때문에 중찬이를 찾아달라고 부탁한 것이고, 결국 중찬이는 찾지 못하고 집으로 돌아오는 도중에 축산지서 경찰 야간순찰조에 붙잡혀 마을 청년 다섯 명과 자기네 부하 두 명 해서 모두 일곱 명이 함께 어디론가 끌려가서 처형되었다는 것이다.

그래서 산의 자기들 입장에서 자기네들이 인근 마을 인민들을 지켜주지 못했기 때문에 자식을 잃어버린 유가족을 위해 한 집당 부의금으로 쌀 한 말씩과 무명 반 필씩을 전달하는 것이라 했다. 김인수 대장이 특별히 보내준 거라고 했다.

그렇지만 능수 부부는 물론 숙자도 그 말을 전적으로 믿을 수는 없었다. 어젯밤에 잠깐이면 다녀올 줄 알았던 아들이 밤새 죽었다는 얼토당토않은 얘기를 믿을 수도 없거니와 경찰이 와서 잡아갈 이유도 없고 설령 잡아갔다손 치더라도 무조건 처형해버린다는, 말도 안 되는 소리를 지껄이고 있는 것이다.

그리고 지난밤 경찰이 다녀갔다는 정황은 어디에도 없다. 평소에 경찰이 밤중에 마을 순찰을 나온 적이 없었기 때문이다. 정작 저들이 밤만 되면 마을을 들쑤시고 다니지 않았는가?

축산지서 순경이라야 새 정부 수립한 지 얼마 안 되고 인원이 모자라서 일정 때 순사를 지낸 몹쓸 전력이 있는 사람들을 용서하는 차원에서 하위직급 순경으로 뽑은 경찰이 지서 내 모두 합쳐 서른 명도 채 안 되는 거는 세상이 다 아는 사실인데 수백 명도 더 된다는 빨치산 3병단 공비들이 제 세상으로 알고 설쳐대는 산촌 마을에 와서 청년들과 공비를 한꺼번에 일곱 명을 잡아간다는 말을 누가 믿겠는가?

그리고 그럴 리도 없거니와 설령 경찰이 붙잡아갔다손 치더라도 지서로 데리고 가면 갔지, 무조건 처형할 리는 없는 것이다. 도대체 저 놈들은 무슨 근거로 이따위 소리를 하는지 알 수가 없었다. 혹시 저 놈들이 산에 데리고 가서 안 보내주려고 헛소리를 하는 게 아닌가 하는 의구심도 들었다.

"알았으이 고만 돌아가라. 날이 밝으면 내가 알아보지!"

밖에는 가을비치고는 제법 빗줄기가 굵다. 치거덕 치거덕 덧없이 내리는 비를 맞으며 그들이 나간 다음 시아버지는 곧장 이장네로 갔다. 용묵은 아직 자리에서 일어나지도 않았고 지난밤에 무슨 일이 일어났는지 설마 꿈속에서도 상상조차 하지 않고 있었다.

"이장, 일어났능가?"

"어, 이 사람 서포…. 아침 일찍 웬일이고?"

서포는 능수의 호다. 나이가 들어가면 사람들이 부르기 좋게 호를 지어 어른 아이 할 것 없이 모두 이 호를 쓰는 것이다. 예로부터 동양 사상에서 함자는 존귀해서 함부로 부르거나 쓰지 않고, 대신 호나 자를 지어 부르게 했던 것이다.

"이 사람아, 어서 일어나시게! 내하고 지서 좀 가세나!"

"지서? 지서는 왜?"

능수는 조금 전에 산사람들이 다녀간 것과 지난밤에 그들이 아들을 데리고 간 얘기를 자세히 말하고, 축산지서에 가서 아들을 잡아갔는지와, 잡아갔다면 어떻게 되었는지를 알아보려는 것이었다.

"알았네! 쪼끔 있게. 내 낯이나 좀 씻고, 옷 입고 나오지!"

능수는 이장이 준비를 해 가지고 나올 때까지 조급한 마음으로 마당을 왔다 갔다 하고 있었다.

"이장님 계십니껴?"

이장네 마당은 돌담이었다. 돌담장 사이에 사립문을 내고 열고 닫는 문은 없다. 누구나 드나들 수 있다.

마을 끝집에 사는 톡배기가 왔다. 톡배기는 어릴 때부터 이마가 유난히도 튀어나와서 톡배기라는 별명을 얻은, 진밭에 사는 순득이 딸이다. 능수가 중매를 서서 작년에 봉출이한테 시집보냈는데 아직 애를 낳지는 않은 햇각시다.

봉출이는 능수가 처음 이곳에 정착하면서 숯가마를 열었을 때 한골에서 남의 집에 얹혀살던 불쌍한 아이인데 마음 넉넉한 능수를 찾아와서 일을 도와주고 있다가 능수가 땅을 사고 농사도 짓게 되니까 머슴으로 데리고 살았고 지금은 장가보내서 마을 끝 공터를 일궈 조그맣게 집을 한 채 마련하여 살게 하고 후 머슴으로 데리고 사는 청년이다.

머슴은 일 년 동안 주인과 의식주를 함께 하면서 집안일 전부를 맡아 하는 사람이고, 후 머슴은 제집에서 먹고 자면서 주인집에 일이 있을 때만 전적으로 맡아서 해내는, 요샛말로 출퇴근하는 머슴인 셈이다. 대신 일 년 동안 일한 날짜를 셈했다가 새경을 주는 방식으로, 머슴보다는 한결 인간적이고 새경도 머슴보다 두 배에 가깝게 준다. 주인집에 일이 없는 날에는 개인의 볼일도 볼 수 있고, 품팔이를 하거나 장작을 패서 읍내에 팔러 가기도 한다.

봉출이는 마음씨가 유순하고 착한 청년이다. 맏아들 성택이보다 다섯 살이 많지만 항상 능수를 아베라고 불렀다. 아베라는 말은 아부지를 대신하는 말이다.

"아베임, 잘 주무셨습니껴?"

톡배기도 신랑을 따라 능수를 아베임이라 불렀다.

"오냐! 니가 아침에 웬일이고?"

"어제 밤에 양수 삼촌이, 우리 양반 데리고 갔는데 안주 안 왔니더."

"그랬나?"

"그런데요. 양수 삼촌네 집에 가보이끼네, 할매가 울고불고 난리가 났데요."

"왜 운다 커더노?"

"아께, 날 샐 때쭘에요. 산사람들이 와가요. 지 양반을요. 축산지서 순경이 잡아갔다 커먼서 집에 못 온다 커데요."

"그랬나? 그르고 뭘 안 주더나? 쌀하고 광목 겉은 거?"

"예! 쌀 한 말하고 미영(무명) 반 필요."

"그래?"

"양수 삼촌네 집에도 똑같이 주고 갔다 커데요. 이게 무신 일입니껴?"

이장이 두루마기에 중절모 차림으로 나왔다.

"가세!"

"집에 가 있거라."

능수는 톡베기를 보내고 이장과 부지런히 지서가 있는 도곡으로 향했다. 화전리에서 도곡까지 거리는 말로는 20리라 하지만 부지런히 걸어도 두어 시간 걸리는 거리다. 아마도 30리도 넘을 것이다. 축산지서에 도착해 보니 해는 한나절이나 되었는데 영덕경찰서에서 온 국경수비대원 수십 명이 지서 마당에 줄을 맞추어 서 있고 높은 사람이 앞에 서서 연설을 하고 있었다. 능수와 용묵은 사무실 안으로 들어갔다. 사무실이라야 책상 한 개와 의자 네 개 놓인 한 칸짜리 방만 한 게 전부고 사무실 뒤에는 숙직실 하나 있는 작은 건물이다.

마당에서 훈시하는 내용은 역시 빨치산 토벌에 관련된 이야기를 하고 있었다. 지리산에 있는 공비들이 군량미 조달을 위해 엄청나게 민간인들을 학살하고 있고, 이현상이라는 자가 대장으로서 지리산에만 약 3만 명이 주둔하고 있는 것으로 예상되고, 일월산에 3병단이라는 공비는 그 수를 확실히 알 수 없으나 대강 천여 명에 가깝다고 했다. 특히 영덕, 청송, 안동, 영양, 봉화 등에 3병단이 있고, 강원도 울진, 삼척, 태백, 영월, 정선에 까지 넓은 지역에 1병단이 있는데 1병단 거점은 태백산에, 3병단은 일월산 어딘가에 있다고 했다.

김인수가 이끄는 3병단 제1대가 동명산 어딘가에 있는데 이 부대가 영덕군이 지목하는 토벌 대상이라는 것이었다. 거기는 지리적으로 영덕, 청송, 영양, 안동의 경계를 접하고 있는 위치로 범위가 워낙 넓고 산세도 험해 접근이 어려울 뿐만 아니라 정확한 위치도 파악이 안 돼서 감히 영덕경찰서 소속 병력으로는 손을 쓸 수 없고 이다음에 국군의 도움을 받아야 토벌할 수 있다고 했다.

높은 사람은 대강 이런 내용으로 연설을 마쳤다. 잠시 뒤 순경 한 사람이 이장 용묵이와 인사를 나누고 사무실로 들어와서 능수와 마주 앉았다. 능수는 지난밤에 일어난 일에 대한 얘기를 자세

범바골 비가悲歌

히 하고 축산지서 경찰대원들이 마을에 순찰을 다녀갔는지 와, 청년들을 붙잡아갔는지, 정말로 처형을 했는지를 물어봤다.

순경은 자기를 안 순경이라고 소개하고 우리 경찰이 대한민국 정부 수립과 더불어 경찰도 새로이 출발하는 과정이라서 아직 병력도 모자라고, 그나마 지리산 쪽에 주민들이 희생되고 있어서 그쪽을 우선하느라고 산촌 마을까지 순찰할 능력이 없고, 지난밤에 그런 일 하지 않았다고 했다. 안 순경이 말했다.

"주민들이 더 잘 아시다시피 우리 축산지서에는 총 병력이 30명도 채 안 되어서 야간에 면소와 국가 소유 건물과 기타 나라 재산과 국도변을 감시하기도 벅차, 지난밤은 물론 앞으로도 당분간 야간에 산촌 마을 순찰할 계획이 없다."라고 알려주었다.

8. 엘리트 집단의 이념

시세에 불평 많은 도회지 친일 거두들 자식들과 한량들이 하나 씩 둘씩 좌익에 참가하여 지리산 공비들은 날이 갈수록 그 수가 늘어나고 있다고 했다. 이북에서 직접 내려온 병력도 있었고 이남에서 일하기 싫은 놈팽이들이 머지않아 새 세상이 온다는 빨치산의 감언이설에 현혹되어 산으로 들어간 사람들이 수도 없이 많단다.

안 순경은 일본 순사 출신으로, 남로당 빨치산 수가 점점 늘어나고 주민들의 피해가 위험한 수준에 이르자 이승만 정부는 그래도 경험이 있는 일경 출신들도 일선 경찰서에 복직할 수 있도록 배려해줌에 따라 복직한 지 얼마 안 된 순경이었다.

정부로서도 당시에는 그 방법 외에는 달리 묘수가 없었다. 그만큼 쓸 수 있는 인재가 없었다. 일인들이 조선인의 공직사회 진출을 철저히 막아왔기 때문에 지방행정에도 친일파 자식이 아니면 행정을 꾸려나갈 꿈도 못 꾸는 그런 형편이었다.

"그르면, 지난밤에 우리 마을에서 없어진 아이들은 우째 됐을까요?"

"집에 돌아가서 쪼끔 하루 이틀 기다려보소. 설마하니 그넘들, 사람을 죽이기사 했겠십니껴?"

"…!"

"그넘들, 당신네들을 함부로 안 건드린다 커이…! 잘못 건드렸다가 주민들 등 돌리면 식량은 누가 대주노?"

"…!"

"우리 다 알아요. 당신들을… 마을 사람들이 그넘들 식량 다 대주고, 옷가지까지 주는 거, 우리 다 안다 이 말이오!"

"총 들고 와서 안 주머 죽인다 커는데 지들이 배겨낼 수 있습니껴?"

"그르니까 우리가 다 안다 커이…"

"목심이 뭔 동…! 산다는 게 뭔 동…. 아인 게 아이라 어제 그넘 아들이 동네 와 가, 우리 집 할마이한태, 쌀 한 말 내놔라 켔어요. 고마 줬뿔꺼로…. 우리 할마이가 안 줄라고 그넘아들하고 싸웠어요. 진장마지."

"그래요? 준 사람은 누구누구고?"

"몰래요. 누가 줬는 동…. 아매도 어제는 모도 못 줬을 겁니다. 방아찧어논 게 없었거덩요. 그래고 말이 나온 짐에 우리 마을 방앗간에서 띠 간 기계 좀 돌려주소. 방아를 찧어야 밥도 해먹지요. 집집마다 쌀이 없어 밥도 몬 해먹어요. 그넘들 어제는 총도 안 들고 왔데!"

"위험하니까, 늘 조심하소. 쪼끔만 더 있어먼 우리도 군 병력 지원받고 토벌작전 해 가, 그 새끼들 싹 씰었뿔꺼요. 쪼매마 기다리소. 이따가 방앗간도 돌아갈 수 있도록 조치를 해 디리께요."

능수는 예상했던 대로 지서에서 아들을 잡아간 게 아니라는 걸 알고 마음 한구석에는 어제 할멈이 쌀 안 주려고 그넘들과 입씨름한 게 몹시 마음에 걸렸다. 오늘 지서에서 들은 얘기로는 지리산 지방의 경상남도 거창, 산청, 함안 지방과 전라남도 구례, 곡성, 순천, 순창까지 농민들이 많은 피해를 입었다는 말을 들은 게 마음을 편치 않게 했다. 이넘들은 성에 차지 않으면 사람을 막 죽인다는 게 겁이 났다.

능수가 집에 돌아와 보니 할멈과 새 며느리는 입술이 있는 대로 타 있었다. 눈물을 글썽이며 할멈이 물어왔다.

"우찌 됐어요? 참말로 순사가 붙잡아갔더나? 아는 만나봤나?"

할멈은 한꺼번에 오뉴월 소냉기비처럼 질문을 쏟아냈다.

"방에 들어가자. 새아가, 들어오너라."

시아버지는 뒷짐을 진 채로 방으로 들어가시고 숙자도 시어머니를 부축해서 방으로 따라 들어갔다.

"이장캉, 지서에 댕개 왔는데, 그넘들 거짓말이더라."

"누가 거짓말이라 말이고? 순사가 거짓말이라 말이가? 산뺄개이 넘들이 거짓말이라 말이가?"

"허, 그거 참내, 지서 순사들이 밤에 우리 마을에 왔다 간 게 아이라 말따 그넘들이 거짓말이지 산에 있는 넘들…!"

"그러머 그렇지 순사들이 우리 아로 왜 잡아가노? 죄 지은 게 없는데…"

"이넘들이 동네 아 들 다섯이나 더루고 갔다네."

"다섯이나. 그르머 누 집 아들이고?"

"그래, 우리 아 하고 봉출이하고 양수, 용태하고 천노 막내 동생하고, 가 이름이 뭐라켔노, 각주에 이래이끼네 아 이름도 모릴세, 그래가 다섯이다."

"천노댁 막내 이름이 영술이 아이가."

"아이고! 내 팔자야! 큰일났네. 뭐 우째머 좋노? 영감이 인순 동, 뭔 동 하는 아로 쫌 만내보던 동. 안 그러머 정자를 좀 찾아보던 동."

"인수고 정자고 간에 가들 있는 곳을 내가 알아야 가서 만내보던 동 하제."

"그러머, 이래 가마이 있으머 우쨌다 말이고?"

"가마이 안 있어면 우째는데? 가들이 어디 있는 동 아는 사람이 없는데 어디 가 찾는다 말이고?"

"그러면 우째노? 이래지도 저래지도 몬하면 아로 어디 가서 찾노."

"있어보자. 지넘들이 설마 몹씰 짓이야 할라꼬…. 오늘 낼 인섭이 딸아가 안 올라. 가한태 물어보지 뭐."

성택이는 이제 막 장가를 든 새신랑이고 봉출이도 대강 혼례라고 치른 지 1년도 채 안 되고 나머지 세 아이들은 아직 혼인도 안 한 금년 스물네 살, 성택이랑 동갑내기 총각 놈들이다. 영술이는 한 살 아래 스물셋이고, 봉출이만 다섯 살 위 스물아홉 살이다.

온 동네가 마치 벌집을 건드리거나 한 것처럼 여기저기 모여서 웅성거리고 지난밤에 없어진 젊은 청년들 얘기뿐이었다. 그럴 수밖에 없는 것이 조상 대대 수십 년간 뿌리를 내리고 살아온 터고, 논밭전지는 바로 목숨이고 생사이기 때문이다. 아무리 왜놈 순사들이 괴롭혀도 감내하면서 살아왔고, 선대들은 양반네들의 갖은 수탈도 견디면서 살아왔는데, 지금 산사람들이 쌀 낱알 조금 빼앗아 간다고 해서 그것이 무서워 어디라도 떠날 생각은 없다. 마땅히 갈 곳도, 기다려주는 사람도 없다.

빨치산들이 마을에 들어온 지는 얼마 안 되었지만, 딱 부러지게 주민들을 괴롭힌 적은 별로 없었다. 밥술이나 먹는 집에 고작 식량할, 쌀이든 좁쌀이든 보리쌀 쌀과 된장 고추장 장아찌 등을 조금씩 얻어가는 것 말고 왜놈들처럼 사람을 해코지하는 일은 아직까지는 없었으니까. 그래도 인수는 이 지방 거물인 김상기의 아들이고 더불어 인섭이 딸 정자가 함께 있는 덕인지는 몰라도 재미나는 노래도 가르쳐주고 밥술이나 먹는 사람들 외 별 피해는 없었다.

물론 밥술이나 먹고 사는 집들이야 가끔 쌀이나 돈을 좀 뺏기기는 하는 듯하지마는, 어찌 보면 뺏긴다기보다 차라리 갖다 바친다고 보는 것도 무리가 아니다. 세상을 바꾸고 말겠다는 산사람들의 호언에 훗날을 대비하는 경우라고 볼 수 있는 것이었다. 그런데 지난밤처럼 느닷없이 동네 청년 아이들을 다섯이나 데리고 간 것은 처음 있는 일이고, 뭔가 장래를 예견하게 하는 불길한 예감이 온 동네를 웅성거리게 하기에 충분했다.

그중에 좀 이상한 것은 봉출이 말고는 모두 끼니는 어지간히 해결할 능력이 되고, 그놈들 요구하는 것도 알게 모르게 제공해줄

　　　　　　　　　　　　　　　범바골 비가悲歌

만한 집들 자제들이라는 게 얼른 이해가 안 되었다. 상을 주려면 봉출이는 빠지는 게 옳고, 해롭게 하려면 봉출이를 뺀 네 사람은 저그들이 아무리 흉악하다 해도 함부로 욕보일 수 있는 집안들이 못되는 게 아닌가?

"참 네…. 서포댁 할매는 달라커면 거양 줫뿔이지, 갈버서 쌈은 왜 하노? 언제는 뭐 안 줬나? 달라는 거 다 줬으면서…. 안 주고 배겨내지도 몬할 거면서…. 멀쩡한 동네 아 들까지…. 차… 암 네."

"아이다. 서포댁 할매로 욕할 게 아이라 커이! 쌀 두 말 주는 게 문제가 아니고 방앗간에 기계도 고장나서 방아를 못 찧는데 각중에 쌀 두 말이 있나? 그래고 쌀 두 말이 어디 하늘에서 기양 떨어지나? 그래도 그런 집들이 양식을 대강 대주이끼네 우리들 없는 사람들이 팬은 거 아이가? 우리들은 그 집한테 고맙다꼬 생각해야 돼. 저그가 언제 농사지을 때 거들기로 했나? 수악한 넘들이다. 암만 무지막지한 넘들이라 케도 그렇지 한 참에 쌀로 두 말 내놓으라 커는데 안 아까분 사람 어딧노? 피 겉은 거로…."

"지품인 동, 어딘 동 자시히는 몰래도, 쌀 안 준다꼬 한 동네로 몰살씨긴 데도 있다 커데."

"소문이지 뭐, 설마 한 동네로 몰살씨기는 그런 일이사 있었을라꼬! 진밭 사람들이 그래는데 쌀 땀시 그런 게 아이고 지서에 신고했다꼬 그랬단다."

"여거 모인 우리들이사 몬 사나끼 애시당초 그넘들이 넘보지 않고 우리도 당해보지 안했이끼네 잘 모리지마는 부잣집들이사 한밤중에 시커먼 넘들이 들이닦쳐 가 총을 들고 울림장 놓는데 씨껍

할 일 아이가? 아이고마 내사 어떤 때 그런 거로 생각하면 자다가도 깜짝 놀래 일어난다 카이."

"우리들이사 안 당해봤으이 끼네 잘 모리지마는 그 말이 맞아. 얼매나 놀랬일이고?"

답답한 마음에 아낙들이 한마디씩 해댔다. 꼭 쌀을 안 줘서가 아니라 지품면 어느 작은 한 마을 사람 80여 명을 몰살시켰다는 소문이다. 주민들이 영덕경찰서에 신고한 데 대한 보복으로 출타 중인 사람 빼고 어린아이들과 갓난쟁이까지 포함해서 한 마을을 쑥대밭으로 만들었다는 것이다.

지난 밤중에 내리던 가을비는 아침이 되면서 개이고 청명한 가을 하늘에 햇살이 내렸다. 비가 내린 탓인가 어제보다는 한결 쌀쌀해졌다. 사람이 없어진 집들은 식구들이 넋이 나간 듯했고, 하루가 지나고 이틀이 또 지나갔다. 사흘째 되는 날 이른 새벽에 능수네 집에 영술이가 가쁜 숨을 몰아쉬며 쫓아왔다.

"서포 어른요. 서포 어른 일나보이소. 큰일 났심니더. 큰일요."

"누고? 어… 영술이가? 웬일이고? 뭐가 큰일이고?"

"서포 어른요. 큰일 났어요."

"왜…?"

"아이고 우째노? 뭐라케야 되노! 아이고 이거 큰일 났네!"

"야, 이 사람아 말을 해보래! 말을 해야 알제! 뭔 소리고? 으이…?"

"새벽에요. 천노 어른 동생 정술이가 집에 왔어요."

"으이…. 정술이가 왔다꼬? 그래 다른 아 들은…. 우찌 됐노? 정술이 혼자 왔다 커더나?"

"그러지 말고 천노댁에 쫌 가시더. 가서 우리 정술이 얘기 듣는 게 나을 겁니더. 얼렁 천노댁에 와보이소."

영술은 내뱉듯 말을 끝내기도 무섭게 도망치듯 가버렸다. 능수는 자리에서 채 일어나지도 못한지라 대강 손바닥으로 얼굴을 몇 번 쓸어내리고는 곧장 천노네 집으로 쫓아갔다.

"으허험…, 이 사람 천노 일어났는가? 낼쎄!"

천노는 찬대와 영술의 부친이고, 능수보다 나이는 몇 살 아래지만 죽마고우 중 한 사람이다.

"으… 서포 어른! 어서 들어오시게, 큰일 났네! 큰일 났어. 이게 무슨 일이고? 아이고 참! 큰일 났어."

눈치가 예사롭지 않다. 능수는 직감했다.

'앗차… 아들 신변에 심각한 일이 일어났구나! 지발적선 죽지나 말아야 할 터인데….'

방 안에 들어가 보니 정술이 놈은 정신줄을 놓고 있었다. 사람이 들어왔는지 나갔는지도 알아보지 못하고 입을 크게 벌린 채로 겨우 가늘게 숨만 쉬고 있었다. 다행인 것은 살아 있다는 것뿐이었다.

천노댁이 영술이를 덮어놓은 이불을 발 쪽에서 걷어 보이는데 오른쪽 허벅지 쪽에 피가 묻어 있었다. 옷은 새것으로 갈아입혀놓았는데, 허벅다리에 난 상처에서 피가 나고 있는 듯 보였다.

"뭐가 우째 됐십니껴? 야가 왜 이래노? 집에 언제 왔십니껴?"

"말도 마소. 새벽에 마당에 뭐가 쿵 소리가 나길래 내다 보이 끼네, 글쎄! 도령님이 마당에 기양 나가 자빠져 있잖아요. 얼매나 놀 랬는동…!"

"그래! 야가 뭐라 합디껴?"

"머라 커기는요! 기양 산송장이래요. 겨우 들어다 방에 눕혀놓 고 피범벅이 된 옷 갈아입해서 피 묻은 데 대강 썻겨 가 눕해났는 데, 이래 숨도 기우 쉬네요."

"피나는 데가 어디래요? 마이 다쳤는 거 같애요?"

"자시히는 몰래겠는데, 오른쪽 신다리에 양짝으로 뭣에 찔랬는 동 푹 깊이 떨팬거 같애요."

"내 쫌 봅시더."

천노댁이 다시 이불을 걷어 보였다. 능수는 바짓가랑이를 걷어 올리고 상처를 살펴보았다.

"아… 이거너 총상이세…! 이너무 자슥들이 아 들한태 총질을 했어."

능수는 순간 눈앞이 아득했다. 영술이한테만 총질을 했을 리 없 고 같이 돌아오지 못한 것은 무엇을 말하는가?

"야 로 한숨 푹 재우고 이따가 일나거덜랑 내한테 기별 좀 주소. 다린 아 들은 우째 됐는 동 이바구 쫌 들어 보거러…"

능수는 하늘이 까맣게 보였다. 수없이 많은 못 볼 꼴도 보면서 살아왔지만 해방이 되고 다른 사람들 자식 다 돌아오는데 이역만 리 타국 땅에 흔적 하나 없이 오직 내 딸만 돌아오지 않은 이 기막 힌 한이 아직 가슴속을 가득 채워져 지워지지 않았는데 맏아들을 또 잃어버린다는 것은 차마 상상하기조차도 싫었다. 이제 갓 시집온 새 며느리와 뱃속에 든 아이의 장래는 또 어떻게 될 것이며 할멈의 한탄은 어찌 위로해줘야 할지 그저 아득할 뿐이었다.

이미 모든 것은 끝이 난 것 같다. 아들이 살아서 집에 올 가능성은 털끝만큼도 없다. 정술이가 털고 일어나면 시신이 어디에 있는지 장소라도 알면 그나마 거두어 양지바른 야산에 묻어줄 작정이다.

*

저녁나절이었다. 정술이가 정신을 차렸다는 연락을 받고 달려가보았다. 눈동자가 휘황해진 얼굴로 띄엄띄엄 대강 얘기를 이어나갔다. 정술이 얘기인즉, 저녁을 먹고 나서 마당에 나가 서성거리는데 누가 부르기에 나가보니 산사람 연락군관이라는 사람과 생전 처음 보는 동료 두 사람이 함께 와서 성택이네 집에 놀러 가자고 했다.

늘상 사흘이 멀다 않고 자주 보는 연락군관이고, 탁배기 한 잔도 같이 나눌 수 있도록 서로 알게 된 사이고 보니 성택이네 집에 잠깐 놀러 간다고 해서 이상할 게 하나도 없다고 생각했다. 별 의심 없이 그들과 같이 성택이네로 갔다. 성택이네 집에 와서 보니 사랑방과 안방에 모두 불이 꺼져 있고 성택이 색시 방만 불이 켜져 있어서 들어가지 못하고 불러내어 다른 집에 가려고 생각했다는 것이다.

성택이가 나오고 네 사람이 마을 안쪽으로 가고 있는데, 봉출이가 어디 갔다가 오는지 이쪽으로 오고 있었다. 시월 열나흗날 달이 유난히 밝아서 멀리 있는 사람도 금방 알아볼 수 있었다.

"봉출 씨! 어디로 갔다 옴매? 한잔 생각 없음둥?"

연락군관이 봉출이도 함께 갈 것을 권했다. 봉출이는 한참을 머뭇거리다가 말했다. "어디, 한잔 있나? 가서 한잔 얻어먹고 자까!" 하면서 따라나섰다.

연락군관은 마을 앞 서낭당 당신나무의 솟아오른 뿌리에 걸터앉더니 얼굴색을 바꾸며 입을 열었다.

"어… 이, 이 사람들 내 말 잘 듣기요…. 사실 오늘 내레 꽃밭에 오기는, 다른 게 아이고 스리, 내일 우리 산 본부에 아주 계급이 높고 귀한 분이 오심매, 대장이 마을에 내려가서리 나중에 아주 중히 쓸 청년들 대여섯 명을 데리고 오라고 했음매, 오늘 우리 본부에 가게 되면 초청된 자네들은 평생에 큰 영광을 얻을 것임매. 아마, 선물도 있고, 모르기는 해도 남조선이 해방된 후 무스그 중요한 직책을 줄 것 같슴매, 내가 특히 생각해서리 자네들을 지목했지 않았겠슴, 나하고 같이 본부로 가기요. 싫은 걸 억지로 가자 소리는 아이 하지마는, 자네들 평생에 한 번 올까말까 한 기회를 걸어차버리지 말기요. 어떡하겠슴?"

모두들 어리둥절해서 망설였다. 다소 겁도 나고 한편으로는 이놈들 산체 본부라는 게 어디에 있으며 어떻게 생겨 먹었고 도대체 이놈들 숫자는 얼마나 되는지 궁금하기도 했다.

범바골 비가悲歌

"아이고! 마 내사 안 갈랍니더. 낼 감나무골 팥 비놓은 거 걷어 들일라 커먼 일찍 자야 돼."

봉출이가 꽁무니를 뺐다.

"자네느 오늘은 가기 싫어도 가야 됨매! 내레 입장을 좀 생각하기요! 한 번 보고 다시 아이 볼라면 몰라도 일상 보는데 나중에 자네들 어려운 일이라도 생기면 어떡하겠슴? 오늘은 나르 좀 생각해 주기 바람. 길이 멀어, 너무 늦어서리 지금 다른 사람 데리고 갈 수는 없지 않겠슴매? 어서 일어납세 들."

그때 용태도 연락을 받고 도착했다. 연락군관은 강제로라도 데리고 갈 작정이었다.

"지미… 뭘 하는 동 한번 가보자. 갔다 오자. 정술아 일나라."

성택이가 재촉하고 나섰다. 성택이 눈치를 보아하니 안 따라가고는 안 될 것이라는 걸 알아차리고 일어나서 같이 가기로 했다. 그래서 산사람 세 사람과 우리 다섯 사람 해서 여덟 명이 콧노래를 흥얼거리며 마을을 나섰다. 마을을 막 벗어나려는데 저쪽에서 일본제 말뚝 라이터로 신호를 보내왔다. 가까이 가보니 여기에 산사람들 세 사람이 더 있었다.

그래서 합이 열한 사람이 한 줄로 걸으면서 노래도 부르고 이야기도 하면서 큰 들 골짜기를 따라 조항리 쪽으로 걸음을 재촉하며 빠르게 갔다. 휘영청 밝은 달이 마치 대낮 같았다.

암자골 비룽을 바라보며 찬물내기 벌판을 지나갈 때 성택이는 아버지 생각이 났다. 이 별로 넓지 않은 벌에서 일정 때 군청에 숯을 납품해서 많은 돈을 벌었고, 그 덕으로 지금은 남부럽지 않게 잘 사는 것도 이 찬물내기 벌이 아버지께 문을 열어준 음덕이라 생각했다.

찬물내기를 지나 조항까지 10리 정도 되는 길은 조항리에서부터 흘러내리는 좁은 물줄기를 따라 길이 나 있다. 화전리를 지나 읍내까지 연결된 좁은 산길이지만 사람들이 지나다니는 데는 별로 불편치 않은 그런 길이다. 빨치산 대원 두 사람이 앞서고 그 뒤로 영태랑 성택이, 봉출이, 영술이, 양수가 뒤따르고 그 뒤에 산사람들이 조금 뒤떨어져 걷고 연락군관은 그들보다 한 여남은 걸음 정도 뒤에서 따라오고 있었다. 암자골을 지날 무렵 영태가 성택이 귀에다 대고 낮은 목소리로 말했다.

"야, 성택아!"

"왜!"

"뭐가 좀 이상타 생각잖나?"

"뭐가?"

"너그 엄마 어제 점마들하고 쌀 때민에 싸웠다면서?"

"개새끼들이 한 참에 쌀로 두 말 달라 커이끼네 울 엄마가 나락 쩌놓은 거도 없고 두 말이 없다꼬 큰 소리가 났단다."

"내가 이상타는 게 그거라 말따. 영술이 양수, 너그 집에도 못 줬다며?"

"방앗간이 고장나 있으이께네 집집마다 쌀 쩌놓은 게 없어가 못 줬단다. 맞나 양수야."

영술이가 양수한태 말을 건넸다.

"그게 우찌됐노 커머 어제 아레 지서에서 순경들이 와 가, 숙자네 방앗간에 마그넷또 동 뭔동 전기로 띠 갔뿔었다 말따. 그넘들 심심하면 무허가 정미소라꼬 전기를 띠 갔뿌이끼네, 그래가 암도 방아 못 찛었잖나! 그래가 점마들이 집안을 뒤제보이끼네 참말로 쌀이 없거덩, 그래가 기양 갔다 커더라."

"봐라! 쌀 안 준 집, 우리마 더루고 가는 거 아이가 말따."

"그거는 걸네. 그러이끼네 두 가지다. 한 가지는 우리를 데리고 가서 저그들 양식을 쫌 도와달라꼬 집에 가서 어른들 마음 쫌 돌려달라는 거고, 또 한 가지느 우리로 볼모로 잡고 우리들 집에 협박질할라꼬 그래는 거 둘 중 한 개다."

"걸타머, 내, 니, 영술이, 양수는 이해가 되는데 봉출이가 있는 게 쫌 이상찮나?"

"봉출이는 내하고 군관하고 양수하고 오다가 집에 가는 중간에 만나서 군관 새끼가 더루고 온 거다."

"그리 생각나? 하기사 글타마는…. 암만 케도 뭐가 쫌 이상해."

"…."

"나는 기부이 그래. 우리 쫌 더 가다가 그림바우 밑으로 뛰내려가 토껬뿌까?"

"우리 둘이마?"

"우리 둘이 먼저 뛰어내리머 뒤에 아들도 눈치채고 따라 뛰너러 오것지."

"머할라꼬 그래노? 그거느 위험타. 그래고, 여거서 뛰너리먼 죽는다. 열 길도 더 되는데 뛰너리머 절대 몬 산다. 고마 암 소리 마고 가보자. 나느 임마들 아지터가 우쩨 생겠는동, 숫자가 얼매나 되는둥 그게 알고 접어. 단지 임마들이 우리를 붙잡아놓고 집에 안 보내주까바 그게 걱정돼. 그래고 점마들이 뭐, 우리들 집을 모리나? 뭐 모리는 게 있나? 내일이머 또 쫓아올 꺼고 일만 더 크진다. 그랠 필요는 없다."

"성들아! 그만 해라. 뒤에 들을라."

정술이가 말했다.

"어… 이! 동무들이 무스그 얘기가 그렇게 많지비, 빨리 걷기나 하기요. 개인적 얘기는 하지 말고스리 노래나 부르기요."

이넘들이 우리 얘기를 들었나?

"봉출이 성!"

성택이가 큰 소리로 봉출이 이름을 불렀다. 이넘들이 눈치를 챘을까 봐 능청을 떨어 보이는 것이다.

"으… 왜?"

"심심하고 따분한데 뭐 더럽거나 지저분시런 거짓말 얘기 한 소절 해보시지. 심심하잖아."

"그래까. 너그들 재미나는 얘기 다 듣고 나서 날 또 숭볼라꼬 그래는 거 아이가?"

"그르이끼네 성이 지어낸 거짓말 얘기 말고 구수한 옛날얘기 겉은 거 하라 말따."

"짜석들, 안주 얼라들이구나! 옛날 코흘리개 얘기로 하라꼬?"

"아이 씨! 말이 많네. 하기 싫으머 말어."

"코흘리개 얼라들 데리고 싸우머 뭐하노. 내가 참아야제. 잘 들어라! 예전에 선비 한 분이 자식이라고는 딸아이 하나 달랑 얻어가 기야말로 금이야 옥이야 키워서 시집을 보내고 나니 날이 날마다 딸아이가 보고 싶고, 우째고 사는지 궁금해 죽을 지경이라. 견딜 수 없어서 사돈댁에 인편으로 문안 여쭈로 간다꼬 연락을 넣고는 그날에 갔걸랑. 그 댁에서야 사돈이 오셨으니 온갖 음식 장만해서 사돈을 맞이했을 거 아이가? 상다리가 부러지도록 차려가지고 저녁을 먹는데 그놈의 약주가 입에 착착 붙는 게 좋아서 그만 과음을 하고 만 기야. 저녁상을 물리고 취기에 기양 뻗었뻗었다 말따. 한잠 자다가 목이 타서 늘상 자기 집에서 하든 데로 머리맡에 떠놓은 물을 벌컥벌컥 마시고 나니 속이 시원해서 날이 샐 때까지 실컷 자고 눈을 떴는데 사돈도 기침해서 하시는 말씀이, '애… 새아가.' '예… 아버님. 부르셨십니껴?' '웅, 그래! 내 가래침 그릇 니가 벌써 비웠나?' '아니오. 아버님! 지는 아버님께서 부르셔서 왔십니더.' 옆에서 듣고 있던 색시 아버지가 가만히 생각해보니 본인이 밤에 목이 말라 마신 냉수가 물이 아니고 사돈 가래침을 마신 거거덩, 아이고 참 이게 무슨 꼴이고? 그만 속이 메스껍고 창자가 올라올것 같아서 견딜 수가 없어가 옷을 주섬주섬 입고서는 사돈께는 집에 가축들의 밥을 굶길 수 없음에 얼렁 집에 가봐야겠다고 둘러대고는 아침식사라도 하고 가시라는 만류도 뿌리치고 냅다 마을 앞 시냇물에다 대고 창자 말고는 모두 토해내도 메스꺼움이 통 가시지 않았다, 말따."

"우웩… 고마 고마해라. 고마, 고마."

"야… 이 사람이 왜 또 이래노? 재밌는 얘기 하라 켔잖나?"

"그르머 그렇지 성 얘기라는 게 순 거짓말이고 지어내가주고 말도 안 되는 거로 얘기라꼬 하이끼네…."

성택이가 핀잔을 줬다.

"야들이요. 얘기하라 케놓고 다 듣고는 늘상 이래, 내가 안 한다 안 한다 켔는데 오늘 또 했네. 너그들, 다시는 날 보고 재밌는 얘기 해달라꼬 하지 마라, 알았나? 괘씸한 짜슥들…."

"사람이 나잇살이나 먹어가머 좀 점잖아져야지 그 무슨 얘기라 커는 게 그렇노? 더럽거러, 내가 다 속이 미식거리네."

용태도 거들었다.

"누가 아나? 오늘 산에 가서 혹시 우리 대접한다꼬 진수성찬 나올지? 밥 먹다가 토 나올 것 같애가 못 먹는거 아이가?"

"진수성찬 아이라 팔진미에 오후청이라도 먹다가 이 얘기 생각나머 한 입도 못 먹는다. 그때는 성이 책임져라."

"오야! 그런 거 나오기마 해라. 내가 다 먹어주끼! 내가 일부러 그 얘기 생각나게 해주끼."

"전번에 우리 아부지 엄마 다 계시는 데서 머라 커는 주로 아나? 어떤 사람이 저 아부지 기일에 제사 지내는데 웬 잡귀가 먼저 와가 젯밥을 싹 먹고 가더라네, 그러이끼네 저그 아부지는 굶고 가시고. 그래가 이듬해는 밥그릇에 물똥을 한 그릇 담아 놨더니 잡 귀가 그거로 다 먹고는 대가리를 마구 흔들며 가고는 다시는 안 오더란다. 어른들 앞에서 그런 거짓말을 얘기라꼬 하더라 카이."

"그래도 어무이 아베 배꼽 잡고 웃으셨잖나? 니는 그런 거 몬한 다. 어른들 잠시 웃으시게 하는 거, 그거 숩는 주로 아나?"

"그래, 성 말이 맞다. 거짓말이라서 그래지…."

"우쨌던동 간에 봉태 성 대가리는 좋아! 인정해조야 돼."

정술이 말이다.

"대가리라이? 임마들이 인제는 막먹을라 커네. 벌씨 없거러."

달빛도 좋은데 이런 얘기도 하고 창가도 부르며 걷다 보니 어느새 조항리를 지나고 길도 없는 산비탈을 걷다 보니 어느덧 범바골에 다다랐다. 다른 사람은 몰라도 성택은 몇 년 전에 아버지를 따라 사향노루 사냥하러 와본 경험이 있다.

사향노루는 노루라기보다 개와 염소의 중간쯤으로 생겼고, 짙은 흑갈색이어서 옆에 엎드려 있다 해도 잘 보이지 않는, 일명 꾹노루라는 놈이다. 연한 풀잎과 산딸기며 가을에는 도토리 등 열매를 즐겨 먹고 순발력과 민첩함은 산양을 한참 능가할 정도이고 주로 바위산과 낙엽 있는 데로 다니면서 발자국을 안 남기고 산다. 암놈은 별 쓸데가 없지만 수놈은 가히 웅담의 열 곱절이나 비싼값에 팔리기도 한다. 낭심에 붙어 있는 사향자루 때문이다. 방에 걸어두면 그 향이 방 안을 가득 메우고도 남고, 우황청심환에 들어가는 약재로도 쓰인다.

곰의 쓸개가 웅담이고, 소의 담석이 우황, 사향노루의 낭심에 붙어 있는 불순물 같은 주머니가 사향이다. 우황이 웅담보다 귀하고 우황보다 더욱 진귀한 게 사향이다. 그놈 사향노루가 이 곳 범바골에 자주 나타난다는 것을 알게 된 것은 왜놈들이 호랑이 사냥한다고 이 깊은 산속을 헤매다가 발견한 것인데, 사냥을 좋아하는 사람이나 큰돈을 욕심내는 사람들이 일제의 감시를 피해 한번쯤 다녀가는 곳이다. 그래서 성택이도 아버지를 따라 여기를 몇 번

와봤다.

살포시 비가 내린다. 다시는 살아서 돌아오지 못할 길을 가고 있는 이들을 하늘도 무심치 않아 눈물 같은 가을비를 뿌려주고 있었다.

"어… 비가 오네."

한여름 소낙비 내리듯 갑자기 먹구름이 몰려오더니 금방 천지가 암흑으로 변하고 비가 내린다.

"가을비가 오면 얼매나 올라꼬. 쪼끔 오다가 말겠지 뭐!"

"비 좀 피했다 갑세." 군관이 말했다.

"에헤… 이, 요까짓 것도 비라꼬, 피해 간다 말이가. 고마 얼렁 갑시더, 빨리 갔다가 집에 돌아가야 돼. 근데 이게 무신 냄새고? 꼭 송장 썩는 냄새맹키로 쿵쿵한 게, 에… 이, 뭔 짐승이 죽어가 썩나?"

9. 다섯 명의 죽음

"따닥! 따닥!"

귀신의 숨소리도 들리지 않는, 죽은 듯 조용한 암흑천지 골짜기에 난데없이 고막을 찢어내는 총소리가 곤히 잠든 나무들을 깨웠다. 모두들 혼비백산했다.

"어… 허이… 흐… 으…."

비명 소리가 들리는가 싶더니 '따닥!' 또 한 번 총소리가 났다. 희미하게나마 한 사람이 옆으로 꼬꾸라지는 게 아닌가? 비는 내리지만 보름달이 있어 그래도 희끄무레하게 옆은 볼 수 있었다. 이무슨 날벼락인가? 산사람들은 총을 가지고 있지 않았는데 이 깊은 산 어둠 속에서 도대체 누가 총을 쐈단 말인가?

성택이에게 희미하게나마 옆에 있는 산사람의 움직임이 보였다. 어디서 나타났는지 처음 보는 두 놈이 총을 들고 있었다. 다급

한 마음에 동료가 쓰러진 반대쪽으로 급히 몸을 피했다.

"따당! 따다당!"

다시 여러 발의 총성이 울리고 "아… 하…" 하는 비명 소리가 낮은 곳 쪽으로 메아리치듯 여운을 남기며 점점 사라져갔다. 성택이를 향해 연거푸 두 발을 쏜 것이다. 첫 발이 빗나갔다고 생각했는지 재차 쏜 것이다. 그리고 봉출이와 정술이도 총을 맞은 것 같았다. 이 외진 골짜기에서 아무 죄 없는 젊은 청년 다섯 명이 영문도 모른 채 총을 맞고 죽어가고 있는 것이다.

참으로 원통한 일이 아닐 수 없다. 성택이는 이제 장가들어 새색시를 맞이한 지 불과 서너 달밖에 안 됐는데 아직 각시와는 고운 정도 채 못 들었고, 봉출이 역시 비록 얼굴은 박색이지마는 천하에 둘도 없이 귀한 각시가 있는 가장이다. 이 몹쓸 빨치산 놈들이 이러고도 천벌을 안 받는다면 누가 대신 받을꼬? 영술이, 용태, 양수는 아직 장가도 안 간 총각들이다. 그들 나이 아직 20대 초반으로서 청춘의 꽃도 피워보지 못한 채 영문도 모르고 이렇게 처참하게 총을 맞고 죽어가고 있었다.

어둠을 찢어내는 총소리는 여남은 발로 끝나고 정적이 흘렀다. 멀리서 울어주던 부엉이도 목소리를 감추었고, 풀섶에서 짝을 부르던 이름 없는 풀벌레들도 기가 죽어 눈치만 보고 있다. 떡갈나무는 이 기막힌 역사를 가슴속 깊이 갈무리하려고 내린 빗물로 눈물을 대신하면서 내려다보고 있었다. 이 엄청난 현실을 떡갈나무는 가장 가까운 곳에서 가장 자세히 보고 들었다.

시간이 얼마나 지났을까? 누군가 지나가는 발자국 소리도, 헛기

침하는 소리도 없이 적막한 어둠 속에서 눈을 뜬 사람이 있었다. 정술이다. 논두렁 위쪽으로 내보내면서 쏜 총탄이 오른쪽 허벅지를 관통했지만 다행히도 대동맥은 피하고 단순히 근육을 관통한 것이다. 시간이 지남에 따라 지혈이 되었고, 체온 손실도 적었다. 정술이는 너무나도 갑자기 일어난 정황에 놀라 잠시 기절을 했고, 이것이 정술이를 죽음의 문턱에서 되돌려 살아 있게 한 것이었다.

그래도 한참을 더 엎드려 있다가 정신을 차리고 눈을 떴을 때는 촉촉이 내리던 비도 그쳤고, 놈들도 자리를 떠난 지 한참이 지난 후였다. 제 놈들이야 물론 모두 숨통이 끊어졌을 것을 확신하면서 자리를 떠난 것이겠지만 하늘이 무심치 않아 정술이를 살려준 것일까? 살며시 고개를 들어 이쪽저쪽 대강 살펴보니 아무것도 보이는 것은 없고, 온몸은 저리고, 심하게 추웠다. 다시 고개를 숙이고 죽은 듯 한참을 있어도 인기척은 없었다. 정술이는 그제야 '아… 이놈들, 우리 모두를 죽이고 자리를 떠났구나!' 생각하고 살며시 일어서는데 오른쪽 다리가 말을 듣지 않았다. 대강 손바닥으로 더듬어보니 옷은 빗물에 다 젖어 있었지만 별로 아픈 데는 없는데, '그런데 왜 다리가 어둔한고?' 하는 수 없이 엉금엉금 기어서 그 자리를 피해 조금 지나오니 저 멀리 동쪽 하늘에서부터 먼동이 트고 있었다.

칠흑보다도 더 어둡고 추운 시간이 얼마나 흘렀을까? 희끄무레한 새벽녘 빛이 밝아오고 살펴보니 저만치 범바위가 보이고 어디에서도 성택이나 봉출이, 양수, 용태의 인기척 같은 것은 느낄 수가 없었다. 지금 이 시간 아무것도 생각나는 것은 없고 오로지 살고 싶은 일념뿐이었다.

이 깊고 험한 산속에 홀로 남은 무서움과 외로움에 저절로 몸이 떨리고 있었다. 우선 덤불 속으로 몸을 숨기고, 날이 밝은 다음 말을 안 듣는 다리를 살펴봤다. 총알이 다리를 뚫고 지나간 것 같았다. 그래도 몹시 아프지는 않으니 다행이다. 정신이 맑지 못해 통증을 느끼지 못하는 것이었다.

하늘은 개고 아침 햇살이 덤불 속으로 파고들었다. 다시 몸을 움직여 좀 더 우거진 덤불로 이동해서 낙엽을 덮고 몸을 녹여보려 했지만 지난밤에 내린 비 때문에 모두 젖어 있었고 그야말로 의지할 그 어떤 것도 없었다. 밝은 대낮에 성치 않은 몸을 이끌고 함부로 움직였다가 혹시나 그놈들 눈에라도 띄는 날에는 바로 죽은 목숨이다.

하루 종일 덤불 속에서 숨죽이고 있다가 칡을 쪼개서 상처 난 다리에 낙엽을 덮고 칭칭 동여맸다. 추위와 싸우고, 고픈 배를 참아내며 그렇게 온종일이 지나가고 어둠이 내릴 무렵이 돼서야 나뭇가지로 지팡이를 만들어 짚으면서 허겁지겁 달빛을 따라 동쪽을 향해 밤새도록 구르며, 걸으며, 이윽고 조항리 뒷산에 이르렀을 때 또다시 새날이 밝았다.

가만히 내려다보니 사람들이 논밭으로 새벽일을 나와 있었지만 쉽사리 도움을 요청할 수는 없었다. 어느 놈이 어느 편에 가담하고 있는지를 알 수 없으므로 섣불리 도움을 요구했다가는 자칫 목숨을 잃을 수도 있겠구나 하는 생각이 들었다. 조항에서 꽃밭까지는 부지런히 걸으면 한나절이면 갈 수 있는 거리지만 몸 상태가 이래가지고는 얼마나 걸릴지 알 수 없었다.

새삼 따뜻한 아랫목과 쌀밥에 된장국이 죽도록 그립고, 시원한 열무 물김치 한 사발이 금방 목구멍에 넘어가는 것 같았다. 아침 때가 되어 모두들 집으로 돌아간 틈을 타 마을 앞 왼쪽 골짜기로 숨어들었다. 골짜기에는 마실 수 있는 도랑물도 흐르고 무엇보다 주먹돌 몇 개 뒤져나가면 가재를 잡을 수가 있기 때문이었다. 가을 가재는 원래 맛이 좋다. 손바닥만 한 옹달물에 얼굴 박고 벌컥 벌컥 물을 실컷 마시고 주먹돌을 뒤져서 가재 몇 마리 잡아서 먹고 나니 살 것 같았다.

또다시 다소 마른 낙엽 속에 몸을 숨기고 밤이 오기를 기다렸다가 열엿새 달빛 덕분으로 집 떠난 지 사흘 만 새벽에 그토록 애틋한 집에 당도하여 마당 안에 들어서자마자 긴장이 풀리면서 그만 기절해 쓰러졌다가 저녁나절이 돼서 겨우 눈을 뜬 것이다.

"정술아…. 우떻노? 정신이 쪼매 드나?"

"예! 나는 괴안에요."

정술이가 자리에서 일어나려고 했다.

"어… 이 사람아! 일나머 안 된다. 가만 눕어 있거라. 그리고 다른 아 들은 우째 됐는 동 모리나? 봉출이 하고 용태, 성택이, 양수 말따."

"…"

정술이는 말을 잇지 못했다. 눈가에 이슬이 맺히고, 고개를 돌리고는 깊게 한숨만 내쉬고 있었다.

"이 사람아! 왜 말로 몬 하노? 대강 짐작은 하고 있으이 끼네. 말해보게."

"…"

"…"

"서포 어른요."

"응… 그래! 얼렁 말해 보래."

"동네 사람들 다 모아가주고요."

"응… 그래. 사람들 모아서 우째라 말이고?"

"서포 어른이사 조항 뒷산 너머 범바골 아시잖습니껴?"

"범바골? 응, 그거는 내가 잘 알지, 그래! 범바골에 우째라 말이고"

"동네 사람들 전부 다 모아가 범바골에 가보이소. 성택이하고 봉출이하고 정술이, 용태가 그거 있심더."

"오야… 알았다. 다린 아 들은 니캉 같이는 몬 오제?"

"예! 지 혼자 와서 미안합니더!"

"아이다. 아이다. 이 사람아 무신 소리 하노? 니 아이랐으면 어디서 죽었는 동 살았는 동 모릴 꺼 아이가? 니라도 살아 와서 고맙다. 일나지 말고 가마이 눕어서 몸조리 잘하고 있거라. 우리는 니가 씨기는 데로 하꺼마."

소문은 입에서 입으로 금방 온 마을 사람들이 다 알게 되었고 능수네 집과 봉출네도 알게 되었고, 다른 집에도 모두 연락이 갔다. 성택이 어머니 서포댁은 마당 땅바닥에 두 다리를 펴고 앉아 땅을 치며 오열을 토했다.

"이 천지에 벼락 맞아 죽을 이 숭악한 넘들아! 우리 아들이 너거들한테 뭔 죄로 저질렀다꼬 사람을 죽이노? 이 아주 숭악한, 천벌

범바골 비가悲歌

을 받을 넘들아. 내 아들 살려내라. 내 아들 내놔라. 이넘들아···. 이넘들아. 아이고··· 아이고··· 성택아··· 성택아, 대답 좀 해라. 화느임요. 화느임요. 우째 이리 무심노? 우리 성택이가 무신 죄로 졌노? 죄로 졌으면 내가 졌지 우리 아들 무신 죄 있노? 아이고··· 오. 화님요 화님요··· 아이고 이 일을 우째면 좋노? 아이고, 아이고, 내 죽는다. 아이고··· 아이고··· 내 팔자야."

소문을 듣고 모여 왔던 이웃집 아지매 할매들 사이에서 숙자가 기절해버리는 바람에 이 때문에 또한 한바탕 소동이 벌어지기도 했다.

*

동천네 마당에 마을 사람들이 다 모였다. 너 나 할 것 없이 잔뜩 겁을 집어먹고 상기된 얼굴에도, 막연한 분노 같은 것이 엿보였다.

"거진 다 모였어면 준비하게. 아무 아무개는 바지개 장만하고, 누구는 가마니 뜯어서 들것 네 개 맹길고, 꽤이랑 가래도 얺고 톱하고 낫은 각자 자기 쓸 거 준비하게. 밥하고 반찬, 벤또 대강 되걸라 모도 여거로 모여 떠나세."

동생 혼자 살아 돌아온 게 죄는 아니지마는 못 온 집 이들에게 죄지은 것 같아서 천노 어른이 진두지휘를 맡았다. 부랴부랴 아침나절에 온 마을 사람들 50여 명이 범바골을 향해 나섰다. 가는 동안 아무도 입을 떼는 사람 없이 묵묵히 걸음을 재촉하여 저녁나절이 다 되어서 범바골에 도착했다.

어… 이게 무슨 꼴인가? 수백 년 묵은 묵논에는 군데군데 갈대가 자라 있고 쇠뜨기 풀과 마름이풀 잎 위에 시체가 널려 있는 게 아닌가? 누가, 누구를 언제 왜 죽였는지 알 수 없다. 시체는 산짐승, 날짐승이 이리저리 훼손한 흔적이 역력하고 남은 부분은 부패하여 냄새가 진동했다. 어떤 시체는 새하얗게 드러난 뼈에 불개미가 진을 치고 있었고, 대강 보아도 어림잡아 수 십여 구는 넘어 보였다. 지난여름 장마에 씻겨 이미 백골이 된 시체도 여러 구 있었다.

사람들은 몸서리를 쳤다. 사실은 이러했다. 이곳은 조항리까지는 걸어서 한나절 거리이고 그들의 아지트로 가는 중간 지점으로, 소위 그들이 말하는 반동분자 처형장인 셈이었다. 인근 마을 사람들 중, 저들 활동을 부정하거나 경찰에 신고하는 행위자, 식량지원 요청에 불응하는 자, 일제에 적극 협조한 자 등을 가려내어 엄밀히 납치해서 여기서 처형해버렸던 것이다. 바위 밑 은밀한 곳에 소련제 구식 아시보 소총을 숨겨놓고, 사람들을 데리고 올 때는 절대 총을 안 보이고 있다가 이곳에 도착해서 총을 꺼내 사용하고 있었다.

마을 사람들은 우선 성택이와 용태, 봉출이, 정술이를 찾느라고 시체가 널려 있는 이곳저곳을 살펴보고 있었다.

"어… 성택이 여깄다."

능수는 기계적으로 뛰어가서 아들의 상태를 살폈다. 제 한 몸 앉을 만큼 손으로 땅을 파내고 그 자리에 하반신이 흥건할 만큼

피를 흘리고는 쭈그리고 앉은 채 죽어 있었다. 시신을 들어올려보니 싸늘하기가 얼음장 같고, 돌처럼 굳어 있었다. 능수는 아들의 시체를 이리저리 돌려가면서 속속들이 그리고 자세히 살펴보았다. 이미 경직된 상태여서 팔다리는 오그라든 채 펴지지는 않았지만 머리에서 발끝까지 샅샅이 만지면서 살펴보았다.

총상은 허벅다리를 관통했는데 무명 저고리를 벗어서 한쪽 소매와 옷고름을 뜯어가지고 스스로 관통한 곳을 동여매긴 했어도 출혈을 막기에는 역부족이었는가 보다. 정황으로 봐서 치명상은 아닌데도 불구하고 출혈을 막지 못해서 숨이 끊어진 것 같았다. 피를 흘리면서 여남은 발자국 정도 걸어서 묵는 기슭에까지 와서 땅을 판 것을 보면 아마도 물을 찾느라고 땅을 판 것 같았다. 능수는 말문이 막혔다. 아쉽기가 그지없고 안타까운 마음이 심장을 도려내는 듯했다.

"옆에 사람만 있었더라면…. 지난밤에 비만 안 왔어도 체온을 유지할 수 있었을 텐데. 그랬으면 혹시 또 어째 되었을지?"

정술처럼 가볍게 관통상이라도 입고 말았더라면, 온갖 아쉬움이 능수의 머릿속을 바쁘게 휘젓고 지나갔다. 예전에 아버지와 어머니 임종을 곁에서 지켜봤지만, 그때와는 전혀 다르다. 그야말로 눈앞이 깜깜해져서 금방은 사물을 볼 수가 없었다. 보이는 건 단하나, 아들의 주검뿐이었다.

"성택아… 성택아. 이넘아 어서 일나거라. 집에 가자, 여거 이래고 있으면 우째노? 으이… 이넘아, 일나거라, 집에 가자커이…. 우… 후후후 흐아…."

눈에 넣어도 아프지 않을 새 며느리 얼굴이 불현듯 스쳐 지나갔다. 아기를 가진 지 석 달째다. 이제 내년 여름이면 손자를 보고 할아버지가 될 텐데 애비가 죽고 없어졌으니 태어날 손자는 유복자가 될 테고 이놈의 장래는 또 어떻게 될 것인지? 능수의 머릿속은 복잡했다.

이 와중에서도 용태와 양수 시신은 아래 논 한쪽 구석에 둘이 부둥켜안고 숨이 끊어진 채로 앉아 있는 것을 찾았지만 봉출이는 아무리 찾아봐도 없었다. 다른 한편은 봉출이를 찾으려고 여기저기 살펴보다가 시신은 보이지 않고 피를 흘리며 골짜기 아래쪽으로 간 흔적만 남아 있었다.

핏자국을 따라 한참을 찾아봤지만 근처에서는 봉출이를 찾을 수가 없었다. 덤불 아래에도, 우거진 숲속에도 시신도 안 보이고 어디로 가버렸는지 오리무중이었다. 더 이상 헤매봤자 찾아낼 가망이 없어 보였다. 하는 수 없이 봉출이 시신은 포기하는 수밖에 없었다.

여기가 마을 앞산도 아니고 언제 놈들과 마주칠지도 모르는 위험한 곳이 아니던가? 핏자국을 따라 골짜기 아래로 몇 사람이 내려가봤는데 그 아래에는 돌청석이 여남은 길도 더 돼 보이는 절벽이 있고 절벽 아래로는 경사가 급했다. 온갖 잡목의 낙엽이 바람에 날려 와 쌓였는데 그 깊이를 짐작할 수도 없고 맨손으로는 내려갈 수도 없고 내려가면 올라올 수도 없어 보였다. 영술이가 말했다.

"여거는 내려가지 맙시더. 내려가봤자 이렇게 마이 싸인 낙엽

속에 시신이 어디 있는지 모르고 설령 찾는다 케도 우째 대리고 갑니껴? 잘못하면 내려간 사람도 올라올 장담 못할 것 같고…"

한편으로는 마을 사람들이 삽과 괭이로 대강 땅을 조금씩 파고 그 수많은 유골들을 두서너 구씩 수습하여 모아놓고 가래로 흙을 덮어서 보이지 않게 대강 묻어주고는 세 명의 아이들 시신을 바지 개에 담아 지고 부지런히 조항리 쪽으로 내려왔다.

"이삼들아! 얼렁얼렁 움직여라. 여가 이딘동 잊었뿔었나? 그넘들 소굴이 어디 있는동은 모릴따마는 혹시라 커는 게 있잖나, 망간에 마주치는 일이라도 생기머 큰일 난다. 못 찾은 봉출이 시신이 있는 장소는 아이끼네 언제라도 좋은 시월 오면 그때 찾이면 되고 지끔 찾이나 냉주에 찾이나 죽은 아 들을 살릴 수는 없는 거아이가. 얼렁 여거를 떠나자."

시신들을 동무들이 번갈아 지면서 달빛에 놈들이 다녔을 길도 아닌 길을 걸었다. 빨갱이 놈들이 가끔씩 처형장으로 끌고 오느라고 산중 허리를 휘돌아 조항리까지 다닌 탓에 사람이 다닐 수 있는 정도의 길이다. 그 좁은 길로 마을 사람들이 한 줄로 쭉 늘어서서 걸음을 재촉하고 있었다.

수천, 수만 년 인간들이 한곳에 모여 농사를 지으며 살아오는 동안 노루나 산토끼는 물론이거니와 까막, 까치, 참새 같은 날짐승과 벌레 한 마리도 사람이 사는 근방 5리 안에 모여서 함께 사는 법이고, 맹수와 맹금류는 먹잇감이 사람 사는 근방에 서식함에 이 또한 10리 20리를 벗어나지 않은 숲속에서 사는 법이다. 그 범위를 넘어서는 놈은 오직 범과 산양과 사향노루뿐인데, 빨갱이라는 이놈들은 어찌하여 이토록 멀고도 깊은 산골짜기에 은밀한 곳을 찾아 은거지를 만들고 세상의 눈을 피하면서 죄 없는 사람을 이렇게도 허망하게 죽여버릴 수가 있을꼬?

어지간한 가까운 데서 저지른 일이었어도 그래도 혹시, 책상 한 개 만들겠다고 밭둑에 심어놓은 가죽나무가 유난히도 무성터니 무서리 한 차례에 맥없이 주저앉더라. 유별나게 짙푸르고 한해에 열 자도 더 자라다가 서너 해가 지나가니까 몸집 늘리느라고 키는 안 자라고 제법 살이 찐다고 좋아하던 게 엊그제다.

오동나무로는 장고 만들고, 조상 신주함은 밤나무로 만들고, 가죽나무로는 가구를 만들어 옻칠 잘 해놓으면 가보가 된다나 어쨌다나 하면서 아는 체한 것도 바로 사나흘 전에 있었던 일이 아니었나?

가슴에 묻자니 가슴이 너무 좁다. 얌전한 데다가 얼굴도 곱고 솜씨 또한 야무져서 나무랄 데라고는 없는 새 며느리가 가엾다. 꽃 같은 나이 열아홉 살에 시집온 지 이제 몇 달이나 됐다고? 할멈 오열은 또 어찌 감당할꼬? 천 갈래 만 갈래 생각이 복잡하고 머리가 아파온다.

어… 화 넘자 너화야!
어… 어… 어… 어화 어화 넘자 너…어화!
이제 가면 언제 오나? 한만 놔두고 나는 가네.
너… 흐호 너… 흐호… 너화 넘차 너… 너화!
불쌍하고 가련하다. 우리 성택이가 가련쿠나.

어… 호, 어… 호, 어… 화 넘차 너… 너화!

명사십리 해당화야! 꽃이 진다고 서러 마라!

너… 흐호, 너… 흐호… 너화 넘차 너… 너화!

명년 춘삼월 봄 다시 오면 너는 다시 피련마는

어… 호, 어… 호, 어… 화넘차 너… 너화!

불쌍쿠나! 우리 성택이 이제 가면은 언제 올꼬?

너… 흐호, 너… 흐호… 너화 넘차 너… 너화!

간다 간다, 나는 가네, 너를 두고 나는 가요.

어… 흐호… 어…흐호, 어화 넘차 느흐… 화!

원통하고 절통하다, 니가 어찌 나를 봤노?

너… 흐호, 너… 흐호… 너화 넘차 너… 너화!

백 년을 살자고 다짐을 하고 재석천왕에 빌었건마는,

어… 흐호, 어… 흐호, 어… 화넘차 너… 너화!

불효 중에 최고 불효는 부모 앞선 일이라.

너… 흐호, 너… 흐호, 너… 화 넘차 너… 너화!

자야! 자야! 황숙자야! 네가 정녕 미안쿠나!

어… 흐호, 어… 흐호… 어화 넘차 느… 흐화!

저승 가서 다시 만나 유유상봉 하자꾸나!

어… 흐호, 어… 흐호… 어화 넘차 느… 흐화!

너… 흐호, 너… 흐호… 너화 넘차 느… 너화!

어… 흐호, 어… 흐호… 어화 넘차 느… 흐화!

너… 흐호, 너… 흐호… 너화 넘차 느… 너화!

"이 사람들아, 소리가 너무 크다. 혹시 그넘들 지내댕기다가 듣기라도 하먼 우쩰라꼬 그래 큰 소리로 하노?"

"쌍넘우 꺼 올라먼 오라 캐라. 이래 죽우나 저래 죽우나 마찬가지 아이가? 내 동상이 여거 와서 이렇큼 처참한 거를 보고 내가 내 동상 시신을 지고 가는데, 그넘들 치부가 더러났는데 우리 마을을 가만 놔둘 거 겉나? 기왕 이래 된 거 까지꺼 오먼 한분 붙어보지 머."

용태 형 광태가 좀처럼 보기 어려운 얼굴로 독기 어린 말을 쏟아냈다. 광태는 체격이 크고 심성은 고와서 웬만한 일에는 별 대꾸도 잘 안 하는 과묵하고 점잖은 사람이지만 한번 성질이 났다 하면 하늘도 못 말린다는 우직스러운 사람이다. 광태의 분노가 하늘을 찌르고 있다는 증거다.

"우리가? 맨손으로? 총을 가주고 있는 넘들하고?"

"겁낼 거 없다 커이. 지까짓 넘들이 우리 이 수많은 사람들을 총 한 방으로 다 죽일 수는 없으이끼네, 동작 빠른 우리가 뒤로 돌아가가 팸미로 한 넘 대갈통을 깨 뿌샀뿌고 총을 뺏어가 한분 붙어보는 거지 머."

"니 총 쏠 줄 아나?"

"총? 그까짓 거 별거 아이야. 내가 알어! 전번에 군관이라는 새끼가 총 자랑한다고 이것저것 갈촤줬어. 총 몸통 아래에 문고리 같은 거 봤제? 그 문고리 안쪽으로 꼬부장한 쇠가 손가락을 엯기 좋게 돼 있어, 그거로 방아꽁이라커지 아매, 고그로 앞으로 땡기머 총알이 나간다 멀따."

"이 사람아! 방아꽁이가 아이고 방아쇠라 케라."

범바골 비가悲歌

"아… 맞다. 방아쇠다 방아쇠. 맞어, 내가 잠깐 실수했다. 그래고 방아쇠 앞에 성냥개비 절반만 한 쇠 쪼가리가 한 개 붙어 있는데 그거로 총구 쪽으로 밀어놓으며 총알이 나가고 밑으로 너롸노먼 방아쇠를 암만 땡게도 총알이 안 나간단다. 그러머 됐지 머. 총 쏘는 게 머 밸꺼까바."

"어… 이 우리 농 그만하고 낼 집에 가거덜랑 동네 사람 모아가 조로 짜가주고 우리 동네 우리가 지키자. 밤에마."

"지키머 머하노, 맨손으로…."

"아이다, 점마들이 늘 큰골 길로 댕기이키네 우리가 죽창을 만들어가 덤불 속에 숨어 있다가 이넘들이 씨부렁거리머 오거들라 젤로 가까이 올 때 한참에 나가서 죽창을 가 넘들 뱃때지로 힘차게 찔렀뿌머 지넘들도 사람인데 안 디배지고 배기나. 그때 총을 다 뺏어가 지키고 있으면 뺄개이 새끼들 우리 말에는 몬 올 수도 있다 말따."

"말이사 숩다마는…."

"아이라커이, 예전에 고래산 신돌석 장군 의병들이 무슨 총을 가주고 왜놈들 이겼나? 순 죽창 가주고 기습공격해서 숱한 왜놈들 절단냈단다. 우리라꼬 몬 하라는 법 있나? 서서 맞아 죽우나 앉아서 굶어 죽우나 마찬가지지 머. 그래고 이넘들, 한분 두고 보래. 저거들이 저지런 험한 꼴을 우리가 봤뿌렀스이끼네 절대로 가마이 안 있는다 카이. 무신 수를 씨더라도 우리 마을을 갈군다 말따."

얼마 안 있으면 남쪽 바다 어딘가에서 놀던 기러기 떼가 밤 달빛을 머리에 이고 활대처럼 대열을 지워 꾸룩꾸룩 이 산마루를 지나가면 머리에 털이라고는 하나도 없어서 스산하기까지 한 독수리가 한 마리씩 산허리를 돌아 내려오는 것 말고는 천년이 지나고 만년이 지나도 대놓고 인기척 한 번 없을 심심산골에 누가 시키지도 않은 애끓는 노랫소리만 늦가을 밤하늘에 구천을 떠돌고 있을, 정처 없는 넋들을 달래어 잠들게 하고 있다.

범바골 노래를 듣기나 하는지, 말도 없는 열여드레 달빛은 대낮처럼 밝다. 시신을 담은 바지게를 진 사람들은 길도 아닌 잡목 사이를 헤집고 이마에 굵은 땀방울을 연신 닦아내면서도 구슬픈 행상여 소리로 범바골 골짜기에 애달픈 메아리를 남겨놓은 채 조항 마을에 도착했을 때 달은 이미 서천에 가 있었다.

시신들을 진 지게는 마을 어귀에 내려놓고 능수만 곁에 남고, 모두 마을 안으로 들어가서 평소에 이웃으로 지낸 사람들이므로 아무 집이나 가릴 것 없이 가까운 한 집을 택해서 마당에 멍석을 펴고, 가지고 온 밥과 반찬을 내려놓고 점심 겸 저녁 겸의 식사를 했다. 오늘 날짜로는 처음으로 곡기를 입에 넣어보는 것이다. 집주인은 얘기를 자세히 듣고는 농주로 담가놓은 신도주 탁배기 한 동이를 내왔다. 평소 같았으면 마파람에 게눈 감추듯 했을 것이련만 아무도 즐겨 마시려 하지 않았다.

"자네들, 누구 한 사람, 가서 시신 지키고 서포 오라 케라."

사람들은 의논을 했다. 이미 목숨이 끊어진 시신을 집에 데리고 가봤자 부모와 새 각시 오열만 돋우는 것 말고는 별 볼일이 없을 바에는 어디 양지바른 땅을 찾아 위봉이라도 했다가 내일 준비를 해 가지고 다시 와서 장사 지내는 게 옳다는 사람들의 생각이었

범바골 비가悲歌

다. 능수도 그러는 것이 좋겠다고 생각하고 대여섯 명만 남고 모두들 집으로 가서 내일 장사 지낼 준비를 하라고 당부했다.

능수는 곰곰이 생각했다. 이 지방 넓은 산세가 손바닥 보듯이 훤한 터라 노골봉 기슭 양지바른 곳을 알고 있으니 그리로 가자고 했다. 남은 사람들과 능수는 성택이를 짊어지고 생각한 곳으로 가서 나뭇가지를 모아 모닥불을 피우고 밤을 새웠고 다른 두 사람의 시신은 당시 풍습대로 장가를 안 갔으므로 가족들끼리 상의해서 각각의 장소로 옮겨가서 장사 지냈다.

미리 장소를 알리러 먼저 갔던 도성이가 마을 사람들과 함께 성택이 장사 지낼 준비를 해 가지고 왔다. 피범벅이 된 시신을 목욕시키고, 굳어버린 육신을 완력으로 펴서 옥색 명주로 만든 수의를 입히고 입관례를 올린다. 한편으로는 광내하고 또 다른 사람들은 계축을 쌓는 등 열심히들 움직이면서도 하나씩 받은 상대군 수건으로 연신 눈물을 훔쳐내고 있었다.

하관 시에는 소복을 한 숙가가 사생결단했고 엄마도 대굴대굴 구르며 통곡했다. 일단 관이 땅속에 들어가고 나면 흙으로 덮고 땅을 다져야 된다. 빗물이 땅속으로 흘러들지 못하도록 야무지게 다져야 된다. 상대군들이 삼포 달린 중대를 잡고 삥 돌아서서 덜구를 밟는다.

어⋯ 허 덜구야! 허⋯ 하 더얼구야!
어화⋯ 세상 벗님네들! 이 내 말을 들어보소!
어⋯ 허 덜구야!

내가 가면은 아주 가나! 명년 춘삼월 봄 돌아올 때,

어… 허 더얼구야!

상제님으 명허를 얻고, 하존사교 가마를 얻어 타고,

어… 허 더얼구야!

양양삼삼 화전놀이할 제,

어… 허 더얼구야!

벌 나비에 몸을 빌어서,

허… 허 더얼구야!

까막까치 날개를 빌어서,

허… 하 더얼구야!

깃털같이 왔다가 가마.

어… 허허허 덜구야!

바람결에 왔다가 가마.

하… 하하하 덜구야!

소리도 소문도 내지는 마라.

어… 허 더얼구야!

달맞이꽃 같은 우리 색시

어… 허 덜구.

내 어이 잊을 손가.

어… 허 덜구.

살아생전에 못 다한 사령

어… 허 덜구.

이승에서 못 다한 사령

범바골 비가悲歌

어… 허 덜구.

세월이 지내고 한 명이 다하걸랑

어… 허 덜구.

저승에서 다시 만나세

어… 허 덜구.

이 덜구가 웬 덜구냐?

어… 허 덜구.

우리 영령 잘 자라꼬,

어… 허 덜구.

밟고, 밟고 또 다지네.

허… 허허허 더얼구… 우… 야!

계축 앞에 우뚝 선 상수리나무가 눈앞을 거스른다. 바라보던 사람이 얼른 가서 톱으로 베어냈다. 계절축 앞이 훤해졌다. 저 멀리 아련하게 축산 앞바다도 보이고, 왼쪽으로 고개를 돌려보면 영해들 넓은 벌이 한눈에 내려다보인다. 후포리 앞바다는 손만 뻗으면 금세 잡힐 듯하다. 축산 앞산인 대밭산이 보이는 것은 훗날 어여뻤던 각시가 지금 뱃속에서 자라고 있는 아들을 데리고 재혼해서 축산에 살 때, 알뜰히 보살펴주려는 심산인지 산꼭대기 등대가 오늘따라 유난히도 하얗게 보였다.

뒤늦게 온 제물을 진설하고 평토제를 올린다. 먼저 산신에 아뢰고 천지신명께도 고하였다.

"천지신명하고 산신님한테 비나이다. 여거 불싸은 영을 산신님한테 의지할라꼬 하오니 부디부디 받아서 살펴주이소."

제물과 함께 따라온 용덕보살님이 목탁을 치며 영전의 명목을
빌었다.

정구업진언

수리수리 마하수리 수수리 사바하 딱 딱 딱…

수리수리 마하수리 수수리 사바하 딱 딱 딱…

수리수리 마하수리 수수리 사바하…

땃 따다라라라…

오방내와안위제신진언

나무사만다 못다남 옴 도로도로 지미 사바하 딱 딱 딱…

나무사만다 못다남 옴 도로도로 지미 사바하 딱 딱 딱…

나무사만다 못다남 옴 도로도로 지미 사바하…

따다라라라…

개경게 딱 딱 딱 딱…

무상심심미묘법 백천만겁난조우 아금문견득수지

원해여래진실의 개법장진언

옴 아라남 아라다. 옴 아라남 아라다. 옴 아라남 아라다.

천수천안관자재보살광대원만 무애대비심대다라니

계청 계수관음대비주 원력홍심상호신 천비장음보호지

천안광명변관조 진실어중선밀어 무위심내기비심

속령만족제희구 영사멸제제죄업 천룡중성동자호

백천삼매돈훈수 수지신시광명당 수지심시신통장

범바골 비가悲歌

세척진로원제해 초증보리방편문 아금칭송서귀의

소원종심실원만 나무대비관세음

원아속지일체법 나무대비관세음

원아조득지혜안 나무대비관세음

원아속도일체중 나무대비관세음

원아조득선방편 나무대비관세음

원아속승반야선 나무대비관세음

원아조득월고해 나무대비관세음

원아속득계정도 나무대비관세음

원아조등원적산 나무대비관세음

원아속회무의사 나무대비관세음

원아조동법성신 아약향도산 도산자최절 아약향화탕

화탕자고갈아약향지옥 지옥자고갈 아약향아귀 아귀자포만

아약향수라 악심자조복 아약향축생 자득대지혜

나무관세음보살마하살 나무대세지보살마하살

나무천수보살마하살 나무여의륜보살마하살

나무대륜보살마하살 나무관자재보살마하살

나무정취보살마하살 나무만월보살마하살

나무수월보살마하살 나무군다리보살마하살

나무십일면보살마하살 나무제대보살마하살

나무본사아미타불. 나무본사아미타불.

나무본사아미타불 딱 딱 딱 딱…

신묘장구대다라니

나모라 다나다라 야야 나막알약 바로기제

새바라야 모지사다바야 마하 사다바야 마하가로

니가야 옴살바 바예수 다라나 가라야 다사명

나막 가리다마 이맘 알야 바로기제 새바라

다바 니라간타 나막 하리나야 마발다 이사미

살발타 사다남 수반 아예염 살바보다남

바바말아 미수다감 다냐타 옴

아로계 아로가 마지로가 지가란제 혜혜

하례 마하모지 사다바 사마라 사마라 하리나야

구로구로 갈마 사다야 사다야 도로도로 미연제

마하미연제 마라 다라 다린 나례 새바라

자라자라 마라 미마라 아마라 몰제 예혜혜 로계

새바라 라아미사미 나사야 나베 사미사미 나사야

모하자라 미사미 나사야 호로 호로 마라호로 하례

바나마 나바 사라사라 시리시리 소로소로

못쟈못쟈 모다야 모다야 매다리야 니라간타 가마사

날사남 바라 하라나야 마낙

사바하 싣다야 사바하 마하 싣다야 사바하 싣다

유예 새바라야 사바하 니라간타야 사바하 바라하

목카 싱하목카야 사바하 바나마 하따야 사바하 자가라

욕다야 사바하 상카 섭나네 모다나야 사바하 마하라

구타 다라야 사바하 바마사간타 니사 시체다 가릿나

이나야 사바하 먀가라 잘마 이바 사나야 사바하

나모라 다나다라 야야 나막알야바로기제 새바라야 사바하

나모라 다나다라 야야 나막알야바로기제 새바라야 사바하

나모라 다나다라 야야 나막알야바로기제 새바라야 사바하

딱 딱 딱 딱…

사방찬

일쇄동방결도량 이쇄남방득청량

삼쇄서방구정토 사쇄북방연안강

도량찬

도량청정무하예 삼보천룡강차지

아금지송보진언 원사자비밀가호

참회게

아석소조제악업 개유무시탐진치

종신구위지소생 일체아금개참회

참제업장십이존불 나무참제업장보승장불

보광왕화염조불 일체향화자재력왕불

백억항하사결정불 진위덕불

금강견강소복괴산불 보광월전묘음존왕불

환희장마니보적불 무진향승왕불

사자월불 환희장엄주왕불 제보당마니승광불

십악참회

살생중죄 금일참회 투도중죄 금일참회

사음중죄 금일참회 망어중죄 금일참회

기어중죄 금일참회 양설중죄 금일참회

악구중죄 금일침회 탐애중죄 금일참회

진애중죄 금일참회 치암중죄 금일참회

백겁적집죄 여화분고초 멸진무유여 죄무자성종심기

심양멸시죄역망 죄망심멸양구공 시즉명위진참회

참회진언

옴 살바못자 모지 사다야 사바하

옴 살바못자 모지 사다야 사바하

옴 살바못자 모지 사다야 사바하

준제공덕취 적정심상송 일체제대난 무능침시인

천상급인간 수복여불등 우차여의주 정획무등등

나무 칠구지불모 대준재보살

나무 칠구지불모 대준제보살

나무 칠구지불모 대준제보살

정법계진언

옴남. 옴남. 옴남 딱 딱 딱 딱…

호신진언

옴 치림. 옴 치림. 옴 치림 딱 딱 딱 딱…

관세음보살 본심미묘 육자대명왕진언

옴 마니 반메 훔. 옴 마니 반메 훔. 옴 마니 반메 훔.

준제진언

나무 사다남 삼먁삼못다 구치남 다냐타 옴

자례주례 준제 사바하 부림

나무 사다남 삼먁삼못다 구치남 다냐탸 옴

자례주례 준제 사바하 부림

나무 사다남 삼먁삼못다 구치남 다냐타 옴

자례주례 준제 사바하 부림

아금지송대준제 즉발보리광대원

원아정혜속원명 원아공덕개성취

원아승복변장엄 원공중생성불도

여래십대발원문

원아영리삼악도 원아속단탐진치

원아상문불법승 원아근수계정혜

원아항수제불학 원아불퇴보리심

원아결정생안양 원아속견아미타

원아분신변진찰 원아광도제중생

발사홍서원

중생무변서원도 번뇌무진서원단

법문무량서원학 불도무상서원성

자성중생서원도 자성번뇌서원단

자성법문서원학 자성불도서원성

발원이 귀명례삼보

나무상주시방불 나무상주시방법

나무상주시방승 딱 딱 딱 딱…

나무상주시방불 나무상주사방법

나무상주시방승 딱 딱 딱 딱…

나무상주시방불 나무상주시방법

나무상주시방승… 응 딱 딱따다라라라…

목탁 소리가 숙연하다.

딱 딱 딱 딱 딱 딱…

마하반야바라밀다심경(摩訶般若波羅密多心經)

딱 딱 딱 딱

관자재보살(觀自在菩薩)

행심반야바라밀다시 조견(行深般若波羅蜜多時 照見)

오온개공 도(五蘊皆空 度)

일체고액사리자 색불이공(一切苦厄舍利子 色不異空)

공불이색 색즉시공(空不異色 色卽是空)

공즉시색 수상행식(空卽是色 受想行識)

역부여시 사리자(亦復如是 舍利子)

시제법공상 불생불멸(是諸法空相 不生不滅)

불구부정 부증불감(不垢不淨 不增不減)

시고 공중무색 무수상행식(是故 空中無色 無受相行識)

무안이비설신의 무색성향(無眼耳鼻舌身意 無色聲香)

미촉법 무안계 내지(味觸法 無眼界 乃至)

무의식계 무무명(無意識界 無無明)

역무무명진 내지(亦無無明盡 乃至)

무노사 역무노사진(無老死 亦無老死盡)

무고집멸도 무지역무득(無苦集滅道 無智亦無得)

이무소득고 보리살타(以無所得故 菩提薩埵)

의반야바라밀다고 심무가애(依般若波羅蜜多故 心無罣碍)

무가애고 무유공포(無罣碍故 無有空怖)

원리전도몽상 구경열반(遠離顚倒夢想 究竟涅槃)

삼세제불(三世諸佛)

의반야바라밀다고 득아(依般若波羅蜜多故 得阿)

뇩다라삼먁삼보리 고지(耨多羅三藐三菩提 故知)

반야바라밀다 시대신주(般若波羅蜜多 是大神呪)

시대명주 시무상주 시무등등(是大明呪 是無上呪 是無等等)

주 능제일체고 진실불허(呪 能除一切苦 眞實不虛)

고설반야바라밀다주(故說般若波羅蜜多呪)

즉설주왈(卽說呪曰)

아제아제 바라아제(揭帝揭帝 波羅揭帝)

바라승아제 모지사바하(波羅僧揭帝 菩提娑婆訶)

아제아제 바라아제(揭帝揭帝 波羅揭帝)

바라승아제 모지사바하(波羅僧揭帝 菩提娑婆訶)

아제아제 바라아제(揭帝揭帝 波羅揭帝)

바라승아제 모지사바하(波羅僧揭帝 菩提娑婆訶)

으… 응 딱 딱 딱 따라라…

그리 크지도 작지도 않은 묘 둥지를 만들어놓는 것은 혼인을 했
으니 어른인 바 10년, 20년 지난 후 혹시라도 뱃속에 들어 있는 유
복자가 태어나 탈 없이 자라준다면 지 애비 산소라도 돌보겠지 하

고 억지로 위안을 얻으려고들 했다.

먼저 혼백을 앞세우고 상주들이 집으로 돌아왔다. 엄마는 엄마대로 햇각시는 각시대로 하늘이 무너졌는바, 다가올 아득한 세월을 걱정하는 그 설움을 누가 감히 짐작이나 할까? 능수는 아들의 무덤 앞에서 흐느껴 울었다.

평해에서 아버지를 여의고 영해 한골에 이사 와서 어머니마저 세상을 떠나보내고 났을 때 칭얼거리며 배고파 우는 어린 5남매를 데리고 가슴속 원대한 꿈 절반도 못 펴보고 처자식 밥 안 굶기려고 갖은 고생 다해오다가 이제 조금 허리라도 펼 수 있겠구나 하고 있는데 벌써 자식을 둘씩이나 가슴에 묻었다. 상대군들은 모두 도구를 챙겨 집으로 돌아가도 능수는 앉은 자리에서 일어서지지가 않았다. "이 사람, 서포…. 인제는 고만 내려가세." 누군가가 능수를 달랬다.

그날 밤, 아주 늦은 시각에 인수가 찾아와서 큰절 올리고는 꿇어앉아서 눈물을 흘리며 두 손으로 빌었다.

"아버님! 지가 죽을죄를 지었습니다. 저를 용서하지 마십시오."

"…"

능수는 돌아앉았다.

"지 잘못입니다."

"…"

범바골 비가悲歌

10. 인간 김인수

"지가 잘못해서 이런 일이 발생하고 말았으니 저를 어떻게 하십 시요."

"이 사람아! 자네가 시방 내 앞에서 무신 말을 하고 있는 동 아 나? 자네 부친을 생각해서라도 자네가 우째 내한테 이리할 수가 있노? 으이…."

인수 아버지 김상기와는 오랜 친분이 있는 사이 아니던가? 김상 기를 처음 만난 것은 '목탄납품공개경쟁입찰장'에서다. 먼저 입찰 참가자격검증에서는 참가자 본인의 나이와 건강 상태, 기술력, 살 고 있는 지역, 인부동원 능력, 그리고 인성 등 여러 가지 까다로운 사전심사에서 심사위원으로 참여한 김상기는 능수에게 관심을 가 지고 집요하게 질문을 하더니 결국 후한 점수를 주어 참가자들 전 체를 제치고 낙찰받을 수 있게 해주었던 것이다.

낙찰 후 따로 만나 앞으로의 계획과 생산에서부터 납품에 이러기까지 한 치의 실수도 허용되지 않는다는 주의와 물심양면으로 도와줄 것 등도 약속하고 어려운 일이 있을 때는 서로 돕겠다는 약속도 했다. 그리고는 총 집사 김충곤을 소개하고 어려운 일이 있으면 총 집사를 통하라고 했다. 그리고 본인이 부탁이 있을 때도 이분 총 집사를 통해 부탁하겠노라고 귀띔해주었다. 총 집사는 요즘으로 말하면 회사 살림살이를 총괄하는 전무 정도 위치인 셈이다.

김상기는 경상북도 북쪽 지방 읍성마다 술도가(양조장)를 가지고 있었다. 물론 영덕읍에도 있었고, 포항 다음으로 규모가 컸다. 총 9개소 중에 영덕이 본점이었다. 김상기의 힘은 총독부까지 작용했다. 능수가 하는 일의 행정적 문제는 일사천리가 되도록 도와주었고, 능수도 그가 부탁하는 일을 마다해본 적이 없었다. 그 인연으로 소위 대동아전쟁 말기에 일본 해군이 미드웨이 해전에서 두 척의 항공모함과 수백 대의 전투기를 잃고 미 해군에 밀리게 되자 김상기는 앞날을 예측이나 했는지는 몰라도 총독부 일보다 탁주도가 일에만 열중하고 능수에게도 부탁해서 탁주가 쓰이는 웬만한 장소에는 영덕 도가의 탁주를 쓰도록 물심양면으로 도와줄 것을 요청하기도 했다. 가까운 영해읍에도 일본 사람이 경영하는 사께 양조장이 있었지만 우리네 농주처럼 익숙지 않아 영덕 탁주를 고집했다.

이렇게 상황이 바뀌게 된 것은 김충곤의 판단과 권유 덕분이었다. 김충곤은 영리하고 선견지명이 있는 사람이었다. 머지않아 일

범바골 비가悲歌

본이 패망할 수도 있다는 예측을 한 것이다. 일본군 주력함대가 미국에 의해 침몰했다는 것은 미국의 강력한 힘이 일본을 능가한다는 증빙이므로 일본 해군은 재건할 시간이 없고 미국은 이 기회를 놓치지 않을 것이라 짐작한 것이다.

김충곤은 아주 훌륭한 인품을 지닌 사람이었다. 일본에서 대학을 마치고 정치에 꿈을 둔, 수준 높은 철학적 소양을 가진 인물이었다. 나중에 1970년에 와서는 국회의원을 지내기도 한다. 지난 초가을에 큰아들 성택이 짝으로 맏며느리를 얻은 것도 이 사람의 중매로 이루어진 것이다. 오보에서 천초(우뭇가사리), 미역, 다시마 등 해산물을 거둬서 일제에 공출하는 일을 하는 황상규의 딸과 인연을 맺도록 중매를 서준 것이다. 사돈이 된 황상규는 평소에 잘 알고 지내던 사이지만 그 사람에게 과년한 딸이 있는 줄은 몰랐다. 양쪽 가족관계기록의 호적부를 가지고 있는 김충곤은 서류상 양쪽 자식들의 존재 여부를 알 수 있었으므로 양가 사정을 비추어서 잘 어울릴 수 있다고 생각하고 사돈 맺을 것을 권해주었던 것이다.

덕분에 착하고, 야무지고, 얼굴도 고운 며느리를 얻은 것이다. 인수가 이 마을에 들어와서 공작을 쉽게 할 수 있었던 것도 알게 모르게 능수의 영향력이 없었다고 말하기 어렵다. 능수 본인이야 직접 나서서 마을 사람들에게 인수를 도와달라고 말한 적은 없지만 김상기와 능수의 관계를 잘 아는 마을 사람들은 능수를 믿는 것이다. 능수가 김상기에게 아들 문제로 어떤 부탁을 받은 바 없고, 능수 역시 인수에 대하여 마을 사람들에게 어떤 말도 하지 않았는데도 사람들은 능수의 눈치를 본 것이 사실이었다.

뿐만 아니다. 새 며느리의 친정 작은오라비가 영덕 김상기 도가에 술 빚는 기술자 겸 조바(사무) 일을 맡아 보고 있었기 때문에 더욱 그러했다. 며느리의 친정 작은오라비는 사람이 영특해서 일제 때 포항에서 보통중학교를 마치고 영덕 김상기 도가에 들어가서 잔심부름부터 시작해서 커온 것이 지금은 어엿한 책임자 일을 맡아보는 위치에 있었다.

"아버임요. 변명으로 들으실지는 몰라도 그날 지가 볼일이 있어서 본부를 비운 탓인데, 그사이에 일이 잘못된 것입니다. 지들 활동에 방해하는 반대운동분자들을 처리하는 과정에서 그만…."

"뭐라커노? 그러머 우리 마을에 젊은 아 들이 너거들 하는 일을, 훼방이라도 났다. 그 말이가? 으이…! 이 사람아! 자시 말해보게! 우리 아 들이 자네들 하는 일을, 뭐로 훼방 났노? 으이…! 달라는 식량을 안 줬나? 지서에 가가 자네들을 고발을 했나? 달라는 거 다줬는데, 무신 반대 우째고, 그런 말로 하노 말 따. 아메도 너으가 나로 덩시인 줄 아는 게세! 메칠 전에 쌀 달라 커는 거 못 줬다꼬! 이런 짓 하는 거, 내가 어디 모리는 줄로 아나? 짐승보다 몬한 숭악한 넘들 같애가주고는…."

"아… 참, 그런 게 아니고요. 본부에서 내려온 명령이 잘못 전달되는 바람에 다른 데 가야 될 동지들이 잘못 알고 꽃밭마을에 온 겁니다. 뭐라고 할 말은 없습니다마는 지들이 일부러 그런 게 아니라는 말씀을 드리는 겁니다."

"잇 사람이…. 불난 집에 부채질하나? 뭔 할 말 있다꼬, 자꼬 딴소리 해대노? 우리 말에 아 들 너이로 너으가 죽엤뿔었다 말따! 아

범바골 비가悲歌

능가? 총을 쏘가주고…! 어… 흐흐 참! 딛기 싫으이 끼네, 고마 돌아가게! 나는 앞으로는 자네들이 무신 일을 하다라도 절대 몬 도와준다. 어서 일나 돌아가게. 자네 온 줄 할매가 알먼 자네 성케 못가. 한 아이가 살아서 왔시이끼네 망정이지 망간에 가도 죽었뿔었시머 우리는 아 들이 죽었는 동 살았는 동 영영 모리고 사다가 죽을꺼 아이가?"

능수는 비장했다. 언성은 분노에 차 있었고, 손은 가늘게 떨고 있었다. 인수는 더 이상 말을 못 붙이고, 고개를 숙인 채 그날은 그냥 돌아갔다. 다음 날 새벽에 또 다시 찾아왔다.

"아버임…! 오늘은 지가 맞아 죽을 각오를 하고 왔어요. 한 말씀만 드리고 가게 해주십시요."

"무신 할 말이 또 남았노?"

"입이 열이라도 할 말은 없습니다마는 잘못된 일에 계속 매달려 있을 수가 없어서 다른 방법으로 보상해드리면 어떨까 하고요."

"뭐라꼬? 보상? 무신 보상?"

"…!"

"죽은 아로 살래주기라도 한다, 이 말이가?"

"그런 거는 아니고요. 자칫하다가는 마을에 더 큰 일이 일어날까 봐, 그거라도 막아보려고 그럽니다."

"뭐라꼬? 자네가 시방 내한테 뭔 울림장 놓나?"

"울림장 놓는 게 아니고요. 어제 지가 위에다가 잘못된 일을 항의했는데 오늘 회신을 받았습니다. 일이 이렇게 되어버린 것을 되돌릴 수는 없고요, 아버임께 있는 그대로 솔직히 말씀 올리고 이해를 구하라고 했습니다."

"남의 아들을 죽에놓고 이해는 무신 너무 이해로 하라 말이고? 그래고 그거 묵논에 우리가 치운 뉘 집 아들들인지 몰래도 시체가 얼만 동 너그들 다 알제? 그 시체는 어느 동네, 뉘 집 자손들이고? 내가 어디 한분 물어보자. 그 시체 부모들은 아들이 어디 가서 죽었는 동, 살았는 동, 암꺼도 모릴꺼 아이가. 어디! 대답 한분 해보래!"

"아버님! 그래서 제가 이렇게 찾아뵙고 말씀드리는 겁니다. 그 광경을 보지 말았어야 했어요. 북에서 온 사람들은 저희들과는 전혀 다른 행동을 하기 때문에 그래서 저도 걱정돼서 더한 희생을 막아보려는 것입니다."

"그러머, 그넘들이 암 죄 없는 나무 집 아들을, 자꼬 붙들어 가 해꼬지라도 한다, 그 말이가?"

"그렇지 않다는 보장을 지가 못한다는 말씀을 드리는 겁니다."

"…!"

"지금요. 남조선 군경이요. 합동해서 우리를 조여오고 있어요. 속담에 급하면 쥐도 고양이를 문다고 하잖습니까? 남쪽에요. 저희와 뜻을 같이하는 대원의 수가 수백만입니다. 남로당 당원과 지지 세력을 합하면 몇 백만이 될지 몰라요. 이승만과 그 무리들은 아무것도 모르고 있고, 힘도 없으면서 날뛰고 있는데, 빠르면 내년에 전쟁이 일어납니다. 전쟁이 나면요. 이승만 정부는 일주일을 못 견딘다고요. 우리는 그다음을 생각해야 됩니다. 어차피 엎질러진 물인데 다시 주워 담을 수 없잖습니까? 남조선이 해방되고 나면, 아버임께 어떤 방식으로든 간에 충분한 보상을 하겠다는 약속을 받아놨습니다. 잘만 되면 동생들이 잘될 수도 있고요. 아버임이 지들을 반목하시고, 계속해서 이 사건에만 매달리시면 아무 소득도 없이 일만 더 크게 할 수 있습니다. 북에서 온 대원들은 여기 사정을 전혀 몰라요. 그나마 다행인 것이 일단 성택이를 그렇게 한 것은 차질이 생겼다는 것을 인정하고 크게 뉘우치고 있으니까, 분하고 원통한 마음이야 말로 다 표할 수 없지마는 지난 일은 가슴속에 깊이 묻어두고 조금만 참고 기다리시면 내년쯤에는 제가 책임지고 아버님께 좋은 일이 있도록 하겠습니다. 죽은 사람을 살려놓을 수는 없는 것이고, 그에 상응하는 대가 꼭 치르도록 하겠습니다. 용서하시고 기다려주시면 안 될까요? 어찌하시겠습니까? 지들과 반목하시겠습니까? 아니면 용서하시고 훗날을 바라보시겠습니까?"

"이 사람아! 범바골에 너그들이 저질러논 거로 어디 내만 봤나? 우리 마을 사람들 모도 봤잖은가? 내 혼자 입 막는다꼬 되나 그게? 동네 사람들은 말로 몬 해가 그래지 모도 분해가 이를 갈고 있다."

"그러니까, 아버님만 가만히 계셔주시면 다른 사람들은 제가 알아서 한다니까요. 남의 집 안 좋은 일을, 남이 뭐 자꾸만 입에 올리겠어요?"

"허…! 이 사람아! 적반하장이라는 말이 있다. 시방 이런 일을 해놓고 날더러 아무 일도 없었는 거 겉이 입 봉하라. 너그들이사 전장을 하던 동, 뭐로 하던 동, 그런 거사 우리매이가 알 꺼 아이고, 그럴수록에 너그들이 잘해야 되지, 백성 없는 나라가 어딧노?

이런 짓을 하면 누가 너그들 정치가 좋다꼬 따라 나서노? 그런 거로 생각해야 되지! 내 참 기가 맥해가주고…! 그래고 냉주에 보상 우째고 하지마는, 내한테는 그런 거는 필요가 없다. 내가 운제 그런 거 바랜다 커더나? 더는 우리 동네 아 들 다치면 안 된다. 그거마 알어라. 하늘도 무섭잖은가베, 가서 높은 넘 보고 그래라. 벼락을 맞아 죽을 넘들이라 커더라꼬! 내가! 그래고, 자네가 무신 말을 하는 동, 내가 알아 들었시이끼네 인제 고마 가게."

"제가 바라는 바는 어차피 이 나라는 곧 통일이 되고, 저는 중용될 텐데 그 후에 절 도와주신 여러 어른들에게 떳떳할 수 있어야 하지 않겠어요? 북에서 온 사람들은 저와 생각이 다르니까 내 마음대로 하기 어려워요."

"달라봤자, 지까짓 넘들이… 내까지 쥑엤뿌먼 몰래도, 해보라 케라…. 자숙이 죽었는데 먼 너무…! 그넘들이 자숙 잃은 부모 맴을 알기나 해? 그넘들, 저그 그래나, 내 이래나 똑같지 뭐."

능수는 말은 그렇게 했지만 사실 겁이 났다. 마을에 젊은 청년들이 많은데, 같은 일이 또 생기면 어쩌나 걱정되었다. 밤이면 지들 세상인데, 나쁜 마음을 먹으면 큰일이다. 그놈들은 이 지방의 인심이나 이웃 간 인간관계를 전혀 모르기 때문에 혹 다른 집 아이들이 또 다치기라도 하면 큰일이다.

그런데 내년에 전쟁 난다는 소리는 또 뭔고? 미국 사람들이 다 떠나고 난 뒤 전쟁을 한다는 말인가? '저넘 말대로 전쟁이라도 나고, 자 말대로 됐뿌먼 세상은 우째 될꼬? 에이고! 고마, 니넘들 맘대로 했뿔러라. 아무래면 죽은 아가 살아야 올라꼬?' 뒷일이 무섭고 걱정스러웠다.

"너그들이 총을 가주고 사람을 막 쏴 죽이는 판에…. 우리 할마이 맴이 쫌 까라났거덜라! 내가 생각해보끼! 그래고, 내캉 우리 마을 아 들, 더는 손 안 댄다는 약속으로 할 수 있나 자네가?"

"예! 예! 그건 제가 책임지겠습니다. 약속하겠습니다."

"말 마 약속한다 캐놓고 냉주에 딴짓 하먼 그거는 누가 막노?"

"이제부터는 지가 본부를 비우는 일은 없어요. 모든 게 다 정리가 끝났고 각 부대별로 배치도 다 해놨기 때문에 지가 본부에 계속 있게 됩니다. 지가 자리에 있으면 절대 실수가 없습니다."

"우리 아 들 너이면 됐다. 다린 집 아들 또 손대먼, 그때는 내가 할 수 없이 자네 어른한테 가가 얘기로 다 할 수백에 없다. 알았능가? 그래고 내가 자네들 하는 일을 알 수가 없다 말따, 먼 너무 지주도 없고 소작도 없는 그런 뱁이 어디 있노? 내가 내 돈 주고 산 땅에 내 힘으로 농사져서 나라에 세금 내고 나머지는 내가 먹고 사는 게 옳지, 내 땅은 누가 가져가고 지주가 없다 말이고? 옛날에 왜정 초기에 농사지어놓은 걸 왜놈들이 몽땅 가지고 가고 배급 준다꼬 면소에 오라커머 사람들이 십 리도 더 되게 줄을 서서 쌀 한 되박 받자꼬 서서 기다리던 거런 시월을 말하능가?"

"아 예! 그런 뜻은 아니구요."

"아이기는 머가 아이라 커노? 그르머 내 땅은 누가 가지고 가고 지주가 없다 말이고? 한분 생각해 볼래, 자네 어른이 소유한 땅이 수백 마지기고 그걸 소작농에 농궈줘가주고 소출을 절반씩 나누는데 회장님 그 많은 땅은 누가 가주고 간다 말이고? 그게 말이나 되는 소린가 시방?"

"예! 아버임은 아직 그 이론을 잘 이해를 못하십니다. 이제 이삼 년 후면 조국이 공산주의 통일이 되면 스스로 알게 됩니다. 지금 말로 설명하기는 좀 난해한 부분이 있지만 실제 경험해보면 공산주의 경제정책이 얼마나 이상적인가를 몸소 느끼게 됩니다, 소련의 남서쪽으로 유럽이라는 대륙이 있는데 그기에 백여 개의 나라가 있어요. 그런데 그 유럽의 국가들이 하나씩 둘씩 공산주의로 정치를 바꾸고 있어요. 그 사람들이 어리석어서 그르겠어요? 두고 보십시오, 금방 알게 됩니다."

"이 사람아, 나는 하늘이 두 쪽이 나도 그런 나라는 싫으이. 아매도 회장님도 자네가 하는 일에는 찬동하지 않을 걸세. 씰데없는 일 하지 말고 자네 어른 뵙고 자시 의논한 후에 결정하게. 나는 차라리 혀를 깨물어 죽으면 죽었지 이 나이에 배급 타 먹고 살기는 싫타, 이 말일세."

"마르크스 레닌주의란요, 지상권, 즉 땅과 채굴권, 어업권 등 모든 재원은 개인이 소유할 수는 없구요. 전부 국가가 소유함으로써 빈부격차는 자연 없어지는 것이고, 개인이 하는 일에 대해서는 다 같이 월급을 받는다 생각하면 이해가 빠를 것입니다."

"이 사람아, 이제 내 얘기는 다 했으니끼네 그만 돌아가게. 그래고 다시는 날 만나로 오지 말게. 자네 얼굴만 보면 나느 피가 거꾸로 흐르는 것 같으이…"

능수는 이후 아들의 죽음에 관해서는 일체 말을 삼갔다. 마을에 또다시 불길한 일이 생기기라도 하면 큰일이기 때문에 그냥 혼자

범바골 비가悲歌

서 마음속으로만 울분을 토할 뿐이었다.

이장은 직무상 사건의 전말을 축산지서와 면소에 자세히 보고하고, 또다시 일어날지도 모르는 공비들 출몰을 견제해줄 것을 요청했지만 병력이 모자라서 어쩔 수 없으므로, 마을 자체에서 몸조심하며 무작정 그들을 따라 산으로 가지 말 것을 당부하는 것 외에 다른 묘수는 없다고 했다.

*

구름에 달 가듯 그래도 세월은 흘러 새해가 왔다. 봄은 변함없이 만물과 하지 않은 약속도 지킨다. 앞산 밑 미나리광에 겨우내 얼어붙어서 꿈쩍도 못 하던 물이 봄기운에 슬며시 녹아 하늘에 뜬 구름 한 점도 놓치지 않고 얼굴을 비춰내고 뜰 앞에 백일홍은 무작정 꽃망울부터 먼저 내밀고 본다. 샘 많은 앞산 뒷산 참꽃도 얼굴을 내밀고 햇살이 봐주기를 재촉하며 자랑질을 한다.

옛사람들은 춘삼월 호시절이라 했거늘 그럼에도 영술이는 몸을 온전히 회복하지 못하고 시름시름 앓다가 일 년도 채 못 견디고 늦은 봄에 하늘 높이 난 종다리 노래 소리 따라 그만 하늘나라로 가고 말았다. 봄은 봄인데 화전 마을 사람들에게는 엄동설한만도 어문 나날들이었다.

춘래불사춘이라 했던가? 마을의 인심도 전과 다르게 흉흉해졌고, 이웃 간에 왕래도 한결 줄어들었다. 밤이 되면 모두가 방문을 굳게 걸어 잠그고 이웃 나들이를 하거나 특별한 볼일이 아니면 문 밖출입조차 하지 않았다. 그도 그럴 수밖에 없는 것이 지난 한겨울에 산에 나무하러 간, 머슴살이하는 광석이가 흔적도 없이 사라졌기 때문에 더욱 그러했다. 혹시나 두 달 전 성택이 사건이 되풀이된 게 아닌가 하는 염려에 마을 사람들 전체가 나서서 범바골까지 가봤지만 찾지 못했고 앞산 넘어 진밭에도 수많은 사람이 납치되거나 대낮에도 끌려가곤 했다. 뿐만 아니고 인근 산촌 마을마다 청년들이 소리 없이 사라진단다. 산으로 납치되었을 것이라는 억측 말고는 아무 근거도 없었다.

화전리는 행정구역명으로 칠성2리이고 앞산 너머 진밭과 한 마을이다. 진밭이라 하면 얼른 듣기로는 밭이 질다는 느낌이지마는, '진'은 참 진(眞) 자 진이고 땅이 기름져서 무슨 곡식이든지 잘 자라는 큰들이라는 벌판이 있었는데 일제가 이 밭들을 억지로 논으로 만들었다. 조항리에서부터 흐르는 물이 풍부하고 일제가 필요한 것이 조나 콩 보리가 아니고 쌀이기 때문에 논으로 만든 것이다.

화전리란 꽃 화(花), 밭 전(田) 해서 꽃밭이다. 보통 꽃밭이라 부른다. 여기에는 세 가지 설이 있는데 마을 뒷산과 앞산, 그리고 윗산과 아랫산에 둘러싸여 마치 진달래꽃을 닮았다는 설과 마을 앞 100여 평 남짓 되는 늪이 있는데 예로부터 이 늪지에 연꽃이 유난히도 고와서 꽃밭, 그리고 앞산은 한 그루의 소나무도 다른 잡목도 일체 없이 오직 진달래나무만 무성하여 봄이면 산봉우리 전체가 진달래꽃으로 물들어 산 전체가 분홍색으로 변한다 하여 꽃밭이라는 이름을 얻었다는 전설 같은 얘기가 있다.

그토록 아름답던 꽃밭 마을이 일제가 들어와서 앞산에는 소나무를 심도록 명령했고 일제와 함께 들어온 양잿물이 연꽃을 무두죽게 만들고 만 것이다. 따라서 현재는 그 화려했던 연꽃도 앞산진달래도 볼 수 없다. 이토록 어수선한 와중에 읍내 쪽에 친척이있는 집들은 아주 이사를 가버리는 사람들도 생겨났다. 그런가 하면 오라는 곳도, 갈 곳도 없는 사람들은 그냥 눌러앉아 죽든지 살든지 운명을 하늘에 맡기는 수밖에 도리가 없었다.

행정당국과 경찰 측에서도 골치가 아팠다. 관내에 산촌 마을이한두 곳도 아니고 인원과 장비는 한계가 있는데 빨치산들의 활동범위는 점점 넓어져가고 흉포화되어가고 있다. 영덕군이 가지고있는 전력으로는 어디에 있는 줄도 모르는 빨치산 공비들을 상대로 토벌작전을 벌인다는 것은 생각할 수도 없는 일이었다.

지피지기 백전불패라 했거늘 적이 어디에 숨어 있는지도, 숫자도, 무기와 장비와 능력 등 아는 것이 없는데 적을 토벌한다는 것보다 어리석은 일이 또 있을까? 우리 경찰과 경비대가 그걸 모르지는 않을 터, 토벌작전 운운하는 것은 산촌 농민들을 달래기 위한 거짓말로 하는 임시방편일 뿐이다.

조항리 앞산을 넘어 한참 가면 옥류리가 있고, 거기서 낮은 고개 서너 개를 넘으면 지품이다. 이 지품에는 현직 면장 동생이 남로당 지품면 위원장을 맡고 있어서 면사무소 창고를 빨치산 군량미 창고로 쓰는가 하면 모든 행정까지 마치 이북 치하에 있는 것처럼 산간 마을 전체가 김인수에게 적극 협조하고 있었다. 그중에 반감을 가지고 있는 눈치라도 보이는 사람이 있으면 어디론가 끌고 가서 가차 없이 처형을 하기도 했다.

그래서 지품에는 생목숨 끊어진 사람이 부지기수였고, 그들의 집은 불태워 없애버리기도 했다. 일부 젊은 사람들은 스스로 자원해서 산으로 들어가기도 했고, 자진해서 적극적 협조자가 된 사람도 많았다고 한다. 우선 살아남기 위해서였지만 훗날 전쟁이 터지고 영덕 전투에서 그들은 김인수를 따라 전장에 투입됐다가 국군의 총알 하나와 맞바꾸는 소모품으로 산화해간 사람들이다. 지품면은 영덕에서 안동으로 가는 길목이고 명동산 줄기의 서남쪽 끝자락에 위치한 산악지대기 때문에 지리적 여건상 빨치산 본거지가 될 수밖에 없었던 것이다. 전쟁이 끝났을 때는 면 내 인구의 절반 이상이 없어졌다는 설도 있었다.

옥류리에서 북서쪽으로 한나절쯤 가면 하늘 아래 첫 동네라 할만큼 오지에 배목이라는 서너 가구가 화전을 일구고 살아가는 작은 마을이 있는데 이곳은 고산 분지로 이루어져 있다. 혹시 이곳에 빨치산 3병단 제1대가 숨어있지나 않을까 하는 의심을 하는 사람들이 많이 있었지만 이곳에 갈 수 있는 사람은 아무도 없었다. 조항리에서 서쪽으로는 빨치산 감시조들이 대낮에도 활보하기 때문에 접근하기가 매우 무서운 곳이었다.

한편 서포댁은 현실을 극복하지 못하고 시름시름 앓아눕는 일이 잦았다. 식사도 잘 못하여 몸이 몹시 허약해져갔다. 숙자의 뱃속에서 아이는 날로 자랐지만, 신랑을 여읜 지 일 년이 되도록 단하루도 눈물 마를 날이 없었다. 시집와서 신랑과는 아직 고운 정도 못 다 이룬 신참 신부가 아니던가? 신랑 옷가지 하나, 베갯잇에 붙어 남아 있는 머리카락 하나라도 더욱 소중하고 이 세상 그 어떤 금은보화보다도 귀한 신랑의 일부고 유산인 것이다.

시집올 때 어머니가 마련해주신 전복 껍데기로 만든 자개가 드문드문 붙은 여섯 자 농 안에는 비단금침도 있지마는 쳐다보기도 싫어졌다. 구석구석 곱게 빨아서 입에 물 한 모금 머금고 '푸' 하고 뿜어서 옥양목 보자기에 말아 밟은 다음 다듬이질하고 다시 햇볕에 널어 말려서 바느질해두었다가 이담에 친정 갈 때 새신랑답게 곱게 입히려고 손질해놓은 바지저고리와 두루마기 도포는 죽은 신랑이 저승에서 입도록 불에 태워줘야 된다는 시어머니의 간곡한 말씀도 숙자는 차마 따를 수가 없었다.

입었다가 벗어놓은, 아직 미처 빨지 못한 옷가지며 버선도 그에 배어 있는 신랑의 향취가 없어질까 봐 일부러 비단 보자기에 곱게 싸서 자개농 제일 깊은 곳에 고이 숨겨놓았다가 밤마다 꺼내서 신랑의 향취를 짜내면서 피눈물을 흘리는데 이 사정 모르지 않을 시어머니는 날로 더욱 짜증만 늘어나 견뎌나가기가 점점 어려워졌다.

작년 시월 보름날에 아들이 집 나가서 돌아오지 못했는데 이해 칠월 보름이 지나도 뱃속의 아기는 나올 생각은 않고, 임산부 배는 남산만 해져갔다.

"열 달이 지나도 아 가 안 나오는 거 보이끼네, 참말로 우리 씨가 맞기는 맞는 거가? 으이…."

얼토당토 않는 말을 하고 며느리를 원수 보듯 했다. 숙자는 설마 꿈에서도 생각해본 적이 없는, 하늘이 무너지는 듯한 어처구니도 없는 말이 시어머니 입에서 자연스럽게 나오는 걸 경험하고 보니 천지가 뒤집어지고 뱃속 창자가 다 녹아내리는 것 같은 생각에 아무 말도 못하는 장승이 되고 말았다.

"저 할매가 노망이 났나? 하다가 하다가 못하는 소리가 없네. 입에 올릴 말이 있고, 안 되는 말이 있지. 뭐 그런 쌍스러븐 말로 하노? 점잖치 몬하거러 허 그거 참…."

"뭐라 커노? 저 너무 영감재이가…! 내 자슥 살려내라! 이 너무 영감재야."

"야야! 새아가! 너그 씨어머이가 정시이 없어 하는 소리이끼네, 꼬깝게 들어먼 안 된데이."

요즘 들어 서포댁이 좀 이상해졌다. 이전과는 딴 사람 같았다. 눈이 버얼겋게 충혈이 되고 머리는 열 달도 감지 않은 것처럼 산발을 해 가지고 마치 귀신 잡아먹은 도깨비 얼굴 행색이다. 본인 입에 들어가는 음식도 돈 아깝다고 아끼고 모아서 오늘날 밥 안 굶고 살 수 있는 것은 전적으로 할매 공이라고 해도 별 무리가 없을 정도로 맵짜던 할매가 이렇게 달라진 것을 보면 아마도 병이 들기는 들었는가 보다. 아무에게나 이유 없이 시비 걸고, 혼자 넋이 나간 것처럼 중얼거리기도 하여 능수네는 불행한 나날을 보내고 있었다. 집안에 웃음소리라고는 없다.

그렇게 불행한 날들이 지나는 와중에서도, 칠월 스무하룻날 새벽 먼동이 틀 무렵에 숙자가 몸을 풀었다. 건강한 사내아이였다. 천만다행으로 머리통이 할아버지를 빼닮았기에 시어머니는 '남의 씨' 어쩌고 하는 말을 더 이상 하지 않았다.

"아이고, 우째 이래 할배하고 똑같노! 씨독질은 몬 해."

아기를 구경하러 온 사람마다 같은 말을 해서 기가 죽은 것이다. 대신 극도로 신경질적이고, 막말도 서슴지 않고 내뱉는 것으로 보아 중증의 우울증 병이 들었지만 그 시절에는 아무도 그런 증상을 병으로 생각하지 않았고 노인네 노망 들었다고만 생각했다. 그러나 듣는 숙자는 천 갈래, 만 갈래 가슴을 도려내는 비수가 되어 가슴에 차곡차곡 쌓여만 갔다. 시어머니의 억측은 계속되었다. 해산한 지 나흘이 지났다.

"음머… 이, 이 독한 년으 팔자야! 스무 살, 애린 나이에 신랑 잡아 처먹고, 애비 없는 새끼 낳아 가주고 누로 고상 씨길라꼬, 미역국 처먹고 앉았노? 으… 이."

날이 갈수록 시어머니 뼈 있는 짜증은 점점 더해갔다.

"이 너무 손아! 세사에, 끼질러 나오기도 전에 애비 잡아 처먹고, 니가 뭔 세상 볼라꼬 끼질러 나왔노? 손님을 앓든 동, 용감을 하든 동, 고마 디베졌뿔어라. 꼬라지도 뵈기 싫타."

출산한 지 오늘 나흘째, 산통이 아직 다 가시지도 않았지만 시어머니 신경질적 언동을 다 담아내기에는 숙자가 가진 가슴의 넓이가 너무나도 모자랐고 더는 견뎌낼 수가 없었다. 신랑을 여의고 일 년 동안, 속가슴 녹아내리는 것만도 감당하기 어려웠는데 일거수일투족 시어머니 눈치 보기가 더 어려웠다. 당신 아들 잘못된 것은 며느리 팔자 탓이라고 하기에 처음에는 숙자도 정말로 그런 줄 알았고, 시어머니가 부르시면 차라리 염라대왕 앞에 나가는 것보다도 더 무섭고 한편으로 미안했었다.

숙자는 마음을 고쳐먹었다. '내가 더는 이 집에 살 수 없겠구나.' 하는 생각이 들었다. 신랑은 딴 세상 사람이 되어버렸는데 의지할 시부모는 입에 담기조차도 민망한 소리로 가슴을 후벼 파내는 통에 살갗이 찢어지고 뼈가 녹아내리는 것처럼 아팠다.

아기를 배냇저고리에 감싸고 미리 준비해놓았던 옥양목 누비담요에 눕히고 이불로 정성스레 감싸 덮어가지고는 시아버지 방 아랫목에 가지런히 눕혀놓고 신랑이 항상 잠자던 자리를 물끄러미 한 번 바라보고는 입은 옷에 아무것도 지니지 않고 방을 나섰다. 갓난쟁이가 어미가 없으면 금방 배가 고파서 울어댈 것이고 동냥 젖이라도 못 얻어먹으면 굶어 죽을지도 모르는데 아직 몸이 성치 못한 탓에 아기를 업고 친정에까지 갈 엄두도 나지 않았고 시어머니 등쌀에 그런 것은 생각할 여유조차 없었다.

작년 늦은 봄, 가슴속 깊은 곳에 알 듯 모를 듯한 희망과 다짐을 함께 지니고 꽃가마 타고 온 이 길을 돌아보고 또 돌아보면서 친정을 향해 길을 나섰다. 헌 코고무신 걸음걸음 발자국마다 눈물을 뿌리며, 연녹색 명주 저고리 고름이 얼룩에 젖다 못해 한 가락 새끼줄 모양이 되도록 눈물을 훔치고 또 닦으면서 걸었다.

친정에 가서 어머니나 한 번 뵙고, 어디에 계시는지는 몰라도 나는 서방님 곁에 갈란다. 서방님 계신 곳에 가서, 살고 시푸다. 그곳은 아매도 사시사철 꽃이 피고 벌 나비가 날아댕길 께라! 천날 만날 따뜻한 봄날이지 뭐…. 춥지도 덥지도 안하고…. 꾀꼬리도 양지

범바골 비가悲歌

쪽 느릅나무 가지에서 고운 소리로 우 께고… 서방님 계시는 곳은 그런 곳이지 뭐. 우리 서방님! 날 보면 반갑어가 꼭 안아주께라.

그렇지만 동갑내기 시동생이 보고 젶우면 우째노! '곰보 째보 빼고 형수 같은 각시 구해주소.' 하든 시동생인데 그립우면 우째노? 시누이도 글네? 시누이 값할 나이에, 만날 날 위해서 지네 엄마하고 눈만 마주치면 싸우는 시누이가 보고 젶우면 우째노?

시누이 순난이는 이제 열여섯 살로서 제법 처녀 티가 나기 시작하는 나이지만 생각은 제법 어른스러운 데가 있었다.

"어매!"

"왜, 이년아!"

"어매는 왜 새언니로 그래 밉어하노? 냉주에 어매 늙고 병들어 다리에 힘 빠지머 며느리한데 대접 못 받을라꼬 미리 연습하나? 참, 왜 그래는 동 몰세."

"저 씰개 빠진 년! 내가 암만 생각해도 니 놓을 때 내가 아는 통세 빠잤뿌고 안태를 새긴 줄 알고 그거로 키웠는게세! 저런 철딱머리 없는 인가이 될 줄 알았시면 호역할 때 뒤졌뿌더러 나돗뿔꺼로 괜시리 살래났나 싶푸다 커이!"

그렇게도 새언니, 새언니 하면서 살갑든 시누이인데….

신식학교에 뎅기는 개구쟁이 막내 시동상도 있잖나! 학교서 오자마자 배고푸다꼬 징징대는, 막내가 보고 젶고 그립우면 우째노? 눈물이 가는 길을 막아서고, 앞을 흐려놓네! 저 건너 잔솔밭에

뽈뽈 기는 저 포수야! 그 비둘기 잡지 마라! 그 비둘기 나와 같이 임을 잃고 밤새도록 임을 찾아 헤맸단다.

에라, 좋다. 좋구나!

시아버지 약주 드시면 한 곡조만 아시는, 이 소리 한마디 어디 가서 듣노? 목소리가 커서, 대포 어른이라꼬 시아버지 놀리시든 이웃 어른들 얼굴을 다시 볼 날이 있을까?

가던 길을 멈추고 한 번 뒤돌아보니, 범보다 무서운 시어머니 모습이 어른거린다.

죽기로 각오했는데, 내가 또 뭔 딴생각하노?
갈매기 바다우우에 날지 말아요.
연분호오오옹 저고리이에 눈물졌는데
저 멀리 수평서으으언에 흰 돛대 하나
오늘도 아 아 아 아
가시이인 님은 아니이 오오호시나?

신랑이 장가오던 날 초례청 마치고 이튿날 오라버니뻘 되는 친척들에 취죄당할 때 벌칙으로 부른 노래, 길을 걸으며 흥얼거리던 그 노래, 누가 언제 어떻게 해서 생긴 노래인지는 몰라도 지금 내 처지를 노래했구나!

귓전으로 신랑의 노랫소리 들으며 친정에 도착했다.

"니가 웬일이고? 기별도 없이… 왜 오노?"

범바골 비가悲歌

숙자는 할 말이 없었다. 어머니 얼굴을 마주치자 가슴에 응어리 졌던 서러움과, 한편으로 반가움에 터져 나오는 울음을 감출 수가 없었다.

"엄마… 아."

"여자가 한분 남의 집에 시집을 갔으면 죽어서 나오지, 기별도 없이 살아 가주고 왜 오노?"

전후 사정을 모르는 어머니는 딸을 보자 걱정이 앞섰다. 엊그제 해산을 한 산모가 아기를 두고 친정에 오는 것은 뭔가 심각한 일이 있다는 것이고, 초췌한 모습이 예사로운 일은 아니라는 것을 금방 눈치채고 하신 말씀이다. 숙자는 어머니께 그럴 수밖에 없는 자초지종을 대강 말씀 올리지 않을 수 없었다. 듣고 있던 어머니는 아무 말씀도 안 하시고 슬그머니 밖으로 나가셨다. 어머니는 걸음을 재촉하여 사십 리 길, 무더위도 아랑곳하지 않고 단숨에 딸의 시댁으로 달려갔다.

"얼라, 내놓으시오. 당신네 씨 아이라면서…. 왜 당신네 씨가리도 아인 아로 당신네가 더루고 있노? 당장 내놓으시오."

친정어머니는 쌔근쌔근 자고 있는 갓난쟁이를 들쳐업고는 뒤도 돌아보지 않고 집으로 향했다. 배고프고, 덥고 외할머니 등에서 칭얼대며 운다. 도중에 남의 집에 들어가서 쌀을 한 줌 얻어다가 생쌀을 씹어서 아기 입에 넣어주면서 부지런히 걸었다. 아기가 맛있다고 받아먹을 리 없는 걸 잘 알면서도…. 그동안 숙자는 젖은 불어나 통증은 심해지는데 두고 온 아기가 불쌍하고, 보고 싶고, 죄스러웠다. 업고 오지 못한 것이 몹시 후회스러웠다.

해가 저물고 어둠이 내릴 무렵, 어머니가 아기를 업고 오셨다. 전혀 상상 못 했는데, 어머니가 아기를 업고 온 것이다. 숙자는 아기를 보자, 미안한 마음에 설움이 북받쳐서 소리내어 울었다. 배가 고픈 아기도 악을 쓰며 울어댔고, 지켜보시던 어머니도 목 놓아 우셨다. 자식 5남매 중 처음으로 맞이한 맏사위를 이토록 허망하게 잃고, 청상이 되어 돌아온 딸의 앞날을 생각하니 기막히고 하염없다. 모녀는 부둥켜안고 울고, 또 울며 밤을 새웠다.

"흐흠… 사부인요. 지 꽃밭에 성택 애비입니다. 안 주무시면 지를 쫌…."

시아버지다. 이제 먼동이 트고 살문에 희미한 빛이 밝아오기 시작하는 이른 새벽에 시아버님이 오신 것이다. 숙자는 얼렁 일어나 대강 옷매무새를 만지고 밖으로 나가 인사를 올리고 시아버지를 맞이했다.

"새아가… 일어났나? 내가 니로 볼 민목이 없다. 미안타! 아가. 사부인 쫌 일나시라꼬 말쌈 올래다고."

"예! 아버님요. 쪼매마 기다리시이소. 지가…."

"오… 야! 고맙다."

방 안에 등잔불이 켜지고, 사랑방에도 켜졌다.

"아버님요. 안으로 들어오시이소."

"으흠."

능수는 헛기침을 한 번 하고서는 사랑방으로 들어갔다. 그럼에도 사부인께서는 기척도 하지 않았다.

"새아가."

"예, 아버님요."

"얼라가 자나?"

"예."

숙자는 자는 아기를 안아다가 시아버지 무릎에 안겨드렸다. 아기를 받아 안은 시아버지 두 눈에는 굵은 눈물이 흘러내리고 있었다.

"애야. 내가, 사부인을 쫌 뵈어야 되는데…."

숙자가 어머니를 설득하여 겨우 시아버지와 마주 앉았다.

"사부인! 너무도 죄송시러버서 무신 말쌈부텅 디래야 될 동 모르겠심더."

"사돈어른요. 여거는 머할라꼬 오셨능교?"

"예! 입이 열 개라도 할 말이 없심니더."

"아이고… 세상에 무신 너무 이런 일도 일단 말잉교? 내 자석 귀한 주로 알먼 나무 자석도 귀한 주로 알아제, 내 딸이 뭐로 잘몬해 가, 이런 일이 생겼는지 몰래도, 해도 해도 너무하잖응교? 안사돈 말이요."

"예! 예! 무신 말쌈을 하셔도 곱게 들어끼요. 지 안식구가 요새 정시이 쫌 온전치 몬합니더. 이삼 년새, 자석 둘을 내삘이디마넌, 그거로 이겨내지 몬하고는…! 지가 들어봐도 용시가 안 되는 소리로 해대고…. 맴에 병이 단단히 들었는갑심니더. 그래가, 밉어 죽을 지겨이지마는 우째겠심니껴! 할 수 없이 요분에 거처를 사랑으로 옮기고, 지가 붙들고 있습니더. 요분 한 분만 용시로 해주시머는 다시는 이런 험한 꼴이 없거러 하끼요."

"참말로 세사에… 뉘 집 딸들은 남의 집에 시집가서 자슥을 몬 낳아서 쫓게난다 커더마년, 죽은 나무에 꽃을 피워도 유분수지, 손… 이쇠주고, 이래 욕 먹는 데가 세상천지에 우리 딸 말고 어디 또 있능교? 예…? 말씀 좀 해보시오."

친정어머니의 목소리는 매우 격앙돼 있었다.

"사부인! 그러이끼네 지가 왔잖습니껴. 우쨌든 동 너그러이 용세하시고, 지가 우리 새애기 데리고 갈 수 있거러 허락을 쫌 해주 이소. 부탁이시더. 꿇앉아 빌어라 커면 그래 하끼요. 사부인요."

"뭐라꼬요? 우리 딸아로 더불고 가신다꼬요? 참말로 어림도 없 는 소릴라 고만하시오. 내 씨가리 아이라 커는 안사돈이 있는데 내가 뭐할라꼬 그거다가 또 내 딸로 보낸다 말이고…. 참말로! 염 치도 없는 소리 하시네."

"지가 요분에 우리 새애기 데리고 가면, 딸이다 생각하고 사다 가 우리 유복자 돌이라도 지내고, 지 손으로 밥이라도 떠먹고, 내 가 키울 수 있을 때까지만 애미가 있어주면 그 후에는 내가 벤또 싸들고 댕기면서 좋은 사람 찾아가 재가씨길 작정이시더. 이 새 파란 아로 내가 평상 더루고 산다 커는 생각은 안 해봤심더. 지 말 믿으이소. 사부인요."

"이보소. 사돈어른요. 내가 운제 우리 딸아 재가씨긴다 켔어요? 내 자슥 귀한 주로 알면 나무 자슥도 귀한 주로 알어달라, 그 말 아 인교?"

"예! 예! 그렇고말고요."

"재가 하는 거사, 지가 하고 싶으면 하 께고, 싫으면 마는 게지,

부모가 이래라 저래라는 몬 하지요. 그런 거는 시방 할 말은 아입니더."

"예! 예! 그거로 몰래가주고 하는 말이 아이고요. 지 마음이 걸타 그 말입니더."

"…!"

"얘야. 새아가! 니는 우뗐노? 내캉 같이, 집에 가고 젚은 맘 없나?"

"예! 아버님요. 지가 잘몬했심니더! 아버님 따라가께요. 그래고요. 지는 평상 아버님 모시고 살고 싶습니더. 재가하라 커는 말씀은 하시지 마시소."

"오야! 오야! 뭐든지 니가 하고 젚은 대로 해라. 나는, 니가 원하는 거 다 해주고 시푸다. 내캉 집에만 가자. 이 마당에 니까지 없으이끼네 내가 고마 못 살따. 하리라도 니 얼굴 못 보는 게, 내가 더 서럽다. 아가야!"

"사돈어른요."

"예! 사부인! 말씸하시소."

"지가요. 요분 한 분은 사돈어른 믿어보끼요. 며느리 더루고 가이소. 만간에 이담에 또 이런 일이 생기먼 그때는요. 지가 가마이 안 있심데이! 재판소에 찔러가 안사돈 징역으로 살랬뿔꺼래요."

재판소란 일제가 설치한 안동지방법원 영덕지원을 일컫는 말이다. 큰아들이 포항고등중학교를 마치고 시험을 봐서 영덕지원에서 일하고 있다는 것을 은근히 경고 차원에서 능수 들어보라고 한마디 하신 것이다.

밖으로 나가신 어머니는 한참 만에 오셔서 아침상을 준비하셨다. 오보라는 이 동네는 유난히도 고운 모래사장이 있는 바닷가 마을이었다. 홀치기 배가 한번 들어오면 물가자미, 햇떼기, 게, 물망치, 홍치, 물곰새끼 등 온갖 고기를 잡아 온다. 배는 여럿이 힘을 모아 백사장에 절반쯤 끌어올려놓고, 잡아온 고기를 놓고 그 자리에 바로 번개장이 열린다. 어머니는 거기에 가서서 햇떼기라는 고기를 사다가 국을 끓여 아침상을 봐 오셨다. 능수는 아침 대접을 잘 받고 나서 극진한 인사도 잊지 않았다.

"사부인요. 고맙심더. 이래 지를 용세로 해주시이끼네… 새아가! 아무래도 가껜데, 해가 달기 전에 얼른 나서자. 얼라 더루고 가자면 덥울 꺼 아이가! 안주도 방낮에는 덥데이."

"예! 아버님요. 준비하께요."

이것저것 대강 보따리를 챙기던 어머니가 땅을 치며 목 놓아 우셨다.

"이 모지고 숭악한 넘들아! 우리 사우 무슨 죄 있다꼬, 그 애린 거로 그리 멀리 더불고 가, 우째 총을 쏘, 사람을 죽이노? 모진 넘들아. 너거 넘들은 천벌을 몬 면한다. 천벌을 받을 넘들아!"

숙자도 울었다. 제 설움에 북받쳐 어깨를 들썩이며 오열을 토했다. 하늘도 울고, 땅도 울고, 산천초목도 울었다. 능수는 모질게도 질겨빠진 인생살이 괴로움이 한꺼번에 가슴을 도려내오는 것 같았다. 북받치는 눈물을 주체할 수가 없었다. 함께 울었다.

"자슥 귀한 거만 알았지 우험한 거는 왜 모리노? 거가 그리 우험하다꼬, 처남네들이 그리도 오라 켔거마는 듣는 동, 마는 동 하디 마는 세상에 이게 무신 꼴이고?"

바깥에서 구경하던 궁금증 많은 아낙들도 한마디씩 거들고 함께 울었다. 집이라도 떠나가는 듯 온 동네가 울어서 눈물바다가 됐다.

오보에서 화전까지는 사십 리 길이다. 고실재를 넘고 곰창 마을 앞을 지나간다.

"아가! 쪼매 쉬어 가자."

수확을 막 끝낸 수박과 개구리참외밭에 혼자 덩그러니 서 있는 원두막 밑에 조그만 평상 하나가 숙자네 모자 잠시 쉬어 가라고 밭 주인이 준비해둔 자리 같았다. 말복을 한참 지나서일까? 그늘에 있으면 칠팔월 건들매가 옷깃을 흔들며 작은 땀방울을 걷어내 주었다.

길가의 잎이 넓은 오리나무 가지 속에 말매미들이 숨어서 개구리참외를 다 따간 밭주인에게 시위를 해댄다. 달콤한 향기를 더 이상 느끼지 못하게 된 화풀이라도 하는지 사람의 귓전이 찢어져도 나에게 상관 말라는 듯 서로 목소리 높이기 시합을 하고 있다.

씨이롱도 그 말이 옳다는 듯 거들고 나섰다. '씨롱 씨롱 씨롱 찌 ㄹ…'

아기가 눈을 떴다. 숙자는 돌아앉아 아기에게 젖을 물리고 친정어머니가 쥐어준 살부채로 아기 이마에 송글 맺힌 땀방울을 식혀 주었다.

"얼라로, 내한태 업해라. 내가 업우끼."

"아이요. 아버님요. 지가 기양 업고 가께요."

"괜찮다. 야야! 내 손자 내가 업고 가는데, 누가 승이라도 보나?

숭 쫌 보면 우뚷노? 숭보는 사람들 있이면 부러버서 그래지! 내가 남사시러불 거는 없다."

능수가 손자를 업었다. 그리고 부지런히 걸었다. 애삼골을 지나고 홈골 모퉁이도 지났다. 칠성골에 들어서니 한 줄기 시원한 하늬바람이 불어왔다. 마치 숙자를 반갑게 맞아주기라도 하는 듯했다.

"어… 이고! 시원타! 아가! 시원체?"

"예! 아버님! 힘드신데 이제 그만 지가 업어께요."

"아이다! 내사 마 좋기마 하다. 그래고 집에 가거들랑 너거 시어마이 뭔 소리로 해도 곡갑게 듣지 마래이. 아매도 맴에 큰벼이 들었는 걸애… 내가 사랑방으로 오라 케가 얼래고 달래는데 쪼끔 나아졌다. 우째노? 맴에 비이 들어가 그래는데, 니가 참아이지 할 수 있나… 글타꼬 가만 놔도뿌면 안 되잖나. 집에 가면 한의원에 가서 보약이라도 쫌 지어 믹에야 될따. 몸이 약해져서 더해… 요새는 밥을 통 몬 먹는다. 그러이끼네 몸이 성나? 사람이 음석을 잘 먹어야 몸이 성치. 그래고, 니 줄라꼬, 백일염소 한 놈 구해놨다. 그거 푹 고아서 주거덜라 내삘리지 마고 부지러이 먹어 놔라. 젖맥이한테는 염소가 췽다."

"…!"

"얼라 이름을 유복이라꼬 부리자. 유복자이끼네!"

"유복이요? 유복이! 그거사 아버님 생각하시는 대로 하시이소!"

"그래, 유복이로 짓자. 유복아…! 오늘부터 니는 유복이다. 유복이 아나?"

"유복이, 있을 유 자에 복 복 자요?"

범바골 비가悲歌

"아이다. 뱃속에서 아부지를 잃었다는 뜻이다. 끼칠 유 자에 배복 자다. 옛날부터 유복자가 훌륭받은 사람이 많탄다. 장군도 마이 나고, 정승 판서도 마이 났단다. 내가 암만 고상시러버도 우리 유복이 일븐 유학꺼정 씨긴다. 아이다. 일븐은 망한 나라이끼네 안 될따. 미국 나라로 유학씨게야 될따. 잘 키워가… 미국 나라에 유학가재… 이!"

시집온 지 이제 갓 일 년여, 그동안 시아버지 며느리 사랑은 각별했다. '며느리 사랑 시아버지'라는 옛말이 틀리지는 않은가 보다. 찬물 한 그릇도 할멈이 드리는 건 받아만 놓고, 또 물을 가져오라셨다. 나만 보면 만면에 웃음이 넘치고, 찬물이라도 내가 드리는 것만 잡수셨다.

"십 년이 가고, 또 십 년 지내가면 니가 우리 집에 취고 어른이 된다. 동기간에 우애 있게 지내고, 시동상들 잘 거느리고 어른답게 처세해래이!" 신행 오던 다음 날 시아버님께 아침상 차려서 올릴 때 해주신 덕담이다.

오… 하늘도 무심하시지. 좋은 시부모 밑에서, 논밭전지 푸짐해서, 일만 부지런히 해내면 의식 걱정 없어, 형제들 우애 좋아, 참으로 복된 가정이건만, 중하디 중한 낭군이 요절했으니, 아무리 하늘의 뜻이라 해도, 그 일만은 정녕 거역할 수는 없는고….

숙자가 다시 돌아오고, 시아버지는 할멈을 읍내에 있는 한의원에 데리고 가서 진맥도 하여 한약을 지어 오셨다. 의원님께서는 울화증이라는 병이 들었다고 했다. 화병이란다. 요샛말로 우울증이었다. 짧은 기간 동안에 당신께서 감당하기 어려운, 너무 많은 일들이 일어나 스스로 마음을 다스릴 수 없었던 것이다.

정성을 다해서 한약을 달이고 알맞게 식혀서 하루에 세 차례씩 한 달포 정도 드신 결과 시어머니의 신경질적 성정도 날로 줄어들었다. 거처를 영감 옆으로 옮겨서인지, 말소리부터 조금씩 순해지셨고, 사람을 바라보는 눈빛도 이전과는 달랐다. 약이 효과를 내는 것이다. 아주 병이 들기는 들었던가 보다. 몸이 좋아지자 손자를 업어주기도 하시고, 안고 재우기도 하셨다.

> 자장자장 자장자장 우리 강새 잘도 잔다.
> 새는 새는 낭게 자고 쥐는 쥐는 궁게 자고
> 복슬복슬 우리 강새 할매 품에 잘도 자네.
> 꼬꼬닭아 우지 마라 멍멍개야 짖지 마라.
> 복슬복슬 우리 강새 시끄럽다 꿈에 깰라.
> 자장자장 자장자장
> 백옥 같은 옥랑 각시 옥랑강에 베틀 놓아
> 구름 속에 바디 잡고 짜꿍짜꿍 베를 짜네.
> 천둥 소리 웬일인고 고개 들어 돌아보니
> 태산 같은 말을 타고 구름 같은 갓을 쓰고
> 하늘 같은 서방님이 날 못 본 체 지나치네.
> 웬일인고 웬일인고 우리 강새 잘도 잔다.

숙자도 다소 마음의 평정을 찾을 수 있었다. 포플러나무 속, 보이지도 않는 가지에 숨어서 그렇게 시끄럽게 울어 젖히던 말매미

소리가 한줄기 가을비에 다 떠내려갔는지 조용해지는가 싶었는데 금방 들녘에 쇠미듬과 바랭이풀이 줄기까지 빠알갛게 단풍으로 물들어갔다. 이치와 항굴레가 힘이 하나도 없이 울타리 아래 땅바닥에 앉아 횅해진 눈알만 아래위로 굴리고 있고, 극성스럽던 모기도 숫자가 한결 줄어든다.

가을이 깊어갈수록 숙자의 외로움이 가슴속을 헤집었다.

"니 각시 요분에는 우뗳더노?" 시아버지의 지인 중 어느 분이 하도 딸 자랑을 하시기에 성택이가 맞선을 보러 갔었는데 새악시 덩치가 황소만 해 가지고 기겁을 했단다.

"아… 아! 말도 하지 마라! 요분에는 하꾸라이! 하꾸라이!"

그래서 신랑 친구들은 숙자에게 '하꾸라이'라는 별명을 붙여주었다. 숙자는 정말로 얼굴이 예뻤다. 미인이었다. 그래서 미인박복이었던가?

시집오기 전에는 신랑 될 사람 얼굴 한 번 보지 못했다. 양가 어른들이 결정을 한 혼사이고, 감히 아버지 말씀을 거역하면 그것은 곧 불효가 되는 것이다. 당시의 풍습이기도 했다. 아버지 말씀으로는 시아버지가 워낙 훌륭한 분이라고 했다.

그분의 맏아들로서 아버지를 닮았으면 신랑감 역시 훌륭하리라 생각했다. 신랑 자리는 정작 아버지보다 어머니를 더 닮았는데, 외모에서부터 성격까지 외탁한 편이고 바로 밑의 시동생이 아버지를 빼닮은 것을 시집온 후에 알았다.

그해가 지나갔다. 숙자 주변에 그렇게 모질고 어려웠던, 다시는 생각하기도 싫은 1949년 기축년이 그렇게 지나갔다.

11. 6·25 발발

1950년, 경인년이 밝았다. 음력으로는 지난해 동짓달 스무나흘, 양력으로는 1950년 1월 12일 미국에서는 애치슨 국무장관이 세계에다 대고 '애치슨 라인'이라는 걸 발표했다.

미국 군대가 조선 땅에서 물러나겠다는 선포였다. 서태평양 방위선을 알류산 열도에서 일본 오키나와 필리핀까지만 하고 한반도는 제외한 것이다. 이 애치슨 발표가 스탈린으로 하여금 절대적으로 오판을 하게 하는 빌미가 되어 북한의 남침 전쟁을 잉태한 것이다.

지난해 그 엄청난 사건이 있은 후 산촌 마을 사람들은 은근히 산사람들을 피하거나 접촉을 자제하고 전과 같이 협조하려 들지 않았다. 따라서 빨치산 산사람들이 마을에 내려오는 횟수도 한결 줄어들었다.

범바골 비가悲歌

정부가 수립되었고 경찰 병력도 차츰 늘어나게 됨에 따라 정식으로 공비토벌대라는, 경찰로만 이루어진 부대가 따로 만들어져 마을 순찰 활동도 활발했다. 정부의 행정력이 점차 안정이 되어가면서 날이 갈수록 상황이 달라졌다. 빨치산들은 명동산 영덕, 청송, 영양 지역 산촌 마을에서는 점점 운신의 폭이 좁아져 식량과 물자 조달 루트를 황장재 최영화 부대로 옮긴 것이다. 황장재에서 최영화가 거둬들인 통행세는 군량미로 바꿔 대부분 명동산으로 옮겨졌고, 나중에는 일월산에 있던 3병단 본부가 이곳으로 옮기게 되는 결정적 역할을 하게 된다.

경북 해안에서 내륙으로, 내륙에서 해안으로 물자와 인적 교류가 이루어지는 황장재는 중요한 요충지였다. 최영화는 이곳에 대원 20여 명을 거느리고 주둔하면서 황장재를 넘나드는 모든 물자를 검문해서 대량으로 군량미 및 기타 군수품을 마련하는 책임을 맡은 것이다. 본부에서 명령을 하달받기로는 곡식은 무조건 전량 압수하고 반항하는 자는 가차 없이 처형하라는 명령을 받고 현지에 파견돼 와서 보니 영덕에서 안동으로 가는 물자라는 것이 모두 수산물로 고등어가 전부다.

잘 짜인 나무상자에 고등어를 가지런히 담고 위에는 소금을 덮어 소달구지에 싣고 안동에 가면 안동의 대상들이 다시 잘 손질해서 3년 이상 간수를 뺀 질 좋은 천일염으로 진하게 간을 한다. 이것이 보부상에 의해 전국으로 팔려나가는, 그 유명한 안동 자반고등어인 것이다.

반면에 안동에서 영덕으로 가는 물목은 안동포(삼베)와 명주, 그리고 수작업으로 만든 신발 정도뿐이었다. 그도 그럴 것이 안동 지방도 곡창지대고 영덕 지방도 안강, 경주, 포항, 영해 등 평야지대로서 곡물이 오고 갈 이유가 없음에도 이 지역의 사정을 모르는 빨치산 산사람들의 터무니없는 명령을 영화가 그대로 이행할 수 없어서 묘안을 생각해냈다.

통행세를 걷는 것이다. 이 고갯길은 원래 좁은 산길이었는데 왜인이 들어와서 새로 낸 신작로로 왜인들 도라꾸가 다니게끔 만든 길이니 소달구지를 끌고 다니는 사람은 응당 통행세를 내야 된다는 것이 이유였다. 사람을 함부로 죽이는 만행은 저지르지 않았지만 수많은 사람들에게 재산상 손실과 뼈에 사무치는 공포를 주었다.

훗날 전쟁이 일어나고 인천상륙작전 성공에 따라 인민군이 퇴각하거나 포로가 될 때 국군에 의해 토벌되었고 최영화는 그렇게 어느 이름 없는 골짜기에서 대원 20여 명과 함께 짧은 생을 마감했다. 부모님도 아직 건강하게 살아 계시고 슬하에 어린 남매를 남겨놓은 채 그렇게 숨져갔다. 숱한 사람들의 가슴에 지워질 수 없는 공포를 안겨주고 사죄의 말 한마디 남기지 못하고 그렇게 덧없이 죽어간 것이다.

최영화! 그 또한 이념의 희생자임에는 틀림없다. 공산주의가 좋아서 그들과 협력한 것도 아니고, 큰 출세를 위해서도 아니다. 한 번 발을 잘못 들여놓아 끝없는 나락의 길로 빠져들어가고 있었던 것이다. 자신도 모르는 사이에 선과 악을 분별치 못하고 오로지 상부의 명령에만 목숨을 걸고 있었다. 그도 사람인 바에야 어느 때 어느 시점엔가 한 번쯤은 자신을 뒤돌아볼 기회는 없었을까?
처음 박진우를 만났을 때 그놈의 쌀 한 가마니 값을 받지 말 것을
하고 후회는 하지 않았을까?

황장재를 넘지 않고는 내륙으로 가는 길이 없어 죽음도 불사하
고 이 고개를 넘나들던 수많은 사람들은 "그놈들 잘 죽었다." "천벌
을 받은 것이다." 하고 한풀이를 해댔다. 덕분에 화전 마을은 어부
지리로 편해졌고…!

*

1950년 6월 17일 음력으로는 오월 초이튿날, 능수네 집에서는
한바탕 잔치가 벌어졌다. 둘째 아들 순택이가 장가들어 신행을 온
날이다. 곧 모심기(모내기)가 시작될 텐데 바빠지기 전에 큰일을 치
르는 것이었다.

순택이 색시는 이웃에 사는 광태 처제다. 광태 처는 일본에서
돌아오지 못한 맏딸 순님이와 동갑내기이고 몇 해 전에 영덕읍 근
방 어느 마을에서 시집왔는데 인성이 착하고 바른 색시였다.

능수도 광태와 각별하다. 큰아들이 광태 동생과 저승길을 동행
했으니 항상 측은지심을 가지고 있었다. 그런 광태 각시가 여동생
신랑감으로 순택이를 점찍어놓았는데 지난해 엄청난 흉사 때문에
말을 못 꺼내고 있다가 마을이 다소 안정되어감에 따라 중매가 이

루어진 것이다.

　사흘 전에 처가에 가서 초례를 치르고 삼일신행으로 오늘 새 각시 신행잔치가 벌어진 것이다. 온 마을 사람들도 오늘 하루 일손을 접고 잔칫집으로 모여들었다. 지난해 있었던 애잔한 일일랑 가슴에 묻고, 새 며느리를 맞아들이자며 격려하는 차원이었다. 나름대로 비교적 가세도 넉넉한 집이어서 아끼는 것 없이 돼지도 아주 큰 놈 한 마리 잡고, 탁주도 많이 마련하고, 기계국수도 연신 삶아냈다.

　마을 사람들은 오랜만에 서로 눈치 안 보고, 한잔씩 거나하게 마실 수 있었다. 웃음소리도 났다. 그동안 마을에 계속 흉흉한 일만 일어나서 서로가 서로를 경계해야 하는, 어처구니없는 일 들 때문에 다소 소원해졌던 이웃 간 관계가 능수네 잔치 마당에서 오늘만큼은 풀어내보고 싶은 게 온 마을 사람들의 바람이기 때문이었다. 참 오랜만에 있는 일이다.

　정부에서도, 군은 군대로, 경찰은 경찰대로, 어떤 때는 합동으로 공비토벌을 자주 벌이는 턱에 공비들은 밤에도 마을에 내려오는 일이 없었다. 일주일 후면 산천초목도, 하늘도, 땅도, 이천만 민족도, 몸서리치며 울부짖는 동족상잔의 6·25동란, 전쟁이 일어날 줄 아무도 알아채지 못하면서….

　그리고 여드레 후인 오월 초열흘, 양력으로는 1950년 6월 25일 새벽 김일성의 인민군이 38선 전역에서 기습공격을 감행했다. 한국전쟁이 시작됐다. 김일성이 전쟁을 일으킨 것이다. 옹진, 개성, 동두천, 춘천 등지에서 최신 무기와 소련제 탱크를 앞세우고 파죽

　　　　　　　　　　　　　　　　　　　범바골 비가悲歌

지세로 서울을 향해 밀고 내려왔다.

방어에 나선 국군은 탱크라는 이 신무기 앞에서 속수무책이었다. 생전 처음 보는 괴물이 지축을 흔들며 산이든, 들이든, 길도 아닌 아무 데서나 불을 뿜으면 작은 산 하나쯤은 금방 초토화가 되어버렸다. 국군은 속절없이 후퇴를 거듭하여 전쟁 발발 3일 만에 서울을 내주고 말았다.

그러나 1950년 6월 24일 트루먼(Truman, Harry Shippe) 미국 대통령은 고향 미주리 주 인디펜던스에서 주말을 보내고 있던 중 북한군이 남한을 전면적으로 공격했다는 애치슨 국무장관의 전화를 받았다. 트루먼은 급거 워싱턴으로 돌아와 유엔 사무총장에게 안보리 소집을 요청하고 한국 파병을 결심했다.

1948년 애치슨 발표에 따라 주한미군을 철수시켰던 것인데, 새로 한국에 파병할 의무도, 이해관계도 없었지만 제3차 세계대전 발발을 걱정하고 참전을 결정한 것이다. 개전 일주일 후 7월 1일 미군 제24사단 21연대가 부산에 도착했다. 이 부대는 대대장 찰스 스미스 중령의 이름을 따서 스미스 부대라고 했다. 스미스 부대가 오산에서 격전을 치르면서 전쟁은 치열하게 전개되어갔다.

이승만 대통령은 개전 직후 맥아더 사령관에게 한국군 지휘권을 이양했지만, 개전 한 달 만에 대전이 함락되고 말았다. 한편 전쟁 발발 이틀 전인 6월 23일, 이미 묵호의 정동진으로 상륙해 준비하고 있던 인민군 5사단 부대는 아무 저지도 받지 않고 7번 국도를 따라 울진을 지나 영해읍까지 쓸어 내려왔다.

인민군이 코앞에 올 때까지 산촌 사람들은 전쟁이 일어난 줄도 모르고 있었다. 모심기를 끝낸 유월 초사흗날 축산면사무소와 지서에서 사람이 왔다. 전쟁이 일어났으니 전 주민들은 무조건 오늘 안으로 면 소재지인 도곡으로 피난을 가라는 것이었다. 주민 소개령이 하달된 것이다. 산촌에는 빨치산들이 전원 무장을 하고 있기 때문에 주민들을 납치하거나 살인, 방화를 저지르거나 인질로 잡아 인민군 군인으로 이용할 가능성이 있어서 국군과 경찰이 보호할 수 있는 면 소재지 근처로 소개를 시키는 것이었다.

능수는 올 것이 오고 말았구나 판단하고 농기인 큰 암소 두 마리는 코군지(코뚜레)를 빼고 고삐와 타래도 전부 없애고 소가 제 마음대로 다닐 수 있도록 해놓았다.

"금방 오끄마. 멀리 가지 마고 집 근처에 있거래이."

소를 풀어놓고 사냥개 세 마리는 머리를 쓰다듬으며 "너거들, 소 멀리 몬 가게 지키먼서 있거라. 내 금방 온다." 언제나 멀리 갈 때는 이렇게 얘기하면 개들은 따라 나서지 않는다. "장에 갔다 오께." 해도 따라 나서지 않는다. 개들은 영리하다. 사람의 생각을 정확히 알아차리고 말을 다 알아듣는다. 귀를 뒤로 쭈그리고 앉아 마치 "아베요. 빨리 댕게오소." 하는 것처럼 꼬리를 흔들어 보였다.

할멈과 아들 둘, 며느리 둘, 딸 순자까지 일곱 식구가 아무 준비 없이 마을 사람들과 같이 도곡으로 갔다. 먹을 것도, 입을 것도 없이 겨우 아기 기저귀 몇 개만 가지고 나섰다. 관청 사람들이 어떻게 하라는 말도 없었고 며칠이 걸린다거나, 어떤 준비를 하라는 얘기도 없었기 때문에 잠깐 갔다가 금방 돌아오는 줄 알았다.

국군은 영해 남쪽 목골재에 방어선을 구축했지만 하룻밤을 견디지 못하고 후퇴하였고 민간인 소개 다음 날 밤 아군은 영해를 내주고 영덕까지 밀려났고 경찰 및 행정관서는 포항까지 후퇴해 버렸다. 소개시켜놓은 주민들은 강변에 그냥 버려둔 채 후퇴해버린 것이다. 소개시킬 때부터 아무런 준비도 대책도 없이 소개 만 시켰던 것이었다. 주민들은 이런 내용도 모르고 무작정 시키는 대로만 행동했다.

새벽부터 인민군이 밀려 내려왔다. 땅크라고 하는, 대포를 실은 이상하게 생긴 차를 타고 영해를 지나 축산면소 뒷산인 대소산 골짜기에 다소 평평하고 잔디가 잘 자란 공터로 모여들었다. 축산면소는 단숨에 적 치하에 들어간 것이다.

소개민들은 잠을 잘 곳도, 밥을 해먹을 그릇도 없고, 쌀도 반찬거리도 없다. 여름이니까 망정이지 겨울이었으면 아마 모두 얼어 죽었을 것이었다. 소개 당일에는 강변에 모여 앉아 모닥불을 피워놓고 면소에서 나누어주는 주먹밥 한 개를 얻어먹을 수 있었지만 후퇴하고 난 뒤에는 그것마저도 가져다주는 사람이 없었다.

뱃속에서는 쫄쫄 소리가 나고, 누군가가 말했다. "이래 있지 마고 집에 가자. 서 있다가 맞아 죽우나, 앉아 있다가 굶어 죽우나 똑같지 뭐. 암도 안 오는데 여거 가마이 있어먼 우쩔 껀데?" 그 말이 맞는 것 같기는 하지만 아무도 먼저 일어서는 사람은 없었다.

해 질 무렵 인민군인 10여 명이 왔다.

"동무들! 오랜만입니다. 그동안 별고 없었지요?"

이런 기막힐 데가 있나? 자세히 살펴보니 김인수가 그들과 같이 있었다. 아주 멋난 옷을 입고 있었고, 넓적한 가죽 허리띠에다 권

총을 차고 있었다. 같이 온 군인들에게 이것저것 시키는 것을 보니 인수가 상관인 듯했다. 김인수를 여기서 만날 줄이야! 배도 고프고 잠잘 곳도 없고 어떻게 해야 좋을지 답답하던 차에 인수를 보니 차라리 반갑기까지 했다. 순택이가 가까이 다가가서 정자의 안부를 물어보았다. 정자는 일부 대원들과 산에 남아 다른 일을 준비하고 있다고 했다.

"동무들! 지금 배가 고프지요?"

"예! 우리 모도 집에 돌아가면 안 됩니껴?"

누군가가 큰 소리로 말했다.

"아, 아! 바쁘게 서두를 거 없어요. 우선 배부터 좀 채웁시다. 조금만 기다리시오. 금방 밥이 옵니다."

군중은 다시 조용해졌다. 잠시 뒤 뭔가 잔뜩 실은 소달구지가 왔다. 음식이었다.

"실컷 잡수세요. 배부르게!"

주먹밥에 일본 사람들이 즐겨 먹는 다꽝 대여섯 조각이 전부였다. 그래도 그나마 감지덕지다. 이 마을 저 마을 할 것 없이 여러 동네 사람들을 강변 한 자리에 모아놓았기 때문에 숫자는 천여 명에 이르렀다.

"동무들! 밥은 넉넉하니까 더 먹고 싶은 사람은 더 달라고 하시오. 그리고 식사를 하면서 내 말 잘 들으시오. 동무들은, 지금 남조선 반동괴뢰들 꼬임에 속아서 여기 와서 생고생을 하고 있는데, 어차피 이렇게 되었으니 오늘부터는 위대한 조선인민군의 보호를 받게 될 것입니다. 알겠어요? 우리 인민군대는 지금 이 시간 포

범바골 비가悲歌

항을 넘어 경주를 지나고 있어요. 이제 하루나 이틀만 지나면 부산에 도착합니다. 그런 다음에는 뭐지요? 남조선이 해방되는 겁니다. 해방. 그동안 여러 가지로 협조를 해주신 동무들이 자랑스럽습니다. 이제 동무들은 참고 견딘 결과로서 좋은 세상에서 행복하게 살게 될 겁니다. 하루 이틀만 더 기다리면 우리 조선인민군이 부산을 점령하고 남조선을 완전 해방시킨 후 동무들도 집으로 돌아가서 생업에 종사할 수 있습니다. 알겠어요? 고생스럽지만 하루 이틀만 더 나의 명령을 따르시오."

명령이라 했다. 그리고 하루가 지나고 이틀이 지났다. 청년들이 야음을 틈타 몰래 빠져나가서 자기들 집으로 돌아가서 약간의 식량과 식기 및 생활도구를 챙겨 가지고 새벽에 돌아왔다. 다음 날 순택이와 마을 청년들도 집에 다녀올 준비를 하고 떠나려 했지만 총을 든 인민군인들이 촘촘히 보초를 서고 있어서 빠져나갈 수가 없었다.

먹을 것은 없고 아기는 배가 고파 칭얼거렸다. 어미가 굶고 있는데 젖이 생길 리 없다. 할멈은 아는 사람 집을 다니면서 쌀과 알루미늄 냄비를 얻어 왔다. 그렇지만 그 적은 양으로는 한 끼 때우기도 어려웠다. 능수는 손자를 업고 도곡 마을에 젖동냥을 다니고, 배는 고픈데 젖동냥을 못 했을 때는 생쌀을 씹어서 먹이기까지 하면서 집에 돌아가라고 하기만을 기다리고 있었다.

밤이 되면 조선 땅의 모기란 모기는 모두 강변으로 모여들었는지 날갯소리가 사람들을 몸서리치도록 하고 있었다. 장마에 떠내려가다가 모래에 걸려 말라비틀어진 나뭇가지들을 주워 모아 모닥불을 피우고 그 위에 풀을 덮어서 모깃불을 해놓으면 매캐한 냄새가 모기를 쫓아주지만 모기란 놈은 연기가 가는 반대쪽을 공략한다.

"아이고! 이너무 모구새끼야! 먹은 게 있어야 너그들도 밥을 주지!"

인민군은 소개민들이 모여 있는 멀찌감치 혹시 도망가는 사람이라도 있을까 봐 그러는지 몰라도 군데군데 보초를 서고 있었다. 순박한 산촌 사람들은 도망갈 생각은커녕, 굶주리고 강변에서 모기에 뜯기면서도 항의 한 번 못하고 그냥 그들이 시키는 대로만 하고 있었다.

인민군은 이 사람들을 집으로 돌려보내려 하지 않았다. 산촌 각 마을을 전투 예비병의 휴식처로 이용할 계획을 세우고, 그곳에 부상병을 치료하는 간이병원이 있었기 때문이었다. 치열하게 전투를 치른 다음 그 부대를 빼내서 산촌 마을 휴식처로 보내고서 몇 시간이라도 휴식을 취하게 한 다음 다른 전투부대와 교대를 시킬 작정이었다.

민가에 있는 식량과 가축을 군량미로 쓰면 별도의 준비를 안 해도 되고 전투병의 사기에도 도움이 된다고 생각하고 있었다. 간이 후방이기는 하지만 몸을 추스르고 정신적으로도 재무장을 가다듬을 수 있는 장소로 이용하기 때문에 산촌 마을 사람들을 일부러 돌려보내지 않았던 것이었다.

좁은 목골재 비포장도로에는 인민군대 트럭이 여러 대 앞서고 그 뒤를 따라 누르스름한 옷차림에 어깨에 총을 맨 군인들이 길이 미어져라 꼬리를 물고 내려왔다. 밤낮으로 내려왔다. 행진곡조의 노래를 부르고 호루라기 소리, 휘파람 소리, 고함 소리에 자동차 소리까지 합쳐져서 천지를 진동시켰다. 밤이 되자 어제까지 들리지 않던 대포 소리가 들리고, 아주 가까운 데서 콩 볶는 듯한 총소리도 들려왔다.

이곳에 온 지도 벌써 닷새가 지나갔다. 1950년 7월 22일 음력으로 유월 초여드렛날, 그렇게 호언장담하던 인민군대가 영덕에서 더 이상 전진하지 못한 채 강구에서 장사, 흥해 까지 국군의 방어선에 걸려 치열한 전투가 계속되고 있었다. 전투는 대략 20여 일간 지속되고 있었다.

국군의 낙동강 방어선은 왜관 북쪽에서 영덕까지 이어져 있었으며 험준한 산악지대로 보급이 어려운 대신 방어하기 쉬운 지역을 선택하여 구축한 것이었다. 현지인들의 지원을 받기 쉽다는 이점을 고려하여 국군 사단들을 주로 배치한 것이다. 이 중 국군 3사단은 영덕 고곡동에서 인민군 5사단과 치열한 전투를 벌이면서 낙동강 방어선의 동쪽 끝을 사수하고 있었고, 인민군 5사단은 미국 해공군의 폭격으로 한 발짝도 전진하지 못했다.

고곡동은 도곡강변과는 10리도 채 안 되는 거리다. 여기서 치열하게 전개되는 전장의 총소리가 밤마다 도곡강변에 있는 소개민들에게까지 직접 들려온 것이었다.

8월 1일, 인민군 12사단이 안동을 점령했다. 인민군 2군단장 김무정은 5사단의 전황이 불리하다고 보고, 이들에게 폭탄을 퍼붓고 있는 미 공군이 출격하는 영일비행장을 무력화할 겸, 포항을 점령해서 국군 3사단을 공격할 목적으로 12사단을 포항 방면으로 진출시켰다.

8월 5일 구수동 전투에서 국군 수도사단을 의성까지 밀어낸 뒤 포항 쪽으로 돌진하여, 8월 9일 포항 서쪽에 있는 마을 기계까지 진출했고 766유격부대도 기계에서 합류했다. 그리고 같은 날, 영덕에 있던 국군 3사단 22연대가 인민군의 기습을 받고 당황한 나머지 유일한 보급로인 강구 오십천 다리를 폭파시켜버리는 바람에 오십천 북쪽 고곡리에 있던 국군은 하는 수 없이 남쪽으로 후퇴해서 장사동까지 물러날 수밖에 없었고, 거기서 새로운 방어선을 구축했다.

그 결과 3사단은 북쪽으로는 인민군 5사단, 남쪽으로는 12사단과 766유격부대에 의해 자연스럽게 포위가 되어버린 것이다. 따라서 동해안지구의 낙동강 방어선은 40㎞ 가까이 붕괴되었고, 결국 포항이 사실상 무방비 상태가 되면서 영일비행장이 위협받게 되었다.

이때 인민군은 국군 3사단을 전멸시킬 작전으로 묘수를 생각해 냈다. 보급이 끊어진 국군의 실탄 및 보급을 다 소모해버리게 하는 작전이었다. 점령지에서 노소를 막론하고 남자라고 생긴 모든 사람들을 끌어다가 대나무 막대기 한 개씩 들려서 야밤에 국군 진지를 향해 돌격전을 벌이는 것이다.

돌격부대가 전멸해도 인민군이 아닌 남쪽 인민들이기에 부담을 질 필요도 없다. 그러기 위해 인민군 행정부대를 동원해서 의용군을 소집하게 했다. 이때 소개민이 모여 있는 도곡강변도 예외는 아니었다.

범바골 비가悲歌

12. 남조선 의용군

김인수와 그의 부하 50여 명이 헐떡대며 쫓아와서 인민군대에 지원하라는 것이었다. 가족들끼리, 또는 젊은 사람들끼리 옹기종기 모여 앉아 이야기를 주고받거나 간밤에 모기에 쫓기느라고 못 다 잔 잠을 청하고 있는 사람들에게 다가가서 총으로 가슴이나 배를 쿡 찌르며 "나와!" 하면 일어나서 앞으로 나가야 했다. 빨리 일어나지 않으면 하늘을 향해 '꽝' 총을 쏘기 때문에 안 나가고는 배겨낼 수 없었다. 아주 재빠르게 일어나야 했다. 어물어물하다가는 무슨 일이라도 당할 것 같은 분위기였다. 말이 좋아 지원이지 그냥 마구잡이로 붙들어 가는 것이 아닌가? 이렇게 강제로 동원한 사람들을 남조선의용군이라고 명했다.

"순택이! 너는 너의 형이 어떻게 죽었는지 모르나? 감정도 없어? 원수 갚을 생각이 없냐고?"

"뭔 원수요?"

"국방군이지 누구야! 너의 형을 죽이기야 경찰 놈들이 죽였지만, 같은 놈들이잖아…. 남조선 경찰과 국방군은 같은 괴뢰란 말야!"

"…."

순택이는 입도 뻥긋 못했다. 장가든 지 이제 며칠도 안 되는데, 새색시를 데리고 여기에 와 있는 것도 죽지 못해 견디는 판에 의용군 군대에 나오란다. 기가 막혔다. 형을 제 놈들이 죽여놓고 딴소리를 해대지만 입조심하라는 아버지 엄명 때문에 말을 안 하고 있을 뿐인데….

즉석에서 끌려 나온 사람들이 족히 삼사백여 명은 돼 보였고 축산지서 뒤편 집결 장소에는 대소산에 있던 대원들과 영덕, 청송, 영양에서 끌려온 사람들을 합해서 2천여 명이 넘게 있다고 한다. 최소한으로 신변을 보호할 장비도 하나 없이 그냥 입은 옷차림 그대로 그들이 주는 대나무 막대기 하나만 들고 장사리 전투에 국군의 총알 한 개와 목숨을 맞바꾸러 유격대 형식으로 전장으로 끌려갔다.

깜깜한 한밤중에 돌격하면 국군들은 그들이 강제로 끌려온 의용군인지 인민군인지 알 수도 없고, 손에 든 대나무 막대기 때문에 총을 든 것으로 오인했을 것이다. 어차피 국군의 실탄을 없애버리기 위해 보내는 소모품인 바에 총이나 병기 종류는 필요치 않다.

김인수의 인솔하에 삼엄한 경계를 받으면서 그들은 그렇게 떠나갔다. 이때 이렇게 끌려간 수많은 사람들은 전쟁이 끝난 후 행정기록에 인민군에 협력한 부역자로 남아 그 후손들은 오늘날까지 고통받고 있다.

1950년 9월 14일부터 19일까지 음력으로 8월 초사흗날, 늦더위가 유난히도 무덥던 그날 밤 인민군의 작전대로 장사리 해변과 앞들에 남조선의용군들의 시체가 산을 이루고 성을 쌓는 동안 5사단과 766유격부대는 후방 보급로가 끊어지고 탄약도 바닥난 국군 3사단을 묶어놓고 포항을 점령하게 된 것이다.

명동산과 황장재에 주둔하는 빨치산은 달산에 집결하여 남정으로 진격했다. 달산면에서 징발한 의용군을 합치면 천 명이 조금 넘었다. 7번 국도를 따라 걸어서 약 20분 정도의 지점에 국군 3사단 주력부대가 있다. 인민군은 장사리 뒷산으로 올라가서 봉황산과 꼭지골, 꼬부랑골을 에워싸서 국군의 전선을 넓히고 산발적으로 공격하여 집중력을 흩뜨린 다음 정규군으로 하여금 공격을 시도할 요량으로 먼저 소위 의용군에게 달랑 죽창 하나 들려 초저녁부터 공격을 감행했다. 국군의 탄약을 바닥낼 속셈이었다. 음력으로 7월 중순이었으니까 그리 넓지 않은 앞들 논에는 나락이 이제 막 이삭을 내밀어 별로 곱지는 않지만 쑥스러운 꽃을 피우고 있었다.

밤새도록 전투는 계속됐다. 인민군은 20명에서 30명씩 조를 이루고 크게 소리를 지르면서 나락을 짓밟으면 논들을 가로질러 국군이 매복한 남산을 향해 진격하게 했다. 한순간이 지나고 살아 있는 의용군이 단 한 명도 없고 주위가 조용해지는가 싶으면 또다시 다음 조를 투입시켰다.

이러기를 밤새도록 계속했다. 날이 밝아 아침이 되었을 때는 의용군의 시체가 산을 이루고 있었다. 무성하게 잘 자란 나락은 짓밟히고 뭉개져서 이대로 영근다 해도 추수할 수 없는 지경이었다. 이런 전투가 다음 날 밤에도 계속됐다. 도곡강변에서 징발한 의용군은 둘째 날에 투입됐다. 이들 중에서도 역시 살아남은 사람은 단 한 사람도 없었다.

그리고 이틀 후 맥아더는 인천상륙작전에서 대성공을 거뒀다. 7번 국도를 중심으로 방어선을 구축하고 있던 아군은 인적 물적 피해는 없지만 덕분에 남아 있던 포탄이든 총탄이든 간에 실탄은 거의 소비해버렸고 나중에 수송선을 타고 구룡포로 후퇴할 때까지 그야말로 무방비 상태를 면키 어려울 지경이었다. 미군 수송선 문산호가 국군 3사단 병력을 후퇴시키기 위해 새벽에 장사 해변에 접안하려다 뱃머리 앞부분이 암초에 걸려 앞으로도 뒤로도 나아가지 못하고 그만 꼼짝도 못하게 생겼다. 만약 이 상황을 인민군이 알아차렸으면 정말로 큰일이 날 뻔한 지경인데 천신만고 끝에 배가 암초에서 빠져나와 3사단 병력을 모두 태우고 구룡포항으로 무사히 빠져나왔다.

진격해오는 적을 향해 도륙을 냈는데, 그들이 고향의 부모 형제를 인민군인 줄 알고 총을 쏴서 산처럼 쌓인 시체를 뒤로하고 후퇴한 것이다.

순택이는 어느 논두렁에서 어떻게 죽어갔을꼬? 어느 국군이 쏜 총알에, 어디를 맞고 어떻게 몸부림치면서 죽어갔을까? 즉사했을까? 아니면 피를 흘리면서 천천히 고통받으며 죽었을까?

의용군을 인솔해 간 김인수도 어디서 어떻게 죽었는지 살아 있는지 알 수 없다. 목적이 무엇인지는 몰라도 이루지 못한 꿈을 가슴에 숨긴 채 그렇게 순택이와 함께 산화해갔는지 이후 그를 본 사람은 아무도 없다. 산촌 마을에서 수시로 행방이 묘연했던 청년들도 산에 잡혀 있다가 인수의 인솔하에 전장에 참가하게 되었고, 그들 역시 장사리 앞 논들에 삶을 묻게 되는 처절한 운명을 거역하지 못하고 사라져갔다.

큰아들 성택이는 정술이가 살아서 돌아온 덕분에 시신이라도 갈무리할 수 있었지만 작은아들 순택이는 경우가 많이 다르다. 인민군 치하에 있는 전장을 그들의 허락 없이 들어갈 수도 없을뿐더러 치부를 감추기 위해 시체들을 끌어다가 어느 한 곳에 한꺼번에 매장해버렸다는 얘기만 들었다. 몸이 불편해서 피난을 못 떠난 그 지방 노인들의 증언으로만 알 수 있는 전후 사정이고, 매장한 위치를 아는 사람도 없었다.

한편, 의성으로 퇴각해 있던 수도사단 김석원 준장 휘하에는 수백 명의 학도병이 있었다. 그런데 8월 8일부로 김석원 준장이 수도사단장에서 3사단장으로 이동하게 되자, 수도사단은 학도병들의 무장을 해제시키고 집으로 돌려보냈다. 그런데 이들 중 71명은 전쟁에 계속 참가하겠다는 의사를 표현하고 김석원 준장을 따라 포항으로 왔다.

이들은 군인도 아니고, 군적도 군번도 없는 그냥 학생들이었다. 집으로 돌아가도 법적으로도 아무 문제가 없는 학도병 학생들이다. 포항에 도착한 이들은 명령에 따라 포항여자중학교에 있는 3사단 사령부로 갔다. 3사단의 대부분은 영덕 방면에서 인민군 5사단과 치열한 전투를 벌이고 있었기 때문에 후방사령부에는 연락장교와 사병 몇 명 정도밖에 남아 있지 않았다. 학도병들은 소총과 실탄을 지급받고 김석원 준장의 명에 따라서 포항여중에서 대기하고 있었다.

8월 11일, 음력으로 유월 스무여드렛날 새벽 4시, 포항여중 마당에 신호탄과 함께 총성이 났다. 인민군의 기습공격이었다. 세계 전쟁사에 길이 남은 포항 전투는 이렇게 시작된 것이다.

그때는 인민군 12사단과 766유격부대가 기계로 진출함에 따라 동해안 전선이 40㎞ 넘게 후퇴했고, 포항을 지켜야 할 국군 3사단 주력부대는 포항 북쪽 흥해에 주둔하고 있었지만 인민군 유격부대가 계속 게릴라전을 폈기 때문에 육군본부는 급히 남은 병력을 모아 포항지구 전투사령부 17연대, 25연대, 26연대, 1유격대, 미군 75㎜ 1개 포대를 구성하여 포항의 남서쪽에 위치한 안강으로 진출시켜 인민군의 추가 남진을 막으려 시도하고 있었다. 미군도 2사단 2연대 3대대에 공병과 포병들로 부대를 구성하여 영일비행장 방어에만 매달리고 있었다.

하지만 포항에는 공군과 해군의 소수부대들과 청년방위대와 경찰 등을 합쳐 3천여 명의 병력밖에 없었다. 국군 3사단 주력병력은 장사에서 흥해 지경까지 해안에 포위되어 탄약도 없는 상태로 묶여 있었고, 후방사령부에는 71명의 학도병 중대가 유일한 전투병력이었다.

장사에서 흥해 지경리까지 강제로 잡혀 와서 대나무 막대기 한 개씩 들고 국군의 총알받이가 되어 쓰러져가는 의용군을 인민군으로 오인하여 국군 간의 전투가 벌어지고 있는 틈을 타고 인민군 5사단과 766유격부대가 포항을 기습공격한 것이다.

학도병들과 인민군 간에 치열한 교전이 벌어졌다. 이른 새벽부터 점심때가 넘을 때까지 전투가 지속되는 동안 학도병들은 탄약도 수류탄도 다 떨어졌지만 3사단 사령부가 후퇴해버렸기 때문에 보급을 받을 수도 없었었고 완전 포위되어버렸다. 사단 사령부와는 통신도 두절되고 철저하게 고립되고 만 것이었다. 인민군은 사면을 포위하고 죄어들어왔다. 적의 공격이 너무도 치열하여 정신을 차릴 수가 없었다.

학도병 71명이 인민군 1개 사단과 1개 유격부대를 상대로 전투한다는 것은 세계 어느 전쟁사에도 없는 그런 전투였다. 그런 상황에서 10여 시간이나 버틸 수 있었던 것이 경이로울 정도였다. 인민군은 시간이 가도 계속 저항하는 학도병이 정예 국군인 줄 알았고 학교 점령이 쉽지 않자 급기야 장갑차까지 동원했다.

장갑차 5대를 앞세우고 2대는 교문을 통해 기관총을 난사하면서 학교 마당으로 진입했다. 날아오는 수류탄을 받아서 다시 던지는 최후의 혈전이었다.

그러나 역부족이었다. 낮 1시 반쯤 되어서 학도병의 사태는 절망적이었다. 결국 이 전투에서 군번도 없는 학도병들 71명 중 48명이 전사했고, 13명이 부상, 10명은 포로가 되었다. 이때의 전사자들은 아직도 어느 학교 학생들인지 이름이나 신분 등을 확인하지 못하고 있다. 포로로 끌려가던 도중 8명은 탈출했고 2명은 영영 돌아오지 못했다. 이로써 3사단 학도병 중대는 사실상 전멸하고 말았다.

　이들의 처절한 희생으로 다른 부대들에게는 소중한 시간을 벌어주게 되었다. 이 전쟁은 국립도서관 한국전쟁사 포항 전투 편에 상세하게 기록되어 있는 일부를 발췌한 것이다. 3사단 후방사령부를 비롯한 주요 지원부대와 포항 시민들이 성공적으로 형산강 이남으로 탈출할 수 있었다.

　한편 3사단 후방지휘소는 적의 침입이 있자 전투병력이 없는 관계로 우선 군수품 등을 철수하기로 방침을 세웠다. 병참부에서는 군수품을 대부분 민간 선박에 싣고 있었기 때문에 피해 없이 철수할 수 있었고, 병기부는 보유하고 있던 많은 노획 무기를 일부는 땅에 파묻고 나머지는 휴대하여 구룡포로 후퇴했다.

　그리고 8월 12일 육군본부에서는 6사단, 8사단, 수도사단의 담당 방어선을 조정하여 기계와 안강에 생긴 방어선의 빈틈을 틀어막았고 포위당해 위기에 있던 3사단은 수송선을 이용해서 구룡포로 철수시켰다. 국군 1군단의 반격작전이 성공하여, 기계에 있던 북한군 12사단은 1,500여 명만 남고 전멸하는 엄청난 피해를 입고 후퇴했다.

　14일에 포항을 탈환하고 18일에는 흥해를 되찾았다. 그 후 인천 상륙작전의 성공으로 대규모 반격이 시작될 때까지, 그곳에서는 밤낮을 가리지 않는 무자비한 전투가 계속되고 있었다. 동해 바다에는 미국 해군 함정이 산촌 마을로 숨어든 패잔병들을 향해 함포탄을 퍼부었다. 묵호에서부터 이곳까지 단 한 차례 저지도 받지 않고 파죽지세로 내려밀던 인민군대가 영덕 포항 전투에서 엄청난 피해를 입은 것이다. 이 전투에서 인민군은 병력 40%를 잃었다고 한다. 밤낮을 가리지 않고 밀고 내려온 인민군이 전멸하다시피 한 것이다.

인민군이 축산면사무소와 지서를 점령하고 있을 때 인민군 행정부대는 해방 후 빨치산에 의해 살해되거나 학살된 사람들과 행방불명자 일체를 조사해서 조선공산당에 열렬히 협조하다가 남조선 경찰에 발각되어 처형되었다고 기록을 고쳐놓았다. 성택이와 순택이 형제도 여기에 포함되어 있었고, 부역자로서 경찰에 의해 처형되었다고 기록이 남게 되었다.

*

9월 15일, 음력으로 팔월 초나흘 새벽, 연합군은 인천상륙작전을 감행하고 있었다. 상륙작전이 대성공을 거두자, 남쪽의 낙동강 전선에서도 국군과 인천의 소식이 알려지면서 적의 사기가 걷잡을 수 없이 떨어지고 도주병이 나오는가 하면 후방으로부터 보급이 끊어져서 우선 먹을 것과 실탄이 바닥나고 드디어 전 전선이 무너지기 시작했다.

구룡포로 후퇴해서 안강 전투에 배치돼 있던 국군 3사단은 곧장 경주를 지나 포항을 수복했다. 이후 축산면 고곡리 고개에서 북상하던 인민군 5사단 패잔병들과 큰 전투가 벌어졌다. 이 전투에서 인민군 5사단은 병력 절반 이상을 잃고 일부 패잔병들은 산촌 마을로 숨어들어 농사꾼들을 위협해서 밥을 얻어먹으며 야산으로 숨어들었다.

이것을 첩보로 알아차린, 영일만에 주둔해 있던 미 해군 함정이 영해면 대진 앞바다로 이동해서 노골봉을 중심으로 해서 동서 방향으로 밤낮 가리지 않고 함포 사격을 해댔다. 패잔병은 물론이거니와 산촌 마을 민가까지도 성한 곳이 없을 정도였다. 인민군은 약 10만 명의 병력을 잃었으며 북으로 도주한 자는 3만 명이 채 안 되었다고 6·25 전쟁사 기록이 말한다.

상륙작전 개시 후 약 보름이 지나서 고곡리 전투에서 패퇴한 인민군이 산속으로 도망가고 이내 따라 들어온 국군이 도곡강변에 있던 소개민들을 해산시켜 집으로 돌아가라고 했다. 이때 이미 소개민의 숫자는 불과 백여 명 정도밖에 안 남아 있었다. 젊은 남자들은 의용군으로 모조리 잡혀갔고, 인민군이 전장에서 계속 피해를 보고 있는 가운데 전투병력을 보충하느라고 후방 경계병까지 동원하는 바람에 강변의 경비가 허술하기 짝이 없었다. 그 틈을 이용해서 주민들은 가구당 한 사람씩만 남고 집으로 돌아간 사람이 많았고 그중 일부는 왔다 갔다 하는 사람들 도 있었다. 혹시 어떤 일이 발생할 경우를 대비해서 그렇게 한 것인데, 이제 인민군은 없어지고 국군 선발대가 돌아와서 완전 해산시킨 것이다.

능수네는 거리도 멀고 집에 다녀올 수 있는 사람이 없어서 식구 모두 그곳에 머무르고 있었다. 순택이가 있었으면 능수 혼자 남고 엄마와 가족들은 임시로 집에 돌아갈 수 있었겠지만 할멈은 병약하고 아기 딸린 며느리와 여자들만 집으로 보낼 수 없어서 그냥 눌러 있기로 한 것이다.

사람들은 가족들을 모아서 허둥지둥 집으로 돌아왔다. 능수는 식구 일곱 명이 소개 왔다가 돌아갈 때는 여섯 명이 되어, 아무 말 없이 묵묵히 땅만 쳐다보면서 천천히 걸으며 집으로 돌아왔다. 피난살이 두 달 엿새 만에 집으로 돌아온 것이다.

"아… 뿔싸! 이게 무슨 꼬라지고?"

집은 함포에 직접 맞았는지 흔적도 없다. 집이 있던 자리에는 커다란 구덩이만 남고 주춧돌 하나 남은 게 없이 모두 사라졌다. 농기인 소는, 한 마리는 놈들이 잡아서 마당에서 삶아 먹어버렸고, 다른 한 마리는 함께 함포에 맞아 전신에 파편을 맞고 몸통이 형편없이 훼손된 채 저만치 죽어 있는 게 아닌가?

누루와 검둥이는 불타다 남은 거적 위에 기진맥진해져서 쓰러져 있고 구루는 어디로 갔는지 보이지가 않았다. 포 소리에 놀라 도망을 갔을까? 금쪽같은 농기 두 마리와 누루, 검둥이, 구루지만 지금 이 마당에 그것들을 생각할 경황은 없었다.

별로 곱지는 못해도 해마다 연중 꽃이 피면 벌 나비를 불러 모으던 백일홍은 함포의 화염에 흔적도 없이 불타버렸고, 집 뒤 언덕에 청설모와 열매를 두고 지키겠다 따 먹겠다 싸움질하던 추자나무도 온데간데없다. 이웃집 마당에 아름드리 감나무는 뿌리만 남고 넘어져 있었고, 집집마다 크고 작은 피해가 안 난 집이 없었다.

앞산 뒷산 소나무들도 군데군데 함포를 맞아서 뿌리채 뽑혀 있었고 채전밭이며 마을 앞들 논밭이 온통 커다란 구덩이가 천지였다.

모두 포탄이 떨어진 자리다. 상황으로 봐서 여기에 만약 사람이 있었다면 가루가 되었을 것이고 개미새끼 한 마리도 살아남을 수 없을 것 같은 상태다. 나중에 알게 된 일이지만 마을에 인민군 휴식부대가 진을 치고 있는 것이 미국의 해군함에 발각되어 영해 대진 앞바다에서 집중 사격을 한 거란다.

능수네 가족은 우선 임시 거처를 영양 남씨 제궁에 마련하고 피해를 덜 입은 집에서 식기류와 식량을 마련하여 끼니를 해결하면서 복구를 준비하고 있었다. 인수가 공작을 꾸미고 정자와 사랑을 싹틔우던 바로 그 방이다.

그러던 와중에 또 한 번 난리를 겪게 되었다. 곳곳으로 흩어졌던 고곡리 전투 패잔병들이 모여서 산속으로 숨어들어온 것이다. 앞산 낮은 곳 풀섶과 잔솔 곁에다 발이 두 개씩 달린 총을 수없이 걸어놓고 가만히 엎드리고 있는 게 아닌가?

갑자기 어디서 나타났는지 20여 명의 인민군이 왜 앞산에 총을 걸어놓고 몸을 숨기고 있는지 이유를 알 수는 없지만 사람들은 혼비백산할 일이다. 모두들 벌벌 떨며 집안과 포탄이 떨어진 구덩이, 또는 불타다 남은 집 벽체 뒤 등으로 몸을 숨겼다. 무슨 상황인지 알 수 없는 일이다. 이때 하늘에는 생전 처음 보는 비행기가 마을 하늘 낮게 날아오면서 마을 앞산을 향해 무수한 총을 난사하며 지나갔다. 그 비행기 소리는 귀를 찢어놓을 만큼 크고 날카로웠다. 비행기가 지나간 뒤 금방 아랫골 쪽에서 국군이 따라 들어왔다. 말로만 듣던, 처음 보는 이승만 정부의 국군이다.

대진 앞바다의 미국 군함에서 쏜 함포가 노골봉까지 도달, 폭발하여 온 산이 불바다가 되고 인민군 패잔병들은 저마다 자기가 위치한 자리에서 참호를 파고 참호 속에서 은신했지만 높은 산속에서 식량 보급이 안 되는데 그들이 살아남을 확률은 매우 낮았다.

국군들은 모자와 윗도리에 참나무 잎으로 온몸을 감싸고 있어, 가만히 엎드려 있으면 마치 한 그루 어린나무처럼 보이게 위장을 했다. 그리고 마을과 앞산에서 치열한 전투가 벌어졌다. 국군은 마을 안에서 부서진 초가집 모서리 등에 몸을 숨기고 총을 쏘고, 인민군들은 앞산 중턱에서 국군을 향해 엄청난 총알로 응수해왔다. 말로만 듣던 전투가 산골 사람들 바로 눈앞에서 벌어진 것이다. 온 천지가 화약 연기로 덮이고 비릿한 피 냄새와 화약 냄새가 뒤섞여 눈도 코도 뜰 수가 없을 지경이었다. 이런 걸 아비규환이라 하는 걸까?

그렇게 얼마나 시간이 지났을까? 총소리는 멎고, 간간이 국군들이 인민군의 시체를 확인하는 얘기 소리만 멀찌감치 들려왔다. 국군이 이겼다. 인민군 패잔병 수십 명은 전원 사살되었다. 이 전투를 끝으로 인민군 5사단 병력이 몇 명이나 본대로 귀환했는지는 알 수 없다. 아마도 태백산맥을 따라 북으로 올라가다가 대부분 굶어 죽고 말았는지도 모른다. 따라서 인민군 5사단은 결국 궤멸된 것으로 보는 게 옳다.

국군들이 마을 사람들에게 밥을 좀 먹게 해달라고 요청했다. 사람들이 하나씩 둘씩 모여들었다. 만세를 부르는 사람도 있고, 어떤 이는 군인들 손을 잡고 엉엉 우는 사람도 있었다. 도곡강변에서 두어 달 동안 인민군 치하에서 고생한 설움이 북받혀 저절로 나온 행동들이다.

동네 아낙들이 모여 쌀이며 배추며 닥치는 대로 모아 가지고 와서 한편에서는 밥 짓고, 또 다른 쪽에서는 반찬 만들어 군인들을 먹였다. 국군의 수는 백여 명이 넘었다. 눈앞에 보이는 군인들은 빨치산 산사람들이 아니고 신생 대한민국 국군이다.

해방 후 처음 좌우가 치열한 경쟁관계로 싸울 때, 사람들은 빨치산 산사람들을 믿고 따랐던 때도 있었다. 그러나 그들은 점점 포악해지면서 무고한 농사꾼들을 못 살게 함으로써 민심은 급격하게 돌아섰고, 속으로는 그들을 외면하고 있었기 때문이었다. 국군들이 식사를 마치고 고맙다는 말을 남기고 앞산 너머로 가고 난 후 마을 사람들이 인민군 시신을 수습해서 바지게에 담아 아랫산 얕은 골짜기에 땅을 파고 20여 구의 사체를 한군데다 묻어주었다. 사체가 앞산에 흩어져 있는 것을 그냥 둘 수 없기에 마을 사람들이 힘을 합쳐서 한 일이다.

국군을 따라 군청과 면사무소도 돌아왔다. 경찰 및 지서도 돌아오고 관청 모두 돌아왔다. 영덕 전투의 인민군 주력부대는 국군에 의해 괴멸되거나 포로가 되었고 그중 일부는 산속으로 숨어든 다음 일이었다.

안 순경은 인민군 행정부대가 조작해놓은 남조선 부역자 명단과 활동 내역을 조작 기록한 서류를 보고 딴에 묘수를 생각해낸다. 자기가 인솔한 토벌대가 부역자 전부를 체포하여 축산면 기암리 과수원 골짜기에서 임의 처형했다고 또 조작해서 첨부해놓았다.

빨치산들이 양민들을 학살한 곳은 그들의 아지트 근처이고 꽃밭 마을에서 서쪽으로 수십 리 떨어진 외진 산골짜기였다. 따라서 성택이 등을 학살한 곳도 포도산 범바골인데 기암리 과수원골이라고 말도 안 되게 기록을 조작한 것이다.

기암리 과수원골은 화전리에서 20여 리 동쪽에, 도곡지서에서 강을 건너 서쪽으로 얕은 고개 하나 넘어 걸어서 10여 분 거리에 있는 곳이다. 임진왜란 때 신돌석 장군이 의병을 모으고 훈련을 하던 다소 은밀한 곳이기는 해도 7번 국도에서 아주 가까운 거리에 있다.

안 순경은 휴전 후 그 기록으로 인해 많은 상을 받고 진급도 했다는 후문이 있었으나 능수는 대수롭지 않게 생각했다. 세월이 흘러 60년도 더 지나고 그 시절을 살던 사람들은 대부분 세상을 떴고. 그때 그 끔찍했던 일을 어느 누구도 입에 올리기를 꺼려 했고 일일이 후손들에게 전하려 하지도 않았다.

세월이 지남에 따라 그 일은 점점 잊히고 기록에 남은 대로 역사를 보는 법이고 보면, 그분들의 아들과 후손들은 나라에 부역자로 낙인찍히게 되었고 훗날 군사정권 30여 년 시절에는 그 기록 때문에 무수한 조사를 받거나 온갖 수모를 겪는가 하면 그 자손들은 공무원이나 국가기관 등에 취업은 얼씬도 못 하고 사회적으로 매장된 채로 살아야만 했다.

13. 제주 4·3 사건 전모

1947년 3월 1일 3·1절 기념식 중 기마 경찰이 탄 말에 구경을 나온 어린이가 밟혀 죽는 일이 있었고 이를 본 주변 사람들이 돌을 던지며 항의하기 시작하였다. 이를 습격으로 인정한 경찰은 시위하는 군중에게 발포하여 일반 주민 6명이 사망하였다. 이렇게 촉발된 경찰과 민간 사이의 갈등이 이듬해인 1948년 4월 3일 새벽, 제주 출신 좌익단체 총책 김달삼이 대원 350명에게 무장을 시켜 제주도 내 지서 12개를 공격하는 사건으로 발전했다.

이 사건으로 말미암아 민간인 사망자만 14,032명이 발생했다. 진압군에 의한 희생자 10,955명, 무장대에 의한 희생자 1,764명, 기타 1,313명에 달한다. 이 사건은 1954년 9월 20일까지 무려 7년 6개월간 해결되지 못했던 끔찍한 사건이다.

이 사건에서 좌익 세력을 이끌었던 김달삼, 그는 누구인가? 스

범바골 비가悲歌

물두 살의 어린 나이에 사회주의 혁명가로 제주 4·3 사건을 주도한 남조선노동당원이다. 그의 본명은 이승진, 고향은 제주이며 일본 오사카의 성봉중학교와 도쿄의 중앙대학에서 수학 중 일본군 학병으로 징집되어 후지산 육군예비사관학교를 나와 소위로 임관하였다. 1945년 1월 일본에서 강문석의 딸 강영애와 결혼하였고, 김달삼이란 이름은 원래 강문석이 쓰던 가명인데 이승진은 이를 이어받아 사용한 것이다.

해방 후 귀국한 김달삼은 1946년 말 제주도 대정중학교 사회과 교사로 재직하며 마르크스 레닌주의를 가르쳤다. 그는 교사로 재직 중에 남로당 대정면 조직부장을 맡았으며 1948년 4·3 때는 남로당 제주도당책이자 군사부 책임자가 되었다. 친일파 척결, 외지 경찰 철수, 자주독립 및 남북 통일정부 수립 등을 요구하며 5·10 총선거를 방해하기 위해 제주도에서 무장봉기를 일으키기도 했다.

남한 정권이 수립된 직후인 1948년 8월 21일부터 26일까지 황해도 해주에서 인민 대표자 대회가 열렸을 때 김덕구에게 사령관 자리를 넘겨주고 대회에 참가하여 제주 4·3 투쟁에 관한 보고를 했다. 김달삼의 보고 연설문 요지는 대강 이러했다.

"미 제국주의는 우리 제주도에서도 남조선 다른 지역에서와 똑같이 친일파, 민족반역자 등 미국도배들에 의거하야 갖은 난폭한 분할 식민지 침략정책을 강행하고 있습니다. 민주주의 애국자들과 무고한 일반 인민들은 까닭 없이 불법체포, 고문, 투옥을 당했습니다. 일반 농민과 어민들은 강제 공출과 혹독한 착취에 신음하고 있으며 일반 인민들은 무권리와 가렴주구에 신음하고 있습니다."

이 해주 대회는 북한 정권 수립을 위한 예비 절차로서, 남한에서는 1,002명의 대의원이 참가했고 제주에서는 6명이 참가했다. 그는 여기서 조선민주주의인민공화국 헌법위원회 위원으로 선정되기도 했다.

이후 강동정치학원에서 유격대훈련을 받고 1949년 8월 4일 동학원의 4차 유격대장으로 대원 300명을 이끌고 일월산 일대로 침투한다. 이후 경북 보현산에 거점을 구축한 후 동해연단을 편성하여 유격전을 전개했다. 한편 11월 6일에 북에서 직접 남파한 100여 명이 포항 송라면 지경리에 상륙하여 제3병단에 합류했고 영덕, 봉화, 태백, 울진, 청송 등 오대산의 1병단은 태백산맥으로 남하다가 울진에서 진압군경에 절반 이상이 사살되고 100여 명만 오대산 잔당과 합류하여 명동산 3병단 1대 김인수 부대로 와서 영덕, 청송, 영양에서 납치, 살인, 방화를 일삼고 1949년 3월 22일 사살될 때까지 6개월 간 자행한 악행은 말로 표현할 수 없었다.

한편 군량미 확보를 위해 대원 20여 명과 황장재에 파견한 최영화에게는 무엇이든 강탈할 것과, 말을 듣지 않는 반동분자는 무조건 살려두지 말라는 명령을 내렸지만 유영화는 황장재 현장에서 무조건 빼앗는 것을 자제하고 통행세만 징수한 것은 주민들에게는 그나마 다행한 일이었다.

울진지구 백암산에 500여 명 집결해 있던 공비들은 강원도 토벌대가 백암산 밑에서 섬멸했고 김달삼 부대는 진압군경의 강력한 토벌작전에 밀려 1950년 2월에 월북을 시도했다. 1차 월북 선발대 70여 명이 먼저 출발했으나 정선 왕피천 부근에서 토벌대에

10여 명이 사살되고 1명이 생포되었다.

생포한 공비를 심문해서 김달삼 부대가 월북을 준비한다는 정보와 이용 루트를 알아낸 이형근 준장의 토벌군은 정선군 반론산에 매복했다. 반론산은 이들이 남북을 오가는 통로였다. 이 사실을 모르는 김달삼 부대는 5월 21일 초저녁에 야음을 틈타 월북하던 중에 여량리에서 18㎞ 동남방 지점인 삼운리에서 국군 제185부대 수색대에 발견되었다. 부대장 이형근 준장의 진두지휘로 공비를 포위하여 21일 상오 10시까지 여량 동남방 3㎞ 지점인 반론산을 봉쇄하였다. 포위당한 것을 인지한 공비는 교묘한 게릴라 전법으로 포위망 이탈을 시도하였으나 오후 1시 반론산 동쪽을 수비하고 있던 제185부대 예하 제336부대 2중대와 접전이 되어 치열한 전투가 전개되었다. 해질 무렵 공비들은 완전 초토화되었다.

22일 새벽부터 전장을 정리한 결과 반론산 골짜기에는 공비들 시체가 즐비했다. 그리고 동북쪽 지경에서 김달삼의 시체를 발견하였다. 김달삼이 사살된 것이다. 그의 나이 25세…. 숱한 시신들 틈에서 김달삼이 사살된 것을 확인하는 일은 쉬운 일이 아니었다. 김달삼이라는 자를 아는 사람도 없고 얼굴을 본 사람도 없기 때문이었다. 단 한 가지 특정할 만한 것은 나이가 25세라는 것과 키가 작다는 근거로 사체 하나하나씩 확인하여 주머니에서 찾아낸 강동정치학교 명패가 붙은 옷을 보고 김달삼을 특정할 수 있었던 것이다.

그토록 수많은 양민을 학살하고 공포의 존재 자체였던 그가 아직 어린 마음속으로 이루고자 했던 것은 무엇이었을까? 무엇을 얻으려고 그렇게 사람의 목숨을 한낱 파리 목숨보다 더 경시하면서 이루려고 했을까? 후세를 사는 사람들을 깊은 생각에 잠기게 하는 대목이다.

그 3년 후, 그렇게도 끈질겼던 인민유격대 제2병단 지도자이자 남부군 총사령관이며 '지리산 산신'이라는 별명을 가진 이헌상도 1953년 9월 18일 지리산 산청군 생비랑 빗점골에서 국군에 의해 사살되고, 남침에 패배한 김일성은 강동정치학원 출신 남로당원들을 미국 간첩 혐의를 씌워 모두 처형하고 학교도 폐쇄해버렸다. 이로써 남로당 세력은 김일성의 정치적 제물로 모두 희생되고 말았다.

범바골 비가悲歌

14. 수복

영덕 지방의 전쟁은 우선 끝이 난 것 같았다. 가슴속 심장까지 터뜨려버릴 것 같은 포 쏘는 소리도, 피를 말리던 총소리도 안 들리게 된 지 오래다. 언제 또다시 인민군이 남하할지는 몰라도 현재는 서울이 수복되고 국군은 계속 북진하고 있다는 소문이다.

그러나 집과 세간이 모두 불타버린 능수에게는 아무것도 남아 있는 게 없고 빈손뿐이었다. 쌀 한 톨, 농기구 하나, 가축 한 마리도 남은 것이 없다. 집도 새로 지어야 되고 농사도 지어야 다가오는 겨울을 넘길 수 있다.

모만 심어놓고 두 달여 동안 돌보지 않았으니 온전히 자랄 수 없는 것은 당연하다. 피와 잡초만 무성하고 나락은 말라 죽어버리고 아예 싹도 없다. 밭에도 쇠비듬과 바랭이풀만 무성했다.

매일 아침에 막내 순달이가 이장네 집에 가서 미군이 주는 깡통

한 개 받아오는 게 하루 식량의 전부다. 미국 군대 야전용 씨레이션 2리터짜리 깡통인데 그 맛은 환상적이었다. 생전 처음 먹어보는 것인데 약간의 쇠고기도 씹히고 콩도 들어 있다. 어디에 비교해 설명도 할 수 없는 오묘한 맛이다.

깡통 위에는 뚜껑을 따내는 이상하게 생긴 칼도 붙어 있지만 쓰는 방법을 몰라 큰 양푼을 밑에 받쳐놓고 부엌칼로 허리를 쿡 끊어내서 안에 들어 있는 내용물을 양푼에 받아 식구 수대로 사발에 나누어 담아 먹는다.

가끔 쪼꼬레또와 눈깔사탕도 함께 따라오는데 어른들은 콩 쪼가리만큼 떼어서 맛만 보고 나머지는 아이들 전용이다. 껌도 질근질근 씹어서 삼켜버린다. 아이들은 무엇이든지 입안에 들어온 것을 뱉어내는 법은 없다. 그냥 목구멍으로 직행한다.

한 달에 한 차례씩 강냉이 가루가 집집마다 한 포씩 나오는데 그날은 온 가족이 포식하는 날이다. 쑥도 좀 뜯어 넣고, 넣을 수 있는 나물 종류는 모두 같이 버무려서 쪄내면 금강산 구경보다 한결 낫다.

미국이라는 나라는 참으로 고마운 나라다. 빨치산 산사람들 말로는 미국은 일본 놈들을 쫓아내고 우리나라를 통째로 집어삼킨다고 했는데 자기네 나라로 돌아갔다가 전쟁이 일어나자 다시 도와주러 온 것을 보면 산사람들 말은 전부 거짓말이었다.

그러던 어느 날, 국군을 따라 돌아온 구국청년단이라는 정체도 모호한 사람들이 도곡강변에 있을 때 인민군 치하에서 쌀 배급 받아 먹은 것을 문제 삼아 마을에 와서 주민들을 들추고 다녔다. 쌀

범바골 비가悲歌

을 배급 받을 때 확인 서류에 손도장을 찍어주었는데 그것이 문제라는 것이다.

이 사람들은 대한민국 정부로부터 그 어떤 권한도 부여받지 않은 임의단체로서 인민군이 남하할 때 국군보다 먼저 피난길에 나서서 부산까지 도망쳤던 비겁한 사람들이었다. 이 사람들이 산촌 마을에 돌아다니면서 사람들을 협박하고 다니는 것을 나중에 안 경찰이 이들을 모두 체포하였고 일부 살인을 저지른 부류들은 극형에 처해지기도 했다고 한다. 학생들이 교복 차림으로 총을 들고 싸우고 전장에서 젊은 용사들이 피 흘리며 적과 싸울 때, 제 몸 하나 간수하고자 제일 먼저 피난을 떠났던 파렴치들이 적이 패퇴한 후에 무슨 큰일이라도 하는 것처럼 떼를 지어 다니면서 행패를 부린 것이었다.

이렇게 또 한바탕 광풍이 몰아치고 난 뒤 정신을 차리고 보니 능수는 어디서 어느 것부터 먼저 복구를 해야 할지 엄두가 나지 않았다. 뒷산에서 소나무를 베어다 다듬고 이웃에 불타지 않고 피해를 적게 입은 집의 연장과 도구들을 빌리고 사람들의 도움을 받아 신랑이 없는 며느리들과 힘을 합쳐 나름대로 살 만한 집 한 채 마련했다. 그렇게 집이 완성될 때까지의 고통은 필설로는 다 표현할 수 없다.

그래도 다행인 것은 김충관을 찾아가 도움을 요청하고 얼마의 현금을 빌려와서 그 경비를 충당할 수 있었다. 김상기를 찾아가보려고 했지만 엄두가 나지 않았다. 작은놈 인수의 생사를 알 수 없는데 거기다 손을 벌릴 수가 없었다.

큰며느리가 친정에 가서 약간의 현금을 가지고 온 것도 많은 도움이 됐다. 사돈인 황상규에게는 고맙고 미안하다. "언젠가는 빚을 갚겠소이다." 하고 혼자 중얼거렸다.

이렇게 갖은 고생 하면서 그럭저럭 집은 큼지막하게 지었지만 방을 쓰고 살 식구가 없다. 아들 둘을 한꺼번에 잃었으니 온 집이 다 비워진 것 같고 마음까지 공허하다. 뿐만 아니고 당장 끼니 걱정을 해야 할 판이다. 구루는 죽어버렸고 검둥이만 겨우 살려놓았는데 어디서 어떻게 살다가 왔는지 누루가 돌아왔다. 집을 새로 짓고 한 달이나 지난 후의 일이었다. 능수는 마치 죽은 아들이 하나 돌아온 양 반가웠지만 며느리들 눈치가 보여 대놓고 반갑다고 표현할 수도 없었다.

능수는 누루가 돌아오면서 한결 용기가 생겨났다. 사냥을 할 수 있기 때문이다. 지금까지는 사냥을 재미 삼아 했었다. 잡은 멧돼지며 노루는 동네 사람들과 나누어 먹었고, 산토끼나 꿩은 집안 식구끼리 별식을 했는데 지금은 사정이 달라졌다. 사냥을 해서 고기를 내다 팔고, 그 돈으로 쌀이라도 한 됫박 사 와야 식구들을 먹여살릴 수가 있다.

활과 화살 그리고 날창도 준비하고 사냥개 두 마리를 데리고 야산을 아무리 쏘다녀봐도 도무지 멧돼지의 발자국 하나 구경할 수가 없고 노루, 산토끼, 심지어 꿩이나 산새까지 보이지가 않았다. '아차….. 이제 생각해보니 전쟁통에 총소리에 놀란 산짐승들이 더 멀리, 더 깊은 산속으로 도망을 가버렸구나!' 헛수고였다. 패잔병 공비가 무서워 깊은 산속으로 들어갈 수는 없었다.

둘째 며느리 친정아버지가 오셨다. 위로차 오신 것이다. 사돈네도 해산물 수집이 전혀 안 돼서 도회지로 보낼 물건을 확보하지 못해 그냥 손을 놓고 있다고 했다. 해방 후 군청에서 납품받는 제도가 없어지고 난 뒤부터는 도회지 시장에 내다 팔아서 짭짤한 재미를 봐왔는데 전쟁 중에 생산도, 판매도 안 돼서 당분간은 쉬고 있다고 했다.

사돈이 한 가지 제안을 했다. 바닷가 뱃사람들이 그물을 부릴 때, 밑발에는 그물이 가라앉도록 돌로 추를 만들고 윗발은 물 위에 떠야 되는데 그것은 유리로 만든 다마를 썼지만 지금은 일인들이 철수하고 없으니까 그 유리 다마를 구할 수가 없다는 것이다. 유리 다마는 일본에서 들여왔기 때문이다.

대신 물에 잘 뜰 수 있는 툽(코르크)으로 대신하고 있으니 그것을 생산해서 바닷가 어부들에게 팔면 돈벌이가 될 거라고 했다. 툽이라는 것은 살아 있는 참나무 껍질을 벗겨내서 말리고 용도에 맞게 다듬은 것으로, 법으로는 툽 채취를 금하고 있다. 참나무는 껍질을 벗겨도 죽지는 않지만 생육에 지장을 받기 때문에 일인들이 철저히 금지한 것이다.

하지만 지금은 전후에 산속에 잔존한 공비를 토벌하기에도 경찰 인원이 모자라는 판국에 이따위 것을 단속할 사람도 없을뿐더러 전후 우리나라 사정으로는 단속할 여유도 근거도 없었다.

능수는 마음이 잘 맞는 동네 사람 몇 사람과 같이 그 일을 시작했다. 깊은 산속 참나무가 많은 곳에서 하루 종일 참나무 껍질을 벗겨 널어놓고 산속에서 먹고 자고 비박을 하면서 한 열흘 일을 하면 많이 만들 수 있었다. 그것을 훼방하거나 단속하는 사람이나 관청은 없지만 그래도 혹시 몰라서 밤중에 지게에 짊어지고 축산 바닷가 마을로 팔러 갔다.

바닷가 뱃머리에 내려놓았더니 이게 웬일인가? 어부들이 몰려 와서 서로 사 가려고 한바탕 법석을 떨고 나니 모두 다 팔렸다. 돈 이 한 움큼이다. 제법 짭짤한 돈벌이가 됐다. 돌아오는 길에 쌀 한 가마니를 사서 집에다 내려놓고 그 길로 약간의 식량만 준비해서 곧장 일터로 가곤 했다.

이 일을 하면서 축산에 단골도 생기고 전문으로 소매하겠다는 사람도 생겨났다. 틉뿐만 아니고 돛대며 노까지 주문하는 사람도 있었다.

"참… 하늘이 무너져도 솟아날 구멍은 있고, 죽으라는 법은 없 는가베."

능수는 아침부터 작년에 새로 사서 맨 농기소를 마당에 몰아내 고 지러마를 올리고 부산을 떨었다. 오늘은 한 가닥 남은 희망인 손자를 보러 가는 날이다. 틉을 하면서 알게 된 사람에게 며느리를 중매해서 재가시키고 딸려 보낸 손자를 보러 한 달에 한두 번씩 가 는데 오늘 짬이 나서 장작 조금, 쌀 말 정도와 콩이며 참깨, 말린 산 나물 등 이것저것 조금씩 보따리에 싸서 싣고 축산으로 갔다.

지난해 봄에 틉을 많이 팔아주던 긴상이 우연한 기회에 가정사 를 얘기하면서 그 사람의 사람됨을 알게 되었고 며느리와 손자를 맡긴 것인데 오늘 그 긴상네 집으로 가는 것이다.

긴상이라는 말은 김씨라는 일본 말이다. 같이 지내는 사람들에게도 긴상에 대해 알아볼 만큼 알아보고 집에도 가보고 어렵게 내린 결정이다. 이 사람은 일찍이 처를 병으로 잃고, 여남은 살 먹은 딸아이 하나를 데리고 혼자 사는 홀애비인데 사람의 마음 씀씀이가 올곧고 예의가 바르고, 논밭전지도 제 살 만큼 있으면서도 농사짓는 짬짬이 고기잡이 배도 다녀서 살이가 넉넉한 사람이었다.

한 가지 흠이 있다면 며느리보다 나이가 너무 많다는 게 흠이다. 마흔이 다 되었으니 며느리와는 십수 년 연차가 난다. 그래도 인간 됨됨이 몹쓸 사람이라거나, 본성이 어질지 못한 사람보다는 한결 낫고 가난해서 며느리 고생시키는 것보다는 훨씬 마음이 가벼워서 안사돈을 만나 허락을 받아내고 며느리와 손자를 맡긴 것이다.

"이 사람 긴상! 내 말 잘 듣게. 내가, 자네를 다 아지는 몬해도, 자네가 나를 외면하지는 않을 꺼로 알고, 내가 며느리와 손자를 맡기네. 지발, 오늘 맴이 10년 20년 가도 밴치 마고, 우리 며느리…! 아이다. 인제는 자네 사람이 됐시이끼네, 자네 사람 고상씨기지 마라."

"예! 평상 어른 은혜 안 잊었뿌고 사끼요."

"그래야 되지! 하모! 내가 손자로 맡기는 거는 오래가 아일세! 시돌 지낼 때까지마 키워주먼 되네. 그동안에 내 손자 먹는 거, 입는 거, 돈 드는 거는 내가 다 해줌세마는 고상만 자네가 쫌 해주먼 고맙다 이 말따."

"아이고… 눈에 여도 안 아픈 자식 잃었뿌고 며늘자슥을 지한테 주는 거만 해도 고마운데 뭔 얼라 먹을 꺼 걱정하시능교? 그런 걱정은 안 해도 됩니더."

"우쨌든동 나는 자네를 믿네. 대신에 우리 손자 영영 자네 자슥으로 욕심내면 안 되네. 그거는 꼭 약속을 해주게."

"예! 예! 별 말씀으로…!"

이렇게 며느리를 긴상이라는 사람과 새로이 살림을 차리도록 해주고 서로 깊이 아끼면서 오래오래 해로하며 잘살도록 마음속 깊이 축원한 바 있다.

그리고 난 뒤, 한 달에 한두 번씩 손자가 별고 없이 잘 자라고 있는지가 궁금하고, 비록 남의 집 가족이 되기는 했어도 유복이를 낳은 며느리도 볼 겸, 겸사겸사 와보는 것이다.

마당에 장작과 가지고 온 물건들을 내려놓았다.

"아버님 오셨능교?"

"응! 그래 잘 있었나?"

"예! 뭐로 자꼬 가주고 오시능교? 인질라 고마 가주고 오셔도 됩니더."

"이 사람은 집에 없나?"

"뱃머리에서 그물 손질하고 있어요."

"앗따! 그 사람 참, 부지런네! 뭔 돈으로 그클 마이 벌일라 커노? 어지가이 하지! 돈 자꼬 벌어가주고 어디다 다 씰라꼬…!"

"돈이나 벌면서 그라능교? 안 갈 수가 없어가주고 그래요."

"그래. 젊을 때 부지러이 벌어 모아야 되지…! 내가 웃자꼬 하는 소리다. 우리 복이는 자나?"

"예! 쪼끔 전에 잠들었어요."

범바골 비가悲歌

능수는 며느리를 따라 방으로 들어갔다. 항상 자주 드나드니 별 껄끄러움은 없다. 손자가 잠에서 깨어났다. 할아버지를 보고 엉금 엉금 기어서 제 할배 무릎에 앉았다. 인간의 새끼인지라 핏줄을 알아보는 것일까? 볼 때마다 무릎에 안기는 게 고맙고 반갑다.

좋아서 입꼬리는 귀에까지 올라가도 두 눈에는 하염없는 눈물 이 앞섶을 적신다. 내 자식이 죽어 없어졌으니 아무리 어여쁘고 귀여운 손자와 며느리지만 한 지붕 아래서 함께 살 수 없는 이 기 구한 운명이 그저 한스러울 뿐이었다.

"아가!"

"예! 아버님!"

"그런 일은 없을 줄로 안다마는, 혹시 너거들 사는 데 얼라가 걸 거치는 거는 없나?"

"아… 니요. 절대 그런 거는 없고요. 그 사람도 복이로 이뻐합 니더."

"오야! 그래, 고맙다. 니한태 오래는 안 놔두끼. 내년까지만 쫌 키워다고."

"예! 아버님요. 걱정하시지 마시이소."

축산은 도곡에서 동쪽으로 약 10㎞ 떨어진 바닷가 마을이다. 자 연으로 아담하게 생긴 포구가 있어 일제가 어항으로 만들어놓았 는데 참으로 아름다운 작은 포구다. 오른쪽으로는 대밭산이 우뚝 솟아 있고 산꼭대기에는 일제가 작은 등대를 만들어놓아서, 밤이 면 근처를 오가는 배들의 길을 안내하고 마을에서 보면 아름답기 비할 데 없는 그런 곳이었다.

상시 고깃배가 드나들고 황토에 염색한 돛을 단 작은 돛배들도 수시로 나가고 들어왔다. 먹을 게 없어도 어촌은 산촌과는 조금 달랐다. 돌 틈에서 멋대로 자란 고향섭이랑 따깨비를 한 소쿠리 따다가 삶아놓으면 온 식구가 한 끼 식사는 충분했다. 미군이 주는 씨레이션도 있고 해서 전란 중에도 배고픈 사람은 없었다.

도곡에서 축산까지는 개울을 따라 난 도로 외에 다른 곳으로 통하는 길은 없다. 따라서 국군은 이렇게 고립된 마을에는 들어오지 않았고 인민군도 행정병 외 전투병은 들어오지 않았다. 그래서 축산항에서는 전투가 벌어지지 않았다. 모든 것이 원형 그대로 보전되었던 것이다.

긴상은 마을에서 북쪽으로 낮은 언덕을 지나 목넘이라는 바위가 많은 바닷가에 유복이를 업어다놓고 자맥질을 해서 이름도 모르는 어른 주먹만 한 조개를 한 망태 잡아 가지고 한쪽 어깨에는 조개 망태를 메고 유복이 손을 잡고 집으로 온다. 숙자는 마당 한 구석에 놓여 있는 가마솥에 조개를 넣고 푹 삶아내서 살이 부드럽고 맛있는 부분을 골라 유복이에게 먹여주곤 했다.

1951년 인민군이 물러간 후 첫해 농사를 지어 추수할 때까지 농촌 도회 할 것 없이 극심한 식량난에 온 나라가 위기에 처해 있을 때도 긴상네 가족은 그렇게 큰 어려움은 못 느끼고 살았다. 아마도 손자를 그곳에 보낸 능수의 선견지명이라고나 할까?

능수는 하늘이 원망스럽지만, 세월 탓으로 돌리고 팔자려니 해본다. 집으로 돌아가서 할멈한테는 아무 말도 하지 말아야 되겠다고 생각했다. 또 한바탕 사설을 늘어놓으며 울어 젖히는 꼴세를 보아 넘기기도 마음이 편치 않고, 때문에 한참 동안이라도 우울해

질 필요가 없기 때문이다.

가을에 딸 순난이를 시집보내기로 약속이 돼 있다. 창수골에 형제가 많은 집의 둘째 아들과 혼인을 하는 것이다. 중매쟁이 얘기를 들어보면 집 짓는 대목장의 아들이고 사위가 될 총각 놈도 아버지를 따라 목수 일을 배우고 있는 중이라 했다. 눈썰미가 좋아서 일을 잘할 뿐만 아니라, 나중에 자라면 아버지를 능가할 만한 재주를 가지고 있다고 중매쟁이가 입이 마르도록 자랑을 늘어놓았지만 정작 능수의 생각은 우선 타고난 명이 길었으면 좋겠다고 생각했다.

아무리 재주가 좋고 재산이 많은 집 자손이라 할지라도 명이 짧으면 모두가 허사기 때문이다. 그것은 인간이 알 수 없는 하늘의 영역인 줄 잘 알면서도….

가을이 왔다. 추수가 끝나고 딸아이를 시집보냈는데 반정을 오더니 사위 놈이 제집에는 안 가고 처가살이를 하겠단다. 어이가 없고 기가 막히지만 할맘은 되레 기다렸다는 듯 사위 편을 거들고 나섰다.

"돈을 달라는 것도 아이고, 쌀을 내놓으라 커는 것도 아인데, 딸자슥 옆에 사는 게 뭐가 나쁘나? 우리가 억질로 오라 켔나? 저들이 올라 커는 거로…."

할멈 말을 듣고 보니 일리가 있어 보였다. 공터에 조그맣게 초가삼간 대강 지어서 살도록 만들어주었다. 사위는 상시 집에 있는 날보다 밖에 나가 있는 날이 더 많았다. 돈벌이도 곧잘 하면서….

먼 훗날, 밖에만 나돌아다니던 사위가 딴 여자를 보면서 딸 순난이를 죽도록 고생시킬 줄 누가 짐작이나 했겠는가?

15. 귀향

1952년 음력으로 칠월 스무하룻날, 불볕더위가 숨이 차는지 할 딱거리며 짙푸른 논밭에 마지막으로 힘을 모아 다가올 가을의 영 글음을 재촉하고 있는데, 막내아들 순달이가 소 지러마에 감자와 풋고추, 여름배추, 무우 등을 싣고 축산에 왔다.

열일곱 살짜리 풋내기 총각이다. 싣고 온 물건을 모두 내려놓고 그 자리에 유복이를 덜렁 안아다가 지러마 한가운데 앉히고, 업고 다닐 때 쓰던 띠로 아이가 움직이지 못하도록 얼개설개 동여매 가 지고 길을 나선다.

숙자가 연신 눈물을 훔치는 걸 유복이는 알아채지도 못한 채 그 렇게 삼촌의 소 지러마를 타고 40리도 더 되는 먼 길을 더워서 울 면서, 졸면서 태어난 곳, 할배 할매가 기다리시는 꽃밭으로 돌아오 는 것이다. 세 돌, 돌날이 오늘이니까 약속대로 긴상네 집에서 데리고 오는 것이다. 오늘 이 작별이 천륜도 끊어지는 모진 운명이 된다는 것을 숙자도 유복이도 알지 못한 채 그렇게 헤어졌다.

시아버지와 한 약속대로 아들을 떠나보낸 숙자는 이후 새 남편과의 사이에 아들 하나, 딸 하나 남매를 낳았지만 미처 다 키워내지도 못하고 남편을 하늘에 보내는 엄청난 일을 또 겪었고, 본인 역시 단명하여 한 많은 세상을 등지고 만다.

할배 할매가 계신 집으로 돌아온 유복이는 축산에서 제 어미 곁에 있을 때는 그렇게도 활발하더니 웬일인지 철 안 맞는 감기를 자주 앓고 말수도 적어졌다. 청마루에 혼자 앉아서 서럽게 우는 일이 잦았다. 어미 떨어진 게 아직 어린 마음에 극복이 안 되는가 보다.

능수는 손자를 보듬어 안고 어르고 달래며 날밤을 새우는 일이 일상이 되었다. 들에 나갈 때나 일터로 갈 때도 손자를 데리고 다닐 수밖에 없었다. 읍내에 나가 주먹만 한 눈깔사탕을 사다놓고 그걸로 달래었다.

할매한테는 뭐가 불편한지 잘 가려 하지 않는다.

"이 너무 할망구야! 아로 쫌 살갑게 보듬어조야지…! 쯧쯧쯧. 죽은 아비 그리고 산 어미 그리면서 팽상을 살 아가 불쌍찮나? 우째 그리 모진 소리마 해대노?"

"그러이끼네. 뭐 할라꼬 데리고 오노? 말 따! 제 어미 졌에서 사도록 쫌 나 뒀뿔지! 무다이 데리고 와 가…. 누로 고상씨길라꼬…! 생각해보소! 이 영감아! 순달이로 장개보내고, 영감이나 내, 둘 중에 하나가 죽었뿌면 야는 누가 키우노? 순달이 각시한테

아 맫기나?"

"햐…! 이 할망구야! 누가 금방 죽나? 할망구사 오래 몬 살 동 몰
따마는, 내사 안주 멀쩡하다. 아메도, 야 다 키울 때까지는 멀쩡하
게 살 수 있으이끼네 걱정 마라. 할망구사 만날 콜락콜락 하이끼
네…! 나는 우리 복이 키워 가주고 미국 나라 유학도 보내고 정승
판서 맹길란다."

"쥐뿔을 팔아 여 가주고 유학 보낼래? 내사 암만 생각해도 우리
순달이 고상할 꺼마 생각 캔다."

"어물어 빠진 할망구하고는…. 지 속으로 난 자슥은 알고, 자슥
에 자슥은 왜 모리는고? 내 죽어먼 물 떠놔줄 장손이고, 우리가문
종손인데…."

"알았니더! 고마! 영감 혼자 그래 하소. 유학을 보내든 동, 물을
얻어먹든 동…. 나는 우리 순달이 고상할 꺼 마고는 암꺼도 안 생
각 캔다."

하늘도 무심하게 둘째 며느리도 청상이 되어, 희망도 어떤 기약
도 없는 나날을 중간 방에 머물면서 밥 짓고 빨래하고 길쌈이며
밭일이며 도맡아 하면서도 속은 썩어 문드러지겠지만 겉으로는
아무 내색도 않던 둘째가 저녁상을 물린 자리에서 전에 보지 못한
비장한 얼굴을 해 가지고서는 말했다.

"아버임, 어머임 지가 한 말씸 올립랍니더."

"응… 그래 뭔 소린동 할 말 있시먼 해라."

"아주 주재넘은 말씸인데요. 복이 말이시더. 지한테는 장질이
아입니껴?"

"그래… 그래가 우쨌는데?"

"복이를 지를 주이소. 지가 카움시더. 민적(호적)을 지 자슥으로 해가요. 그래가 아버임 어머임 모시고 평상토록 복이 하나만 바라보고 살고 싶습니더."

"…"

"아버임요. 그래머 안 되것심니껴?"

"애야! 둘째야! 니 맴이 참말로 고맙고 기특다마는 그런 거로 숩게 결정지울 게 아이다. 친정 부모님 허락도 받아야 되고 당장 옆에 있는 너그 언니 생각도 들어보는 게 좋을 거 겉고 생각하고 또 생각해봐 가주고 결정으로 내라야 되제, 잠깐 생각만 가주고 함부로 하먼 안 된다. 니 아주 나이 새파란데 어디 좋은 사람 있시머 재혼을 해가 니 속으로 자슥도 놓고 신랑 사랑도 받고 그래 살아야 되지, 복이 하나 달랑 믿고 팽상을 수절한다는 거는 니 친정 부모부터 반대한다. 함부로 니 맘대로 생각지 마라."

"야가 시방 머라 카노?" 서포댁 얼굴이 울그락불그락하더니 자세를 고쳐 앉으며 마음먹은 듯 입을 열었다.

"니가 지끔 뭔 소리를 하는 동 내가 모릴 줄 아나? 복이가 장손이니끼네 우리 영감 할마이 다 죽고 나면 이 집 전 재산이 복이 꺼가 될꺼이끼네 니가 시방 그거로 욕심내고 하는 소리 아이가? 집이고 논밭전지 전부 다… 순달이는 지차이끼네 쪼끔 머시기 해가 살림 내주고 말따… 어… 이, 보소, 야가 우리 집에 시집온 지가 사방 네 해가 지냈스이끼네 섭섭잖게 챙개 가주고 친정으로 보내던 동 아이머 큰아맨치로 어디 좋은 사람 찾아내서 짝을 마차주든 동 하소. 하이고, 야… 속에 능구랭이 숨콰놓고 살았구나! 니가 시방… 택도 없이…" 하고는 씽하니 밖으로 나가버렸다.

"저넘무 할망구는 뱃떼지 속에 뭐가 들었는동 생각한다는 게 똑 못된 것마 생각한다커이끼네. 야가 어디 영 안될 소리를 했나? 지 딴에 지도 살아갈 준비도 하고 얼라도 키우고 수절하며 살라고 독한 마음먹고 하는 소리거마는 어… 이 영… 쯧쯧…. 애, 둘째야!"

"예, 아버임요."

"니 하루 이틀 생각한 거 아인 거로 내가 다 알따. 고맙다. 글치마는 쪼끔 더 살면서 생각해보자. 어능게 니캉 우리 전부 덕이 될랑고 생각해보자. 니 시애미 말일랑 한 귀로 듣고 한 귀로 흘래라. 성질 알잖나?"

"예, 아버임."

둘째 이름은 순님이다. 천성이 어질고 착하다. 말수가 적고 여성스러워서 동네 사람들이 말하기를, "저너무 능수네는 며느리들이 우째 하나같이 착한 사람만 들어오는 동 몰세!" 어떤 이는 "그게 인연인 동 악연인 동 물따. 들오는 거마다 청상이 되잖나?" 했다.

순님은 시어머니한테 그 모진 소리를 들었음에도 아무 일 없다는 듯, 오로지 복이가 제가 낳은 제 새끼인 양 옆에 끼고 살았다.

*

범바골 비가悲歌

이듬해 1953년 7월 27일, 음력 유월 열이레날 유엔에서 한국전쟁의 휴전을 선포했다. 전쟁을 계속하지 않고 현 위치를 고수하면서 일단 중지한다는 데 남북과 국제협약기구가 합의한 것이다. 휴전선이 그어지고 총소리도 멎었다.

　소련의 스탈린이 한반도 내에서 미국과 중국이 전쟁을 해서 양국이 절반쯤 망하도록 김일성을 이용해서 일으킨 전쟁이 6·25 남침이다. 어쩔 수 없이 참전하게 된 미국과 중국은 3년 1개월 동안 어마어마한 피해를 남기고 승자도 패자도 없이 그렇게 전쟁은 끝이 났다.

　국군은 사망 실종 28만 3천 명, 부상 72만 명의 피해를 입었고 미군도 5만 5천 명의 사망 실종자가 나왔으며 10만 4천 명이 부상당했다. 기타 유엔 참전군도 약 5천여 명이 사망하거나 실종됐다.

　전쟁을 일으킨 김일성과 인민군은 53만 명이 사망하고, 실종자는 집계도 못 낼 정도였으며 약 12만 명이 포로가 되고 백만 피난민과 북한 전역의 산업시설은 거의 파괴되다시피 한 피해를 냈다. 북한이 완전 점령되기 바로 직전에 참전한 중공군도 사망 실종 18만 4천 명, 부상 71만 6천여 명을 합해 총 90만 명 이상 인명피해를 입고 돌아갔다.

　피아를 합쳐 총 3백 10만여 명이 고귀한 목숨을 잃거나 부상을 입고, 혹은 난민이 되었던 끔찍한 전쟁이 이제 휴전이라는 명분으로 끝이 난 것이다.

　길거리에는 한쪽 다리가 끊어졌거나, 팔이 없는 사람 등 상이군인들이 지팡이를 들고 민가에 구걸하면서 민폐를 일삼는다. 나라에서 전상자를 돌봐야 마땅하지만 전후에 국가 재정이 바닥난 상태에서 손을 놓고 있는 것이다. 수삼 명씩 떼를 지어 몰려다니면서 구걸인지 강탈인지 몰라도 일단 성에 안 차면 폭력을 행사하곤 했다. 그 사람들은 나라를 위해 싸우다가 몸과 마음을 회복 불가능할 만큼 다친 것이고 당연히 국가가 책임을 져야 옳지만 현재 나라의 사정은 그렇지가 못한가 보다.

대신 시골 농가가 수모를 당하고 있었다. 농민들의 입장에서 생각해보면 이 또한 억울하기 마찬가지다. 전쟁통에 자식을 잃은 사람도 있고 나름대로 억울한 사정들이 있건만 이 사람들에게는 항변도 할 수 없었다.

심지어는 거지 떼들도 상이군경 행세를 하면서 농촌을 괴롭히는 일까지 생겨났다. 낮 시간에는 절대 집에 사람이 있으면 안 되는 정도였다.

이 상황은 1961년 5·16 군사정변이 일어날 때까지 계속되었다. 산을 하나 넘어가면 또 산이 있다. 한고비 넘겼다 싶으면 또 다른 고비가 기다리고 있다가 다가오는 것인가? 차마 이것이 정말로 아리랑 고개가 아니고 무엇이겠는가?

*

3월이 되어 유복이는 국민학교에 들어갔다. 학교는 세운 지 4년

범바골 비가悲歌

밖에 안 되는 신생학교다. 처음에는 초가지붕으로 대강 덮고, 벽도 없이 맨바닥에 멍석을 깔고, 판자를 여러 개 이어 붙여서 칠판을 만들어 쓰고, 교과서는 언문 국어와 셈본이 전부다. 처음 개학했을 때 학생 대부분은 청년들이었고 아이를 업고 학교에 나오는 아저씨들이 많았다.

등교 일수도 절반에 채 미치지 못했다. 농사일을 해야 하는 사람들이기 때문에 바쁜 일이 있거나, 집안에 힘을 써야 하는 일이 생기면 응당 등교는 뒷전이다. 학교에 나오는 것도 언문을 깨우치는 게 목적이었다. 일본 글자가 아니고 우리말, 우리글을 알아야 되겠기에 남자들은 나이를 불문하고 대부분 학교에 나오고 있었기 때문이었다.

유복이가 학교에 갔을 때는 비록 판자로 짓기는 했어도 그래도 명색이 교실이라는 걸 두 칸 만들고 절반씩 나누어 한 칸은 교무실로 쓰고, 나머지 세 칸에 교실마다 두 학년씩 넣어서 선생님 세 분이 수업을 했다. 그래도 교육에 대한 선생님들의 의욕은 넘쳤다. 선생님이야 사범학교라는 초급대학을 세우고 고등학교를 마친 학생들이 거기서 2년간 교습법을 배운 어린 선생님들로서 이 사범학교가 지금 전국에 있는 초등교육대학교의 전신이다.

하루에 절반은 공부를 하고 나머지 절반의 시간은 운동장을 만들거나 주변에 크고 작은 일들을 하면서 학교를 만들어가고 있었다. 등교할 때도 응당 호미와 작은 세숫대야 같은 것을 도시락 대신 가지고 다녔다. 점심은 미국 원조품인 우유를 학교에서 끓여주는데 드럼통을 절반으로 자른 것을 솥으로 쓰고 물과 분유를 넣고 끓여서 처음 보는 알루미늄 컵으로 한 컵씩 얻어먹으면 그야말로 꿀맛이다.

그런데 이 맛있는 우유를 먹지 못하는 아이들이 더러 있다. 마시면 토하는 아이들도 있고 온몸에 두드러기가 돋아나서 먹지 못하는 아이들도 있었다. 그런 아이들은 집에 돌아갈 때 책은 옆구리에 끼고 책보자기에 한 컵 정도의 분유를 나누어준다. 집에 돌아가면서 책보자기를 송곳니로 자근자근 씹으면 작은 구멍이 생긴다. 아이들이 번갈아 그 구멍을 입에 대고 빨아먹다 보면 집에 도착했을 때는 분유는 절반 이상 없어지고 빨아먹던 자리에 구멍만 커진다. 그러면 책보자기는 꿰매서 쓰거나, 아니면 못 쓰게 된다. 엄마한테 꾸중을 듣기 일쑤다.

유복이는 전교에서 나이가 제일 어려서 큰 아이들에게 얻어맞는 일이 잦았다. 활기가 없고, 말수도 적고, 얼굴은 항상 어두워 보였다. 반면에 공부는 눈에 띄게 잘해서 1학년이면서 3학년 형의 숙제를 가르쳐주자고 덤비는가 하면 실제 숫자 셈을 이해하는 것 같았다.

입학한 지 반년도 채 안 돼서 국문을 완전히 깨우치고는 할매한테 옛날이야기 책을 읽어드리기도 했다. 한양가사, 심청가, 회심곡, 우미인가를 줄줄 읽어서 할매 눈에 연신 눈물을 흘리게 했다. 한양가라는 책은, 조선 오백 년사를 왕실을 중심으로 간략하게 엮은 책이지만 당시에는 소설로서 파격적으로 대중의 인기를 얻은 현대식 소설이었다.

우미인가도 최고의 인기 책이었다. 서초 패왕 항우가 유방과 천

하를 놓고 다툴 때 적벽 전장에서 항우가 그만 유방의 군사들에 의해 포위되자 해하의 결전에서 유방의 군사 중에 피리를 기가 막히게 잘 부는 군사를 시켜 피리를 불게 했다. 항우의 군사들은 집 떠나 수년 동안 전장에서 보낸 나머지 안 그래도 고향에 두고 온 가족이 보고 싶고 그리운데 그 피리 소리가 너무나도 슬퍼서 하나둘씩 탈영을 하여 집으로 돌아가거나 유방의 휘하로 가버리는 등 많은 군사를 잃고 마지막 전장을 나갈 때, 아내 우미인의 목을 친다. 이 상황을 후세 사람들은 패왕별희(霸王別姬)라 불렀다.

할매는 이 대목에서 "저런! 저런! 우째꼬!" 하시는데, 읽을 때마다 같은 말씀을 하신다. 한 마디 더 보태는 것은 "목을 쳤시이끼네 고마 죽었뿔었제? 불쌍으서 우째노?" 이 정도다.

까마귀강을 건널 때 군사들을 태우고 왔던 배는 모두 물속으로 가라앉혀버리고, 군사들 먹일 밥 짓는 솥도 모두 부숴버리는 '파부침주' 대목에서도 "미쳤다." 그러시고, 오강 전장에서 최후의 일전을 하다가 패하여 그만 스스로 자결하여 최후를 맞을 때는, "아이고… 뿔사… 그래도 고마 잘 죽었다. 우째 각시 목을 칼로 쳤뿔노? 몬뗐지!" 했다.

심청이 부녀상봉하는 대목에서 할매는 목 놓아 엉엉 우셨지만 복이는 할매가 왜 우시는지 알 수 없었다. 읽고 또 읽으라는 할매 성화가 지겨웠지만 시키는 대로 날마다 읽고 또 읽어드렸다.

*

1955년 섣달 초 어느 날 앞마당에 서설이 가늘게 내리더니 오늘은 날씨도 화창하리만큼 따사로운데 막내아들 순달이가 장가간 지 3일 만에 신행길 행차가 왔다. 섣달 초사흗날이다. 신랑은 벗은 가마에, 신부는 꽃가마를 타고 마당으로 들어섰다. 능수네 마지막 대길사가 치러지는 날이었다.

아들 없는 둘째 며느리와 함께 산 지도 삼 년이 지났다. 그동안 집안에 웃음이라고는 없었는데 오늘 막내며느리가 오는 날이라서 오랜만에 마당에는 차일이 쳐지고 사람들도 모여들어 먹고 떠들었다. 당시 세시 풍습으로는 새 신부가 신행을 와서 대략 한두 달 시댁에 머물다가 친정으로 돌아가서 한 해를 보내고 다시 돌아오는 길을 재행이라 하는데, 그 후로는 친정의 부모 형제를 그리면서 완전한 시댁 사람으로서 시집살이가 시작되는 것이다.

능수는 마음이 아팠다. 자식을 지켜내는 복은 없어도 며느리들은 하나같이 착하고 마음씨 고운 아이들이었는데 "내 전생에 무신 업보가 그리도 많아서 이른 죄를 받는고?" 하며 한탄했다. 그리고 또 한 해가 지난 이듬해 정월 초나흗날 능수는 한 많은 이 세상을 버리고 하늘나라로 떠나고 말았다.

엊그제 섣달 그믐날, 읍내에 가서 귀하디귀한 증류 소주를 한 독 샀다. 모처럼 마음에 거리낌 하나 없고, 그동안 생과 사를 함께 한 이웃들과 그리고 친한 벗들과 설 명절 동안 오붓하게 술 한잔 대접하려고 산 술이다. 옹기로 만든 술독은 한 말 들이로 요즘 계량으로는 18리터짜리다. 설날 부모님을 생각하며 차례를 올리고, 친구들을 불러 한잔씩 나누어 마셨다. 얼마나 귀한 소주인가?

범바골 비가悲歌

"허허…. 능수가 과연 배포 크기는 크구나."

거나하게 취기가 돈 이웃들이 하나씩 둘씩 자리를 뜨고 난 뒤 능수는 온몸에 힘이 빠지고 허리를 펴지 못하고 앓아눕게 되었다. 상태가 점점 심각해지는 가운데 순달이는 읍내로 가서 한약을 지어서 써보았지만 효험이 없었다. 원인도 모르고 약만 쓰는 게 들을 리 만무하다. 이렇게 사흘 동안 사경을 헤매다가 어린 가족을 남겨둔 채 조용히 눈을 감고 말았다.

현대의학으로 봐서는 음식을 안 먹고 술만 대고 마시다 보니까 혈당이 떨어진 것인데 저혈당 정도로 별로 중병도 아닌 것을 당시에는 목숨을 잃고 마는 지경이었다. 읍내 한약방이라야 조상 대대로 자식이 아비로부터 어깨너머로 보고 배운, 별 지식도 없는 그야말로 돌팔이 의원이 아무 기구도 없이 병세에 대한 약간의 설명만 듣고 내린 처방과 한약이 무슨 효과가 있겠는가?

요즘같이 의학이 발달해 있었더라면 포도당 주사로 금방 회생시킬 수도 있겠고 하다못해 따끈한 꿀물이라도 마시게 했으면 간단히 일어날 수 있는데 별것도 아닌 저혈당으로 인해 목숨을 잃는, 지금 생각해보면 어처구니가 없는 일이 일어난 것이다.

나이 불과 쉰아홉, 이제 2년 후면 환갑인데 원래 신체도 건강했고 평생을 산과 함께 산 이력 때문인지 아직도 산길이라면 젊은이 못지않게 근력도 튼튼한 편이었는데 너무도 황당한 일이었다. 그리고 그해 가을 유복이의 작은어머니는 시아버지가 돌아가신 후 의지할 곳도 없을뿐더러 시어머니 눈치가 어지간한 만큼 더는 견디지 못하고 어느 날 새벽에 작은 보자기에 옷가지 몇 벌 낮게 싸가지고 온다 간다 말도 없이 시어머니 그늘을 벗어나고자 친정으로 돌아가버렸다.

"엄머이… 망할 년, 씰데없는 욕심 부리지 말고 저거 시아바이 살았을 때 떠났으머 설마 빈손으로야 보내지는 안했을 껀데, 이게 무신 꼴이고? 망할 년으 지집이?"

말은 그렇게 하면서도 양 볼에는 두 줄기 눈물이 하염없이 흘러내리고 있었다.

"순님이가 누고? 눈에 넣어도 아프지 않을 둘째 아들 순탁이 배필이고 내 둘째 며느리가 아이가? 내가 전생에 무슨 죄로 져서 이승에 이렇커롬 업보를 받는고? 아가… 둘째야. 이왕지사 떠났걸랑 요담에는 좋은 신랑 만내서 복 받고 잘살어래이… 부디 부디 아푸지 마고 질겁게 잘살어라."

서포댁은 한편으로 순님이가 원하는 걸 차라리 주고 말걸 그랬나 하고 후회스럽기도 했다. 천덕꾸러기 복이 민적을 둘째 며느리 아들로 올려줘버리고 순달이가 장성한 뒤에 저그들끼리 부지런히 돈 모아 논밭전지 더 살 수 있는 기반이 충분해지고 두 형제가 외롭지 않게 잘살 수도 있는 것을, '내가 너무 내 자슥만 생각하고 자슥의 자슥은 귀한 주로 몰랬나?' 후회해 봤자 이미 모든 일은 돌이킬 수 없는 지경에까지 오고 말았다.

그리고 또 그 이듬해 이월 초엿샛날 할매마저 세상을 떴다. 중매쟁이를 통해서 신랑감이 부지런하고 인품도 양반가 후손답게 나무랄 데 없이 훌륭하고 성격도 남자다워서 나중에라도 꼭 성공할 그런 사람이라고 중매쟁이가 자랑해서 친정 부모님이 허락하여 능수와 혼인을 해서 아들 셋, 딸 둘, 5남매를 낳아 키우면서 남들이 굶을 때는 같이 굶고 남들이 먹을 때는 다 같이 나눠 먹으면서 고생 고생 끝에 화전리에 와서 남편의 남다른 능력 덕택에 재물도 어느 정도 모으고 이제 살 만한 때 맏딸은 일본에서 왜 뭣 때문에 죽었는지도 모르게 잃었고, 사위 자식과 외손자 얼굴도 잠깐 본 후 다시는 외가에 오지 않았다.

맏아들 죽음은 도저히 감당할 수도, 인정할 수도 없는 데다 둘째 아들마저 생사도 가늠이 안 되게 잃었으니 그 가슴이 온전할 리 없고, 남은 건 새까맣게 타다 남은 숯덩이가 되었으리라. 화병이 안 났다면 그게 이상한 일일 게다. 그리고 작년에 영감마저 여의고 나니, 위로 3남매는 다 잃고 시집간 막내딸과 재작년에 장가간 이제 스물두 살 난 막내아들 부부와 부모 잃은 초등학교 3학년이 된 희망이라고는 찾아볼 수도 없어 보이는 손자를 남겨두고 세상을 떠났다. 나이 58세에….

이렇게 갑자기 할배, 할매 두 분 모두 세상을 떠나고 작은어머니도 떠나고 없으니 하늘 아래 천애의 고아가 되어버린 유복이는 내던져지듯 막내삼촌과 금년 나이 스물세 살인 막내숙모에게 맡겨졌다. 그로부터 3년 뒤 이제 하나 남은 능수의 막내아들 순달이가 군대에 나간다. 아직도 휴전선에는 총소리가 멎지 않았고 가끔 교전이 벌어지고 있는 그곳으로 징집명령을 받고 군인이 되어 가는 것이다.

살아서 돌아올 수 있을지, 그렇지 못할지는 반반이다. 온 마을에 태극기가 물결치듯 나부끼고 눈물바다인데 태극기로 만든 두

건과 윗도리를 걸친 순달이는 그래도 애써 두려움을 감추며 씩씩한 것처럼 보이려고 노력하는 게 역력해 보인다. 작년에 태어난 딸아이 명화와 새각시, 그리고 이제 열세 살 난 조카 등 세 식구를 아무도 보살펴줄 사람 하나 없는 곳에 남겨두고 전선으로 가는 것이다.

3·15 부정선거 문제로 온 나라가 혼란에 빠져 있고, 이승만 대통령이 어딘가로 망명을 떠나고, 상하 양원제 새 정권이 출범한다고 온 세상이 뒤죽박죽이던 시절인데 시중에는 북쪽에서 다시 쳐내려온다는 소문이 돌고 어수선하던 시절이었다. 돈 많은 사람들은 미국으로 도망갈 준비를 하고 있다는 둥, 정부에 높은 사람들도 도망갈 준비가 다 되어 있다는 둥 낭설인지 근거 없는 뜬소문인지는 몰라도 그러한 시절에 순달이가 군대에 나가는 것이다.

유복이는 겨울 방학 중인데도 중학교 입시를 준비하느라고 매일같이 학교에 나가고 있는데 삼촌이 군대에 나가고 나면 누가 뒷바라지를 해줄꼬? 중학교는 영해읍내에 있으니까 하숙 아니면 자취를 해야 하는데 누가 있어 학비며 생활비까지….

조국 광복 후 이념으로 다투고, 국토가 절반으로 갈라져서 동족 간에 상잔하는 와중에 단란하고, 무한 발전도 가능해 보이던 한 가정이 이렇게 허무하고 처참하게 무너진 기막힌 역사 한가운데 어린 유복이가 혼자 남았다. 하늘은 결코 이 가정이 발전하는 걸 허락할 마음이 전혀 없었던 것일까?

유복이는 할배 생전에 "신동이 났다." 소문이 날 만큼 영특하더니 할배가 돌아가신 후로는 눈에 띄게 달라졌다. 얼굴에는 늘 그늘이 있고, 학교 성적도 날로 떨어졌다. 혼자서는 감당하기 어려운 그 무엇이 어린 가슴을 짓누르고 있었을까?

수없이 많은 앞날들을 스스로 개척하며 살아가야 할 텐데, 그 세상은 어떤 모습을 하고 유복이를 기다리고 있을지 신이 아니고는 누가 알 수 있을꼬…?